风情日本

孙秀萍 著

青岛出版社
QINGDAO PUBLISHING HOUSE

图书在版编目（CIP）数据

风情日本 / 孙秀萍著 . — 青岛：青岛出版社，
2016.11
　ISBN 978-7-5552-4825-5

　Ⅰ . ①风… Ⅱ . ①孙… Ⅲ . ①游记 – 作品集 – 中国 –
当代 Ⅳ . ① I267.4

中国版本图书馆 CIP 数据核字（2016）第 283479 号

书　　名	风情日本
著　　者	孙秀萍
出版发行	青岛出版社
社　　址	青岛市海尔路 182 号（266061）
本社网址	http://www.qdpub.com
邮购电话	13335059110　0532-68068026
策划编辑	杨成舜
责任编辑	刘　迅 E-mail：siberia99@163.com（日本方向选题投稿信箱）
封面设计	祝玉华
封面插图	裴梓彤
照　　排	青岛佳文文化传播有限公司
印　　刷	青岛双星华信印刷有限公司
出版日期	2017 年 1 月第 1 版　2017 年 1 月第 1 次印刷
开　　本	16 开（889mm×1194mm）
印　　张	15.75
字　　数	210 千
印　　数	1–5000
书　　号	ISBN 978-7-5552-4825-5
定　　价	32.00 元

编校印装质量、盗版监督服务电话 4006532017　0532—68068638
印刷厂服务电话 0532-86828878

建议上架：日本文化、旅游

序 Preface

　　近年来，中日文化交流日渐频繁。通过去日本旅游的亲眼所见，国内媒体对日本的报道，还有相关书籍的出版，人们发现了一个多姿多彩的日本。为了让国人了解真实的充满异域情趣的日本，原想把这本应该叫做《非常日本（二）》的小书，起名《实情日本》，可是编辑认为还是叫《风情日本》好，于是恭敬不如从命。

　　现在的日本已经是个现代化百年的文明国家，生活习俗、社会风气、独具特色的匠人精神、照顾他人感受的处世方式，都很值得借鉴。他们对小事的认真态度、商业服务一丝不苟的精神，让人不得不为之叹服。不断创新使日本诞生了很多先进的理念和独具特色的新技术、新商品、新习俗，然而，日本人并没有抛弃传统，且试图对其进行保留和传承。为了让健康而科学的日本料理走向世界，料理专家走进大学，和专家教授一起，尝试着把日本料理定量化、科学化，对日本料理进行了科学的分析，证明吃日本料理，不仅有易于健康，还能够使人体营养均衡。日本料理也被认定为世界非物质文化遗产。本书第一章将会介绍日本人如何吃出新花样。在第三章中，笔者将带你周游日本，享受身临其境的快感。

　　由于经济长期低迷，日本人不得不寻找新的市场、发明新技术。逆向思维，作为一种新的思维方式，让日本人开辟出一片新天地，在困境中发明出新产品，确实做到了在夹缝中求生存。日本的医疗服务也很发达，细致入微。

入口即化的药片,让你在没有水的情况下也可以顺利服药。为了减少医疗费支出,政府制定国民健康计划,并要求企业帮助员工进行健康管理,还有紧急救护APP,让医疗急救在最短的时间内完成。

很多人奇怪,为什么日本人给人很有素质的感觉?其实也没有什么特别,本书将会通过深入日本的幼儿园考察,为你揭开谜底。环保新尝试,防灾新理念,老年人的幸福生活,青年人的择偶奇拓……日本人缤纷多彩的生活说不完,道不尽。还是废话少说,欢迎你翻开第一页,走进真实而精彩的日本。

孙秀萍

2016 年 10 月于日本

目录
CONTENTS

· 第三章 · **地方有奇景**

· 第四章 · **生活方式求出新**

第一章

吃出新境界

　　日本人看似刻板保守,实际上却很有创新精神。也许是因为平日生活过于压抑,日本人搞起笑来无拘无束,在饮食等日常生活方面,也总是追求新奇刺激,制作出很多新食品,吃出了新境界。

1. 海鲜冰激凌

日本的冰激凌花样繁多。传统冰激凌已经难以满足现代人的食欲,新奇口味的冰激凌成为新宠。海鲜冰激凌让人既好奇又有些费解,毕竟海鲜是用来做菜的,并非甜点呢。

在日本香川的任意一家高速服务站,都可以买到多种口味的海鲜冰激凌组合。这种海鲜冰激凌每组 6 种口味,统称"不可思议的海鱼冰激凌",每种口味都有一个非常好听的名字。比如用螃蟹做的叫"唱起优美的歌儿"。这名字看似和螃蟹无关,但是在日语发音中有"螃蟹"这两个字的谐音。包装盖上和"螃蟹"同音的两个字加大突出,并配上螃蟹图,让人一目了然,知道这是螃蟹味的冰激凌。此外还有"可爱的大虾""章鱼海岸物语""小干白鱼根据地"等冰激凌。这些冰激凌口感独特,吃到嘴里,先是奶油随冰激凌融化,随后鱼、虾、蟹的味道渐渐浓厚,回味绵长。当然也有人认为,那种浓厚的海鲜与奶油混合味简直是让人受罪。鲫鱼冰激凌评价还不错,名字同样采用日语谐音叫"吃了就喜欢"。主要原料为牛奶、葡萄糖、砂糖、鲫鱼骨、鱼油等。因为加入了鱼骨,所以还有补钙功效,因其味道鲜美而受到欢迎。还有一种用乌贼的墨制作的冰激凌,虽然那浓密的黑色让人望而生畏,但是独特的口感和味道为它吸引了很多粉丝。海鲜冰激凌原本是为了宣传当地特产而制作的,因广受好评而变成了长期生产的食品,但是只有在指定的销售点才能买到。

在日本,用特殊材料制作的冰激凌还有很多。辣根是大家都知道的调料,日本人用它佐伴生鱼片,可以起到杀菌的作用。在辣根的主要产地静冈县,辣根也被用来做成冰激凌,味道很不错。辣根土豆片等食品亦是风味独特。静冈还是茶叶、鳗鱼的产地,因此也有鳗鱼冰激凌,而抹茶冰激凌则在日本各地都可以买到。鸟取县还有一种用黑米做的冰激凌。这种冰激凌把做好的米饭冷冻后,再加工成冰激凌,有饭香味,比较容易被大众接受。该县的一家酱油老铺还研制出酱油冰激凌,咸甜适度,堪称绝品。

2. 迎春要吃"惠方卷"

每年的立春前日,在日本的超市或者寿司店都能看到卖"惠方卷"的招牌,有的寿司店门前还会摆起摊床。摊床上放着很多粗大的寿司卷,旁边往往还要立一块牌子,上面写着今年的"惠方"是"西北"或者"东南"。卖寿司还讲究方向,真够新鲜。原来这粗大的寿司卷是日本人为迎接春天而吃的特殊食品,叫"惠方卷",而"惠方"就是福神所在的方向。惠方卷只有在立春的前一天才能吃,日本人把这一天叫"节分",有季节的分界点之意。他们以吃惠方卷的方式迎接春天的到来,也期待好运跟随而至。

惠方卷并非普通的寿司卷,之所以比平时吃的寿司粗大,是因为里面卷着七种特殊的食物。为了能够让人们吃到"福气",日本人借中国七福神的传说,用西葫芦干、黄瓜条、蘑菇、鸡蛋、鳗鱼、干鱼松等七种食材做芯包成寿司卷,并起名"惠方卷"。顾名思义,惠方就是受益的方向。日本人把岁德神居住的方向看成是当年吉利的方向。传说在节分的这天晚上,带着微笑朝着惠方,默想着今年要实现的心愿,把一个粗大的惠方卷吃进去,就会心想事成,避灾招福,生意兴隆。因此,惠方卷再长也不能切断了吃,切断了就等于把福气切断了，是犯大忌的行为。

关于惠方卷的起源有很多传说。有资料记载，说是在江户时代末期到明治时代初期，大阪的商人们，也有说是船上的商人们，为了祈祷生意兴隆而吃惠方卷，因此流传至今。也有人说它起源于船上的商人和游女玩的一种游戏，商人让游女站在梯子的中段吃惠方卷，以避邪求福。

还有一种说法，惠方卷源于枥木县的磐裂根裂神社。在该神社举行的"节分祭"上，神职人员会向前来参拜者发放一种寿司，这种寿司叫"梦福卷寿司"。做完神事之后，神社会向每个人发放一根粗5厘米，长20厘米的寿司卷，大家一起朝着当年的惠方，伴随着鼓声一起吃。因为寿司相当于鬼的金棒，吃了便可以驱鬼避邪，而不切断就吃，有不切断缘分之意。因此有说法称，目前日本人在节分时流行吃惠方卷是起源于这个神社"驱鬼来福"的祈祷仪式。

本来，吃惠方卷的习俗主要在关西地区流行，而关东地区的人则流行在节分的时候举行撒豆、吃豆的驱鬼仪式，迎接春天。节分这天，神社或者普通人家都有人戴着鬼面，边扔豆子边说，"福进门，鬼走开"，很是热闹，这种迎春仪式最受孩子们的喜爱。有的神社不仅扔豆子，还要扔点心，甚至请著名的相扑手上阵，亲自抛洒。这样不仅可以沿袭传统，也可增加神社的知名度，是很好的宣传活动。

自2000年开始，由于商家把吃惠方卷当成一种促销方式加以宣传，现在的日本人通常在节分这天，白天撒豆、吃豆、驱鬼避邪，晚上面对惠方、吃惠方卷祈福迎春。

3. 料亭"菊乃井"

本部在京都的菊乃井不仅是一家高级料亭，也是日本政要经常吃饭的地方。这家饭店的主人叫村田吉弘。他高超的厨艺代表着日本料理的最高境界，因此也担任日本料理学院的理事长。本店堪称日本料理的重镇。村田先生要按照日本政要的指示，为各国首脑设计日本料理菜单。他是日本料理走向世界的最佳顾问。这样的一家知名人士开的饭店怎能不令人向往。受日本关西地区振兴财团的邀请，在一个晴朗的中午，我来到了"菊乃井"本店，一睹这位知名厨师的风采，也品尝到了高级料亭的美味。

菊乃井位于京都的东山上。在大约980多平方米的范围内，散落着几座日式老宅，料亭的入口处翠竹青青，一座小青蛙的石雕代表着店主希望客人再来。因为"青蛙"的日语发音和"回来"相同。

这里有一口历史悠久的水井。因为水井涌出的泉水像盛开的菊花瓣，所以被称为"菊水之井"。当年丰臣秀吉的妻子就用这口水井的水沏茶。丰臣秀吉是日本战国时代的武将，曾经一统日本，让全国贵族臣服。村田家的祖先曾经是这口水井的守护人，后来开始用这口水井的水做饭，并开起了料亭，因此料亭也起名为"菊乃井"，村田就是第三代当主。

村田所主持的日本料理学院肩负着向世界推广日本料理的重任，日本政府曾经请他为在横滨召开的非洲首脑峰会提供菜肴，而且必须是日本料理。村田先生笑着说："这可让我难为了，非洲首脑们没有吃生鱼的习惯，可我还必须做出真正的日本料理。"他还说，"这里虽然被称为高级料亭，但是我的经营方针是让所有来客都能吃到高级菜肴。在我们这里吃午餐大约花费4000日元，晚餐也就15000日元左右，而去某些日本高级料亭就餐的费用至少是这里的7到8倍。"

菜肴一道道上来了，果然色香味俱全，炸、煮、拌，从冷盘到生鱼，冷热俱全，使用的食材也充分体现了春天的特色。菊乃井的菜式主题就是四季，主要根据不同的季节采用不同的食材，以时令特产为菜肴的原料。不得不说的是，每道菜肴的盘碗都和料理浑然一体，十分高贵优雅，美不胜收。

菊乃井室内设计为了突出料亭的特色，没有采用大厅式布局，而是采用大小不同的个室，从个室的窗户向外可以看到精心修建的日式庭园，房间内的装修和设计也独具匠心，每个房间都各有特色。比如，有一个房间房顶是尖的，村田先生说，坐在这里就像坐在一条船上，所以窗外的景色就以海为主题。礁石点在缀于山水之间，客人坐在房间里眺望，感觉自己好像是在船上。村田先生说，料亭和普通饭店的区别主要在于三点：店铺的设计风格独特，菜肴制作肯下功夫,女将服务周到。三者缺一不可。

村田先生不仅参与了日本料理世界非物资文化遗产的申请,还在自己的日本料理学院开设了国际研修班,定期招收外国厨师到日本研修。为了让日本料理更加科学,学院还和京都大学联合起来,从科学分析的角度寻找日本料理的长处,并从学术的角度予以论证。这样的尝试不仅在日本是首次,在国际上也罕见。村田先生认为,只有对日本料理进行科学的分析和论证,才能让日本料理真正成为世界级的优质美食。

4. 清酒和烧酎

日本人爱喝清酒和烧酎。过去的日本皇室都有自己指定的酒窖和品牌。现在因为要讲公平,无论是皇室还是政府,都不能有自己专属的酒窖,而是要本着公平竞争的原则招标。即使这样,曾经的和现在的"皇室御用"品牌,仍然在民间口口相传,受到平民的青睐。

去岩手旅行的时候,巴士导游特别介绍了一种当地的酒,叫"鹫之尾"。她说这种酒是当代皇太子德仁最爱喝的。"鹫之尾"的厂家是一家建立于1829年的酿酒老店,原料取自岩手山的山泉,且因取水之处是鹫的生息之地,故将这种酒命名为"鹫之尾"。酒盒是木制的,酒瓶是黑色的,商标是龙飞凤舞的书法,苍劲有力,即使不喝也值得收藏。这种酒选取上好的大米,磨去外部,用仅剩的米芯酿造而成,属于清酒中的精品"大吟酿"。这种酒虽然属于皇室调配酒类的一种,却并不属皇室专有,商标也没有特别的标记,任何人都可以购买。

位于东京的饭仓公馆是日本政府招待外国宾客的主要会场之一。这里庭院深深,从院落到大厅都极具日本风情,而这里的宴会却常常以喝葡萄酒为主。《朝日新闻》报道,二十世纪九十年代,日本外务省几乎每年都要在地下仓库存储大约 1 万瓶外国葡萄酒。其中大部分是法国葡萄酒,而且产地多为著名的波尔多。所选酒窖也集中在以拉菲为首的五大高级酒窖。此外,还有 10% 左右的红酒产于西班牙和美国。日本也盛产葡萄酒,但是进入外务省"法眼"的只有三个品牌,产地都在山梨县。日本外务省存储的红酒价格不一,招待国家领导人的红酒价格大约在 50000 日元左右,而一般宾客使用的红酒价格最低为 1000 日元。外务省购买葡萄酒主要以向日本酒商招标的方式为主,经费来源于政府的外宾招待费。

日本国民认为,外务省大量存储法国葡萄酒的做法是特权的表现,而且红酒数量过多,但是日本外务省却认为红酒数量并不多,和法国总统府每年 3 万瓶的数量相比还差很远。然而日本国民并不这样认为,指责这是浪费国民的税金。著名品酒师田琦真也认为,外务省的存酒中法国红酒太多,应该增加一些日本产葡萄酒。在国民的指责和监督下,目前外务省的葡萄酒存储量已经大量减少,进入 2000 年后,平均每年已经减少到数百瓶。

日本人不但爱喝红酒,而且爱收藏红酒,对各种红酒的历史颇感兴趣。而拉菲红酒对日本人来说,就是一种富贵的象征。

伴随着法国红酒走进日本,拉菲红酒的名气也随之而起。日本皇室进行的晚餐会中,一般都离不开拉菲红酒,它是日本皇室招待外宾的必备品。高级饭店也把拉菲红酒当成一种高贵的象征,代表着饭店的档次。高级西餐馆的主厨往往在推出高级套餐时,配上一杯拉菲红酒,这会让顾客感到身价倍增,套餐也可以因此卖上好价钱。因为数量有限,高级饭店对拉菲红酒都是限量的,一般都是仅限一杯,这样的限量销售也让消费得起的顾客感到幸运。而日本的富人当然也以收藏拉菲红酒为乐,一到欧洲,便不惜重金到处搜寻。因为同样的拉菲红酒在日本购买可能会更加昂贵。收藏拉菲红酒的日本富人认为,拉菲红酒不仅味道醇美,而且有巨大的升值空间。目前,1990 年产的拉菲红酒在网络上的销售价格就高达 12 万日元。

红酒和日本人的渊源很深。明治时期就有人开始模仿外国生产红酒,但是对于爱喝日本酒的日本人来说,红酒并不容易接受。直到二十世纪八十年代,红酒才在日本普及。而 2004 年,漫画《神之露》的出版,在日本掀起了红酒热潮。这部作品主要介绍了红酒的特点及其知识,具有启蒙的作用。这部作品还被改编成电视剧,也让红酒的知识和品牌变得广为人知,而谈论红酒、品尝红酒在日本也成为风尚。

受此影响，日本还掀起了品尝"新红酒"热。要想最先品尝到当年上市的各种新红酒，只能提前预约。新红酒到货，商家都要大张旗鼓地宣传，预约者排队领取，场面很是热闹。

有钱的日本人家甚至设有红酒专用冰箱。日本著名女演员和田秋子曾经在电视节目中展示过日本人对红酒的狂热。节目中，她当场开了一瓶价值百万日元的红酒，在场的都是大名鼎鼎的男女明星。他们人手一勺，参加竞赛游戏，赢者才能侥幸分得一勺酒。由此可见，百万日元的红酒，不仅为平民所向往，对有钱人来说，也是难得一见的。

5. "食堂"不寻常

日本交通发达，人们居住的地方通常离上班的地方很远，所以在饭店里吃饭就不可避免了。为此，从政府部门到企业、大学一般都设有食堂。最近，日本主妇们也热衷去食堂吃饭，因为那些食堂里的食物不仅物美价廉，还很有营养。

议员食堂很简陋

日本政府各部门也设有食堂。因为采访，我也会偶尔去吃上一顿。为了采访日本众议院议员，我有机会一访日本国会议员的专用食堂。原本以为，国会议员吃饭的地方应该装修豪华，饭菜精美，不同于一般的企业食堂或者外面的饭店。可是日本众议院第二议员会馆的食堂却异常简朴。一色的木制桌椅，好像从外面便宜家具店买来的。木板做的椅子，坐上去十分不舒服，连个椅垫儿都没有，椅子表面不仅很滑，还很凉，舒适度实在太低。再看陈列在橱窗中的饭菜，我不禁再次失笑。一碗中华盖浇饭，大约750日元左右，一碗日本乌冬面，清汤清水的，就和外面立式面条店的快餐差不多，当然价格也便宜。据说日本众议员的工资很高，一般月薪都超过百万日元。然而他们食堂的伙食却比外面饭店的还简单。如果说国会议员食堂还有什么特殊之处的话，那就是有一个"寿司吧"。服务员说，寿司吧只有中午才开，食堂在晚上 8 点就关门了。中午来吃饭的议员较多，晚上因为外出等原因，吃饭的人很少，所以寿司吧也不开，关门时间也早。我仔细看了看，寿司的价格也不贵，一人份大约 800 日元左右，这也算议员食堂比较高级的饭菜了。即使是日本首相官邸的食堂也和外面没什么两样，除了官邸人员之外，一般警卫也在那里就餐。当然，总理大臣就另当别论了，有专门的厨师打理其伙食。

除了议员食堂之外，日本的地方政府部门也都设有食堂。静冈县政府的食堂也非常普通，还显得有些拥挤。除了政府职员之外，一般民众也可以在此就餐。日本各地方政府的食堂都对普通民众开放，谁都可以去吃饭，不需要出示任何证件。

主妇爱上企业食堂

近年来，企业食堂颇受日本主妇们青睐。TSUMURA 株式会社是一家中药公司，该公司的职员食堂的菜肴以药膳为主，受到一般主妇的推崇。每到吃午饭的时候，主妇们便到此排起长队，就为吃一餐低卡路里且可以增进健康的药膳午餐。

这家食堂的午餐主要是中式药膳。菜谱上有明确的卡路里含量、放了哪些中药、对身体哪个部位的健康有益。最为顾客称道的是这个企业的食堂绝对不使用化学调料。这家公司以"把自然和健康科学化"为理念，十分注重职员的身体健康。对一般民众开放公司的食堂，不仅是对商品最好的宣传，也是提升公司形象的最佳方式。

TANITA 株式会社是一家生产体重计的厂家。在人们为健康而关注减肥的风潮之下，该厂领导注意到自己的职员中，有很多肥胖者。一个生产体重计的厂家，却有那么多肥胖职员，这不仅不利于工厂的形象，也说明职员身体不健康，还可能因为疾病影响到工作。于是，厂家开始注重为职员减肥，在职员食堂安排了专业营养师，设计既能让职员吃饱、卡路里又低的菜肴。这一举措实施之后，该厂职员纷纷变苗条了，甚至有人减重 21 公斤。TANITA 职员食堂的特色是，不减少食物的分量，而减少食物中的卡路里。规定一个主菜，加上两个小菜，还要配汤和米饭，一个套餐有五样饭菜，总热量不得超过 500 卡路里。

该厂食堂对外开放之后，受到好评，不仅出版了食堂菜谱，还应顾客的要求在东京最繁华的地段开了一家餐厅。这家餐厅除了吸收企业食堂的优点之外，还配备了食品健康咨询员。前来就餐的顾客不仅可以吃到健康的饭菜，还可以用该厂的体重计测量体重、脂肪量等，并就自己的健康情况咨询营养专家，当然也可以买到该社设计的、每餐热量不超过 500 卡路里的菜谱。

如今，通过面向社会开放自社食堂，提高企业形象，提高顾客信赖度的日本企业越来越多。很多主妇以去企业食堂吃饭为乐，常常成群结队前往，挨家挨户地去各个企业找"饭"吃。这让企业食堂成为朋友聚会的最佳场所，很多人还将前往企业食堂吃饭的体验写成网络日记，与朋友分享。这促使更多企业在食堂上下功夫。

学校食堂注重食品安全

东京大学的校园内，有一家法国料理食堂。一套精美的法式大餐，只需 800 日元。如此物美价廉的午餐同样吸引了众多爱热闹的主妇。她们把大学食堂称为"学食"。对主妇们来说，"学食"就是物美价廉的代名词。日本的大学食堂分为两种，一种是有专业厨师、有情调、环境优雅一点的食堂，还有一种就是一般企业承包的大食堂，一次可以容纳几百人就餐。考虑到学生的特点，"学食"不仅价格便宜，而且量大。日本普通主妇喜欢去的，多为环境优雅的食堂。因为大学内的高级食堂也比一般饭店便宜很多。主妇们图的是名副其实的物美价廉。

除了大学食堂之外，公立小学也设有食堂。小学的食堂除了重视营养均衡之外，更注意食品安全。小学的食堂一般都有专门的营养师配餐，提前确定一个月的菜谱，并将其发放给学生，让每个学生的家长过目。为小学供应食材的企业也是经过招标竞争的，能够提供安全的食材是投标的基本条件。小学生每个月只要交纳 2000 多日元，就可以每天在学校食堂吃饭了。为了让家长了解学校餐厅的情况，掌握孩子都吃了些什么，学校还定期组织家长到学校品尝午餐。在品尝午餐日之前，学校会发出通知，家长提出申请后便可按时到校,和学生坐在一起吃午餐。这样既可以知道学校食堂菜肴的味道如何,也能增进家长和孩子、教师之间的沟通,很受家长欢迎。

6. 有种职业叫"品饭师"

日本是一个以米饭为主食的国度,但是随着食品种类的丰富,大米的销售量也在逐渐减少,国民的饮食结构也因此而发生变化,生活习惯病的发病率连年呈现上升趋势。为了保护日本的农业,也为了维持日本人传统健康的吃米饭习惯,"日本炊饭协会"设立了品饭师的资格考试。只有考试合格的人才能成为该协会认证的品饭师。

品饭师必须具备与大米相关的各种知识,同时还要掌握做米饭的技术,了解米饭的营养、卫生管理等知识。在此基础上,还要具有通过目视、品尝,就能对米和米饭的优劣做出评价的能力。品饭师考试每年举办一次,通过名额限制在百名之内。从每年11月份报名。报名者报名后就能收到教材,先自学,3月份必须集中听2天的讲座,经过实习后分别参加书面考试和品饭味儿考试。达到一定水平的人才能获得品饭师的资格,并获得合格证书。报名者不受年龄、性别和职业的限制,只要能够保证参加2天的集中讲座,任何人都可以报名,比较适合在学校食堂工作,或者从事保健教育的人参与。当然拥有了这样的资格在米店找工作会更容易,也可以独立为农民、农协提供关于大米的专业咨询。超市更需要品饭师来保证其销售大米的质量。

在品饭师看来,要想让米饭好吃,一定要遵循以下原则:做饭前最好让大米在水中泡一段时间,至少泡30分钟,最佳时间是夏天1小时,冬天2小时。这样才能保证米饭的芯部也都浸入水分,让米饭更加柔软而有弹性。米饭做好了之后,必须立即打开锅盖,用饭勺垂直在锅内划十字。然后将分成四等分的米饭分别抖落开,让多余的蒸汽散发出去,以保证米饭的口感。

品饭师除了要掌握大米知识、做饭的技巧之外,还要协助"日本炊饭协会"开展推广多吃大米的宣传活动,设计最适合配米饭吃的菜肴清单等。比如在超市举办试吃米饭会、分发宣传资料等,以帮助民众保持吃米饭的传统,促进大米的销量。

7. 米饭很讲究

日本人爱吃米饭。一碗米饭配上一碗大酱汤，成为妈妈味道的经典，让很多日本人念念不忘。做事力争精益求精的日本人，对米饭也有很高的要求。不仅要好吃，还要有光泽。火候、泡米的时间、饭锅的质地等都有讲究。

日本人认为自国产的大米最好吃。因此对其他国家的大米颇有点不屑。1993年，因为夏季气温低而造成了大米歉收，日本紧急从其他国家进口大米，其中进口数量最多的就是细长的泰国米，中国老百姓称之为"泰国香米"，售价不菲。可是这种泰国香米在日本却受到了冷遇，因为口感过于粗杂，无人购买。最后超市只好将其分成小袋儿白送给顾客。即使现在，泰国香米在日本也难有市场，因其缺乏黏度，被认为只适合做炒饭。

在日本的超市里几乎看不到外国产大米，柜台上全都是日本自产大米。这和日本实施了农产品保护政策有关。外国大米要想进入日本，关税非同一般地高，所以日本产大米价格虽然很贵，外国大米也无法凭借廉价打进来。

为了提高大米的质量，日本每年都要举行大米质量评比，选出年度最佳大米品牌。得了最高奖的大米就会被冠以"日本第一"的称号。2013年度最高金奖得主为群马县的"越光"。总体来讲，日本人爱吃越光大米，是因为其黏度和甜度较大，口感类似于中国的东北大米。日本人也偏爱日本东北地区的大米，尤其是新泻地区的越光大米，其价格也高。日本大米的种类很多，名字也很别致。除了"越光"之外，还有"一见钟情"，这是日本东北地区的名牌，还有"光397""星梦""津轻浪漫""北斗七星"等。一个品种一旦在大米比赛中获过奖，那么这种米的价格便会上升，人气增加。近年来有机大米受到追捧，价格翻了大约3倍，但是其最初却并没有受到重视，发展很艰难。随着人们对无农药粮食的日渐重视，以及人们健康意识的提高，有机大米有了很多固定顾客。市场上还有一种"黄金米"，原来是在每颗米粒上都留一小块儿米糠，看上去像金色的点缀。这样既可以吃到米糠中的营养，又可以保留大米良好的口感。

有了好米，还要有好的技术和好的工具才能做出香喷喷的米饭来。日本人淘米都非常讲究，老婆婆也认为好儿媳妇必须能做出好吃的米饭，为达到此要求，在淘米时，至少要揉搓 30 次以上。第一次淘米时必须快，以免灰尘和糠等被大米吸收。第二次开始要轻轻揉搓，每回揉搓 10 下。如此反复淘洗三到四回，才能入锅。日本料理节目中，在介绍如何做一顿好吃米饭时，总会有大厨师强调，除了要淘好米，还必须提前泡米 30 分钟到 60 分钟，这样才能保证米饭的芯部也都浸入水分，让米饭更加柔软而有弹性。盛饭时还要让米饭看上去好看，所以不能用饭勺压挤，而要保持米饭新出锅时的颗粒饱满与光泽。

日本的电饭锅技术非常发达，质地、型号也多种多样。可以按照个人喜好购买。有的电饭锅做出的米饭偏硬，适合喜欢米饭有嚼劲儿的年轻人；有的电饭锅做出的米饭偏软，适合老年人食用。此外，还有远红外线电饭锅、瓷质电饭锅、古代传统铁锅等不同型号的电饭锅。最近，日本电饭锅厂商还开发出一锅多用的新产品，使电饭锅具有了蒸的功能，消费者可以在做饭的同时也把菜蒸好了，受到工作繁忙的年轻人的欢迎。

8. 年夜饭好看不好吃

元旦前夜，日本人也要吃年夜饭。和中国的年夜饭相比，日本的年夜饭似乎更加隆重一些。日本吃年夜饭的习俗来源于中国。日本人在这种习俗中融入了日本独特的文化，形成了日本独有的节庆方式。

日本人的年夜饭叫"御节料理"。一般来说，日本的年夜饭要连续吃三天。年夜饭之后，日本人还要在大年初一这天净身，并安静地和年神一起吃饭，祈祷年神保佑新年平安。年初到来的神被称为"年神"，日本人认为新年的前三天是迎接神灵的日子，因此不能在厨房做饭，免得弄出声响惊动神灵。还有一说，在新年的前三天，不能让火神发怒，所以不能做饭。因此，日本人就要在年前准备好足够三天吃的食物，以便安静地迎接神灵的到来。

因为要准备三天的食物，因此食物的种类不仅要多，还要有吉祥的寓意，更要好看。因此，日本的年夜饭都是用非常精美的红色漆盒装的，豪华的还要镶金画银。漆盒还要分段。一般常见的是三段盒，最多还有五段盒。"段"就是中文所说的"层"，三层精美的红色漆器盒叠在一起，再装上五颜六色的食物，摆在那里就非常好看，也很喜庆。把漆盒叠在一起也是取"祝福重叠在一起"之意。

日本的年夜饭里必须有红白黄黑等颜色。对日本人来说，红白两色是喜庆的颜色。这两种颜色的食品一般都用鱼来做，其中最典型的一种叫"蒲鉾"。"蒲鉾"是用鱼肉制成的膏，吃的时候可以切成薄片。但是这种鱼膏并不好吃，年夜饭注重的是保存期长，所以味道就不能过分讲究了。此外，还必须有金黄色的食物以示富贵。因此，日本的年夜饭中必有蛋卷和金黄色的栗子泥。黑色的海带则因其日语发音与"欢喜"相同而代表喜悦。日本的年夜饭除了强调喜庆和吉祥之外，还要表达人们想有出息与长寿的愿望。鰤鱼被称为"出世鱼"，因此必须入箱，而大虾弯曲的形状让人联想到老人，于是代表长寿。这两样也是年夜饭中必不可少的食品。

日本的年夜饭也有地方特色，比如在关西地区，正月里要烤一条首尾齐全的鲷鱼，摆在"御节料理"的漆盒里，这条鱼被称为"对眼看鲷"。在正月的头三天只能摆着看，却不许动筷子吃。北海道则规定必须在大年三十吃"御节料理"，意在辞旧迎新。而在九州地区，则把"御节料理"称为"蓬莱台、手悬盛"，是献给岁神的。因此，要在客厅里摆上食物，既供自家吃，也用来招待来客。因为是摆在客厅里，所以要求从食物到器皿都非常好看。

每年的 12 月份起，日本的商家就会打出年夜饭的广告。因为年夜饭的种类繁多，而且样子还要好看，因此，在自己家中制作不仅费时也很费事，更重要的是，20 多种食物也不容易配齐。大多数日本人都喜欢在高级饭店或者百货店定购"御节料理"，最便宜的价格大约 1 万多日元，而贵的则要 4 万至 5 万日元，价格更高的也有。每个家庭根据自己的经济实力购买。很多商家为了促销，也在"御节料理"上费尽心机，不是强调其产品由某位获得过国际大奖的厨师监制，就是限量销售。人气旺的"御节料理"要早些预定，否则可能买不到。近年来,网络销售"御节料理"也成为风尚,但是也存在很多问题。一家销售"御节料理"的网站,因为照片和顾客实际收到的商品相差太大,被顾客告到消费者中心。媒体曝光后,这家网站不但要向消费者赔礼道歉,还受到了媒体的口诛笔伐。

由于日本的"御节料理"只图摆设好看,并不好吃,再加上西方菜肴流行于日本,在正月吃这种年夜饭的日本人也在减少。随着日本单身居住者人数的增加,很多商家还推出了一个人专用的"御节料理"。然而,很多主妇则表示,由于"御节料理"并不好吃,所以她们宁愿在大年夜吃"涮牛肉"、寿司等味道鲜美的食物。

9. 禅寺料理很特别

镰仓古都以寺庙多而闻名,街道上洋溢着浓浓的禅意,颇有世外桃源的气息。苍松古道,偶尔可见和尚身穿袈裟、脚踏木屐而行。他们的存在仿佛在宣扬佛法无边,也让人们对僧侣生活充满好奇。中国和尚吃的饭菜叫"斋饭",日本和尚吃的饭菜叫"精进料理"。这种起源于寺庙的素食菜肴不仅为修心养性的和尚所食用,也通过寺庙走向社会,走向家庭,为大众喜爱,许多人还成为精进料理研究专家。日本和尚的斋饭是怎样的一种滋味呢?在镰仓的净智寺,我品尝到了被称为"精进料理"的日本斋饭。

一个漆制的托盘,上面摆着大小不一的黑色漆碗。普通的日本怀石料理不仅碗碟精美,食器的颜色形状也各异,可精进料理的碗碟都必须是圆形的,这主要是为了便于收纳。菜肴很简单,一饭一汤三菜。精进料理研究专家入江亮子介绍说,考虑到健康因素,特意在米饭中加入了黄豆。汤名为"建长汁",外加一品不用豆制品烹调的"炸肉块",一小碗拌麸皮和山菜,再加一品辣椒拌菜花。因为菜碗小于饭碗,虽说是三个菜,量却很少。吃起来味道清淡,口感清爽,全部吃完了也不觉得很饱。据说,这已经是较为豪华的"精进料理"了。入江女士介绍说,和尚们在吃饭之前,还要背诵五句偈言,以牢记粮食的来之不易,内容为:一、计功多少量彼来处(农民种粮很辛苦);二、衬己德行全缺应供（反省自身的行为）；三、防心离过贪等为宗（不能见美食则贪，恶食则嗔）；四、正事良药为疗形枯（吃饭是为了维持生命）；五、为成道业因受此食（吃饭是为了活下去，加油！）。只有在朗诵了上述偈言后才能开始吃饭。

入江女士介绍说，和尚要节俭、惜物，要处处体现这样的精神。因此，和尚们吃完斋饭后是不能用水洗碗的。要想保持碗的清洁只能把茶水倒入碗中，前提条件是碗中餐没有任何残留，把茶水依次由小碗倒入大腕，并要喝干，最后用一片大萝卜咸菜把碗中残饭剩菜刮干净。

说到这里，在座的一名和尚突然开始把碗依大小顺序叠放在一起。和尚名叫朝比奈惠温，是净智寺的主人。他介绍说，把五个碗用茶"洗"干净并摞在一起后，就可以用包袱皮将其包严后放入架子，待下次再用。碗碟都做成圆的，目的就是便于清洗，尽量少用水，而大小不一就是为了便于叠放在一起收纳，节省空间。他还强调和尚吃饭的时候是不能发出声音的，在收纳的时候也不能有声响。说完，他把自己用过的碗从最小的开始扣放在手掌上，依次扣放下来，确实没有发出一点声响，令人称奇。

镰仓的精进料理中，有一道汤名叫"建长汁"。入江女士介绍说，"建长

◎镰仓的精进料理

汁"最早是濂仓的建长寺和尚制作的,故名"建长汁"。距今已经有750多年的历史。主料为蔬菜和土豆,为了不用肉,就采用蘑菇、海带等食材调味。这种精进料理由镰仓流传开来,如今在日本各地都能找到"建长汁",但是味道却不尽相同,有的地方用酱油调味,有的地方用大酱调味,都具有浓郁的地方特色。

入江女士精通各种日本料理,对精进料理特别有研究。作为精进料理研究专家,她还在净智寺开设了精进料理教室,旨在普及和推广精进料理。净智寺的主人朝比奈惠温对我说,今天的三菜一汤一饭并不是和尚们每天都能吃到的。精进料理本来是和尚们为了招待前来施舍的施主们,或者招待前来寺庙的重要人物而制作的菜肴,因此,才有模仿鸡鸭鱼肉等荤菜的模仿菜肴,自成一派。精进料理菜系逐渐走出禅寺,进入寻常百姓之家。精进料理要比和尚们的日常饭菜奢华一些。比如,平时和尚的早餐只有粥和咸菜。我提出一个百思不得其解的问题:既然和尚要节俭、苦行,为何日本的和尚还能吃肉呢? 朝比奈和尚笑着说,我们自己是不主动吃肉的,只有施主施舍给我们时,本着珍惜万物的精神,我们才能吃。

告别净智寺之前,我还体验了坐禅,并看到了吸引普通游客吃精进料理、体验坐禅的广告。也许,通过推广"精进料理"来宣扬佛教精神,不失为一种有效的传道方法。不管怎样,吃素朴的精进料理、在寺庙体验坐禅,确实能让繁忙的现代人找到一种返璞归真的全新感觉。

10. 道歉也有专用点心

日本的点心种类很多,五花八门数不胜数。居然还有一种点心是专门用来道歉的,很受公司职员的欢迎。原来日本的点心除了食用之外,还有很多表意性,如婚庆专用点心等。

新桥是日本公司职员较为集中的地区。一条直通新桥车站的大路旁,有一家颇具日本风情的小店。一把红伞,一个小木桌,上面摆着几个像笑佛肚子的和式点心。店门边高高地挂着一面旗子,上书"切腹最中"。这就是以专卖道歉点心闻名的日式点心店"御果子司中正堂"。"切腹最中"是该店的主打产品。商品名称来自于日本著名历史故事《忠臣藏》，因为该店铺是"忠臣藏"事变的旧址。就在这个老宅中，赤穗番主浅野内匠头剖腹自杀。据此，中正堂这家设立于1912年的老店便推出了"切腹最中"点心。"切腹最中"用接近肉色的皮做成肚子形状，并用红色的豆沙填满其中，看上去好像切腹的样子，却没有切腹的血腥，相反，看上去有些憨态可掬。咬上一口，口感很好，不过分甜，还有一种豆沙特有的香味。切腹本身就是对自己的行为表示认错和悔过，而且被看成是最残酷的承担责任的方式。如果在工作中出了错，得罪了客户，日本人往往要亲自上门道歉，并且要携带表示歉意的小礼品。所以"切腹最中"自然成为首选，既能给客户惊喜，还能表达自己充满歉意的心情，也容易获得谅解。

《日本经济新闻》刊登了日本公司关于道歉方法的问卷调查，总结出了最佳的道歉方式：见面要先说谢罪的话，要盯着对方的眼睛，充满感情地去表达歉意。要想获得对方的谅解必须做到坦率认错，不把责任推到部下身上，不撒谎。最忌讳的是只写个电子邮件就想了事，或在节假日去道歉。不要一边道歉，一边拿法律为自己开脱。忌讳下跪。在用正确的方式道歉后，再献上一盒"切腹最中"，道歉会变得更加顺利，获得原谅的可能性也会大增。

除了道歉点心之外，中正堂还推出了公司营业人员专用系列点心。分别起名为"景气上升最中""出世的石段（台阶）""开运礼盒"等。由于日本经济十多年来持续低迷，带着期待日本经济好转的心愿，店主推出了"景气上升最中"。点心做成古代日本金币"小判"的形状，包装纸上面印着"景气上升最中"的字样，既有吉祥之意，又能让收到的人感到生意兴隆的希望，访问客户带上一盒，生意谈成的可能也增加了几分。"出世的石段（台阶）"点心的表面看上去就像楼梯，再加上对点心名字的联想，任何公司职员都会笑纳。"开运礼盒"就更是万金油，送谁谁高兴。

日本的点心商们很会做生意。最近，日本还流行为结婚纪念日、生日、升学等喜庆之日定制点心。很多著名的巧克力店、点心店，推出了用顾客手机拍摄的照片、顾客想出的词句等来制作点心或者包装点心的服务。青森县有

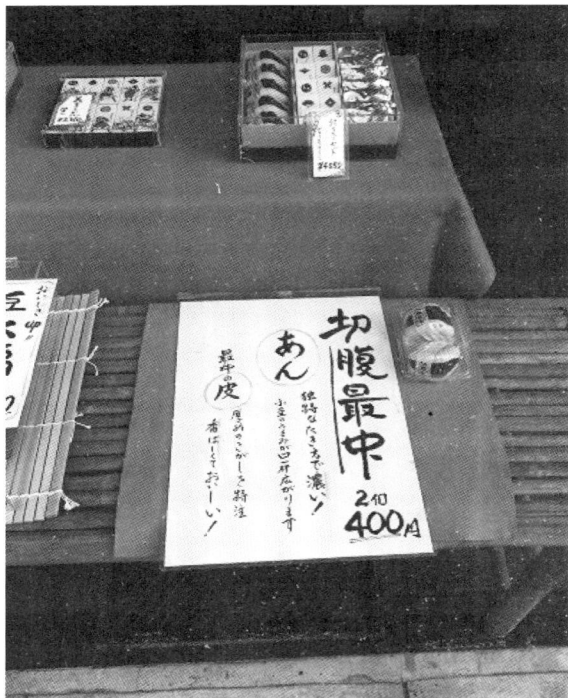

◎道歉点心店内

一家鲜贝店,可以帮客人把用智能手机拍摄的照片印制到鲜贝点心上,然后再一个一个塑封。既可食用,又可观赏,是绝佳的纪念品。除此之外,日本著名甜点公司"Nestle日本株式会社"推出了纪念日特别包装巧克力点心。如果顾客想为自己的婚礼制作纪念品,并将其送给朋友,就可以通过网站确定设计图案,比如在照片上写上"我们结婚了""生日快乐"等字样,再把确定使用的照片发给公司即可。这样一盒独一无二的礼品就做成了。一般一盒点心最低2100日元,最高也就2590日元,根据顾客选定的点心种类确定价格。一次最多可以订购30盒。在日本类似的服务在增多,有些店家将其作为一种宣传手段,限定期限,但是不收费,顾客可以自己动手设计独一无二的点心或者点心包装。在恋人、家人的生日时,到这样的地方,制作一个独一无二的纪念点心,价格不贵,又可以让对方收获意外的惊喜。

11. 宴请奥巴马的寿司店

2014年,美国前总统奥巴马访问日本的当晚,就在银座的一家寿司店里喝着日本酒,品尝寿司。让这家本来就非常著名的寿司店变得更加著名。据说,奥巴马是个寿司控,从小就爱吃寿司,因为看了关于这家店的纪录片,就向日方提出要去这家店。日方本来是想请奥巴马去居酒屋的,没想到奥巴马自己提出要吃寿司,吃完了还非常满意。他说,这是他目前为止吃过的最好吃的寿司。那么,这是怎样一家寿司店呢?究竟用怎样的魔力吸引了无数名人慕名前往呢?

在银座繁华区内一个不起眼儿的大楼的地下,有一家小小的寿司店。这个仅能容纳10多人的小店名叫"すきやばし次郎(数寄屋桥次郎)"。1965年正式开业,主人叫小野次郎。店面朴实无华,门口一袭布帘,除了写着很规整的"鮨"之外,没有其他的图案,朴素不张扬。菜单上永远只有套餐,最低价格3万日元。就是这样一家古朴的小店却连续7年被法国餐饮业权威书籍《米其林》评为最高级的3星。店主小野次郎80多岁了,依然坚持每天都站在柜台前。经过多年的潜心研究,他设计了一种最佳寿司套餐。他认为,寿司要好吃不仅要米好,温度也要非常讲究。一般来说,米饭的温度必须和人体温度相同,这样的米饭做寿司才不黏手,也最好吃。在普通的回转寿司店,20个寿司最贵也不会超过5千日元,但是在小野的店里却要3万日元,而且顾客还不能自己挑选吃什么,鱼的种类是规定好的,吃的顺序也必须听从店家的安排。为了能够充分品尝寿司的味道,店家不推荐客人喝酒,最好是就着清茶,慢慢品味食物的鲜香。为了保证让客人吃到最佳的寿司,大米要严选不说,还必须在客人来店30分钟前把米饭做好,早了不行,晚了也不行。做米饭必须用铁锅,从淘米到煮熟的时间大约1个小时。饭做好后必须立即用特制的醋拌好,然后放入特制的桶内保温,大约30分钟左右,醋便被粒儿吸收了,米饭达到了恰好的硬度。处理好米饭和醋是寿司好吃的基本,上面摆放的鱼也不能含糊。小野次郎追求的是鱼和米饭的最佳搭配,必须对不同的鱼类进行不同的温度管理,从而决定顾客所吃寿司的先后气太旺,所以电话非常不好打,经常处于占线的状态。能否吃上一顿小野次郎店里的寿司,全凭各人的运气了。

12. "吃土"证明食品安全

泥土向来是用来种植植物的。土种出来的许多植物可以吃,土却鲜有人尝。可是日本有家叫"不要走"的法式餐厅,居然开发出土制的菜肴,让广大食客难掩好奇之心,食用时却也不免忐忑。用土制作的菜肴被日本媒体称为"让人震惊的珍奇美食"。

开发出"土菜"的餐厅位于东京的五反田。用土做菜,是这家餐厅的法国菜厨师田边年男和一家园艺公司的相关人员共同开发的。由于人们对食品安全的要求越来越高,这家园艺公司接到很多电话,都是关于土质安全的。电话中他们常常被问到,你们出售的土是孩子误食也安全的土吗? 在厂家看来,种菜的土如果不安全,种出的菜也不安全。为了宣传自家销售的土是安全的,他们就想到和饭店联合推出用土制作的菜肴。

"土菜"采用法式烹调法,全套共 6 道菜。每道菜中都有土,有用土做的淀粉汤,色拉汁也是以土为主料,土烧意大利米粥加肉,土制冰淇淋,法式烤土和奶酪等。其中最具特色的是黑黑的"土汤"。这道汤是用"泥水"与淀粉制作成的,需要佐以一片西洋松露。西洋松露是一种高级食材,被誉为"世界三大珍味"之一。此外还要配一根细小的萝卜根,据说那萝卜根的辛辣与西洋松露的鲜美会让"土汤"更加美味。每次使用的土都必须标明产地,价格从 6500 日元到 1 万日元不等,具体要和店家协商而定。

想吃这套菜必须提前一周预约,因为用于制作菜肴的土虽然取之于天然,但是也要经过特殊加工处理,比如筛选、除菌等。仅仅是过滤这一道工序,就要用纤维非常细密的布过滤一整夜,所以土菜制作起来很费时间。在餐厅来看,土虽然没有味道,但是含有大量营养成分,能够供给植物,人吃了也有条件。田边厨师认为,土是无味的,所以适合制作各种菜肴。用无味的土制作因此可以更好地体现菜肴原有的风味。

人类"吃土"可谓历史悠久,但是并不普遍。日本古代就发生过怀孕的女性啃食墙壁或者抓土而食的事件。到了现代,经过科学分析得知,这是因为人体内缺乏亚铅和铁导致味觉异常而造成的奇行。如今,人们"吃土"则是为了追求新奇,或进行商业宣传,而日本人"吃土"则是要证明土质的优良,用土种植出来的食材是安全的。

13. "莫言馒头"传佳话

莫言获得诺贝尔文学奖之后,关于他的很多事情都热门起来。日本有种叫"莫言馒头"的甜点,引起了我的好奇。日本馒头虽然叫"馒头",但是和中国的馒头是完全不同的。中国的馒头是主食,不带馅,但是日本的馒头不仅有馅,而且甜,个头也非常小。

在爱知县的称念寺旁边,有很多点心铺子。其中有一家店叫"御果子司西口屋"。从店名来看,似乎和皇室御用有些关系,而这里的果子就是甜食的意思。当年莫言访问日本的时候,就住在称念寺里。当天晚上他做了一个梦,梦见寺主的双手变成了空气,托着他在点心店上边摇晃。梦醒后他便与翻译一起来到了西口屋,与店主相谈甚欢。此举给西口屋店主带来了灵感,他正在试做新点心,还没有名字。品尝这种点心之后,莫言脱口而出:好吃得没得说。"没得说"就是"莫言"。于是店主满心欢喜地把这种新品起名为"莫言馒头"。莫言馒头里面是黄色的栗子馅儿,外面是薄薄的面皮,包装朴素,却很有品位。店家将点心放置于一张近乎透明的和纸上,再缠上写着"莫言馒头"的横幅。当年,点心店主被莫言的小说《丰乳肥臀》感动,再加上与莫言友情难忘,于是在莫言结束访日之旅、回到中国之后,店主和寺主还相约一同前往北京,把新产品"莫言馒头"亲自带到莫言家里,希望莫言一家人都能品尝。

莫言获得诺贝尔奖之后,莫言馒头广受关注。我为此致电西口屋店主。还没等我自报家门,店主听说要询问莫言馒头的事情,立刻笑着说:你是媒体的吧?可见类似的电话他已接到过多次。店主说,现在"莫言馒头"已经

Japan

风情日本

024

停止销售了。我听后虽然有些遗憾,却依然为莫言与店主之间的这段佳话所感动。深入民间体验生活,走到哪里都能交朋友,这就是诺贝尔文学奖得主的风范。

14. 樱花好看也好吃

又到樱花盛开时。日本人爱樱花,不仅停留在视觉观赏上,还要口舌生香,把樱花吃到嘴里。赏樱时节,各种樱花食品也会亮相街头,使人不仅眼中满是樱花之美,口中也充溢樱之香气。

在樱花盛开之际,经常能看到日本主妇徘徊于樱花树下,手里捧着一方干净的手帕,低着头捡拾掉落在地上的花朵。起初,我不知道她们拣拾花朵的目的,时间长了才知晓,这些樱花花朵是可以吃的。日本人吃樱十分风雅,把吃樱变成了一首风物诗,形成了独有的食文化。每年春季樱花盛开的时节,一些咖啡店就会推出樱花冰激凌。那是将樱花作为天然色素加入奶油中制成的奶油冰激凌,具有樱花独特的香气。为了突出樱之特色,店家还要在冰激凌上面点缀一朵腌制的樱花。樱花一朵,画龙点睛地突出主题,让吃的人感受到浓浓春意。还有樱花年糕、樱花西点、樱花米饭、樱花啤酒、樱花茶等樱花食品,种类繁多,让人目不暇接。就连樱花的叶子都被用来制成食品。

樱花茶不仅好喝,还有深刻的寓意呢。早在江户时代,日本人在婚礼或相亲席上就有喝樱花茶的习惯。本来是应该喝茶的,但是日本有句惯用语,"把茶水搞浑",有"仅此一次、当场蒙混过关"之意,类似汉语中的"浑水摸鱼"。因此,茶水被认为不适合摆在婚礼或相亲席上,犯忌讳。相亲与结婚都是人生大事,必须态度鲜明,不能不明不白、糊里糊涂的,更不能浑水摸鱼。于是,人们在这种重要的场合,就用漂亮清澈的樱花茶代替普通茶水。樱花茶用腌制的樱花制成,经过传统工艺腌制的樱花必须带有一点点枝干,花朵饱满。当将其放在水中冲泡时,因腌制而萎缩的樱花就会盛开,既美观又典雅,为喜事锦上添花,因此流传至今。而吃樱图的是吉利,又何尝不是为了把春留住呢?

◎街头的八重樱

　　大部分樱花食品的主要原料都是腌制的樱花花朵。只有樱花啤酒的原料是用从樱花树干中提取的树液制成的。腌制樱花对原料要求很严格。樱花的种类很多，最常见的是"染井吉野""杨贵妃"等品种，但最适合用于腌制的是八重樱。名如其花，八重樱拥有多重花瓣，适合腌制，泡在水中绽开后非常漂亮，所以是最佳食用樱花品种之一。腌制樱花的过程也很复杂，首先要选择开到七分左右的花朵，并且要带少许枝干。将其清洗干净之后，去水，洒上适量的盐，放置一个晚上。再将盐水挤干，倒入适量的白梅醋，浸泡三天左右，然后全部摊开，凉晒（让风吹干）三天，色泽鲜艳的腌制樱花就成了，可装入瓶中保存。一般在 5 摄氏度左右的环境下，能保存两个月左右，可以放在冰箱中随时取用。

　　日本神奈川县秦野市的千村，从江户时代起就是腌制樱花的产地，目前产量占全日本的 80%。在被誉为"食用樱花之乡"的秦野市还有樱花饭团出售，也只有在这个地区，才可以买到樱花饭团。腌制樱花很好吃，我特别喜欢吃放在樱花年糕上的腌制樱花。这种腌制樱花年糕的外面，有的还包着腌制的樱花叶子，口感也很好。把腌制樱花放入做好的清汤中，更是别有一番情趣。在日本，通过网络就可以购买腌制樱花，100 克大约 525 日元。所以在日本吃樱花很方便。当然，各种时令樱花食品就只有在樱花盛开时节才能吃到。

日本人还喜食各种鲜花。黄色的鲜菊花也是日本人餐桌上的常见"调味品"，在超市就可以买到。人们不仅将鲜菊花当作菜肴的装饰物，还把其花瓣撒在酱油中当作刺身等食品的蘸料。把菊花花瓣撒在米饭上食用，菊花香气会让米饭变得非同寻常。在日本的高级饭店吃刺身，店家会在刺身旁边放几枝紫苏花。顾客可以把小小的紫苏花瓣放在酱油中，品味紫苏特有的芳香。还有一种大朵山茶可以当作主菜，做成天妇罗，好看又好吃。据不完全统计，日本可食用花多达 30 多种。日本农林水产省还给出可以食用鲜花的种类清单，并说植物为了留下种子会拼命给鲜花供养，所以鲜花养分很充足。同时，该省还发出公告强调，吃鲜花必须选择无毒无农药的鲜花，最好是吃那些专门为食用而栽种的花朵，否则，吃了可能会有生命危险。

15. 到茶乡去"吃"茶

茶是用来泡着喝的，但是在日本的"茶之乡"静冈县，人们不光喝茶，还要吃茶，并且积极利用茶来预防疾病。走进静冈的茶乡"掛川"，可见茶田遍野，满目苍翠，茶町（街道）中点缀着免费茶室。古色古香又不乏现代感的茶礼品店，让游客陶醉在茶的魅力之中，使他们不仅能了解日本传统茶文化，也能发现新的茶文化。

我在静冈县的"Grinpia 牧之原"吃了一顿不同寻常的茶宴。一套菜中每道都离不开茶，就连刺身的鱼片上也涂了一层细细的茶粉，好看好吃又健康。此外，还有清煮嫩茶叶、茶叶天妇罗、茶叶面条等美食，摆满了大大小小 10 只碗碟。茶叶天妇罗是用新鲜的嫩茶叶裹面粉炸制而成的，吃起来像菜叶，却有淡淡的茶香，咽下之前还有一股淡淡的苦味，回味无穷。清煮嫩茶叶取刚出头的新鲜茶叶，用日式调料烹制，清淡无油，吃起来口感也不错，很有营养。最令人惊奇的莫过"佃著茶叶"这道菜。店里的服务员介绍说,这道菜是用泡过一次的剩茶制作的。一般情况下,大家泡完茶,就把剩茶叶扔掉了,但是静冈的茶乡人却将其收集起来,加上料酒、酱油等多种调料,耗时几个小时煮制成精美的菜肴,让泡过的残茶变身成为美味佳肴,真是妙不可言,既健康又环保。在静冈很多地方都可以吃到这种美味的茶菜肴。

"Grinpia 牧之原"不仅开设了饭店,还有茶叶的加工包装基地对外开放。任何人都可以到此参观,了解茶叶从采摘到包装的全过程。我在此看到了机械采茶机、揉茶机,还有自动化包装机等制茶设备。连吃带玩儿之后,我又在附近的礼品店看到了各种茶产品,有各式各样的茶叶甜点、茶糖,还有各地的茶叶、茶具等。店家提供免费的茶水供游客品尝,茶水还配有中文说明。

"Grinpia 牧之原"的负责人介绍说,仅仅喝茶是不够的,喝茶只能获取茶叶营养的 30%,所以静冈人不仅喝茶,还要吃茶。茶乡人癌症患病率很低,经过科学研究发现,这与当地人常喝茶有一定的关系。在静冈茶乡,有些学校提供茶水防止学生感冒,并提倡学生多喝茶水。高考前,有的高中还向学生发放瓶装茶饮料,以增强学生体质。还有的小学专设一条自来茶水管道,只要孩子们想喝茶水,就能在饮水处取到。校方也允许孩子们用茶水漱口,帮助孩子们预防疾病。

在茶乡,对茶叶的利用几乎达到极致,连残茶也大有用处。我到达茶乡的那天,正好是三年一次的"世界茶叶节"开幕。在展厅里,我还看到了用泡过的残茶制作的信封、餐巾纸、墙壁砖等产品。这些用残茶制作的产品,不仅材质柔软、吸水、有淡淡芳香,还有一定的杀菌作用。

静冈茶乡的茶为什么好吃又好喝? 只要你来掛川,便可以找到答案。掛川市有个东山地区,共有 90 多户茶农,至今沿袭着传统的茶叶栽培法,即"茶草场农耕法"。在山体之间分布着茶田,可以看到茶垄间铺着很多黄色的草。当地茶农介绍说,这些黄色的草就是泥土最好的肥料。百年间,这里的茶农都沿袭祖辈的传统,每到秋季便上山割草,然后将草切铡成寸把长,铺到茶树的田垄上,所以种茶的土地非常肥沃。茶田周围一般都有草场,每年割一次草,不仅能够保持茶田肥沃,还能使草场茂盛,使动植物免于灭绝。这种人与自然共生的农耕方式,目前受到瞩目,当地政府正在力争使其成为世界农业文化遗产。东山茶被认为是日本的高档茶,这除了和自然茶草场农耕法有着必然的联系之外,也是当地人重视茶叶质量的必然结果。在这里依然保持着斗茶会的习俗,至今已有五百多年的历史。每到茶叶的收获季节,各家都要把自家最好的茶叶拿出来比斗,从色、香、味等多个方面进行比试,最后评出茶王。为方便游客,当地人还在可以遥望茶田的地方,修建了几个"歇脚处"。山野之间,点缀着传统的木房子,房门上的一袭布帘,透出农村的质朴。歇脚处内,有石头制作的茶香炉,释放出淡淡茶香。在这里可以品茶、买茶,还可以购买当地农妇工作时的包头、套袖等,这些古朴的小花布制品让人爱不释手。

有了好茶,还必须有好茶商去销售。静冈的茶乡把茶商聚集的地区称为"茶町"(街道),在静冈市内有很多"茶町"。过去,那里的茶商们只注重收购、加工、销售茶叶。现在,由于瓶装饮料的增多,很多年轻人都不愿意自己泡茶喝了。因此,"茶町"里的茶商们也面临销售额下降的危机。于是这些代代相传的茶商开始寻找新的商机,并联合起来推出"茶町"地图,旨在吸引游客。茶商们还把传统的老屋改造成商店或者茶室,开发新的茶制品。

一家叫"KINZABURO"的茶屋设置了免费的休息处,一楼销售各种茶叶甜品,二楼就是供走累的游客免费休息的地方。二楼有一半的空间设置了日式榻榻米,另一半的空间摆放了桌椅,可以随便坐。游客到此,可以免费喝茶。免费茶大约10多种,有冷茶也有热茶,都附有茶叶的说明。客人休息好了,觉得茶好喝,便可以到一楼购买,当然不买也不会有人责怪。这种免费休息饮茶是一种崭新的销售模式。"KINZABURO"的店主介绍说,如果以推销的方式让人们品茶,人家会烦,但是这样免费提供休息处,顾客就会主动品尝,直到找到符合自己口味的茶为止。所以,这看似免费的休息处,实际上隐藏着无限商机。

· 第二章 ·

奇俗说不完

日本是个岛国，四面环海的独特地理环境，让这个国家拥有着独特的传统，也拥有着古怪的习俗。探究这些习俗，不仅有趣，也可以管窥日本人多元的文化性格。他们对神灵的敬畏、对妖怪的喜爱，也许源于原始时代的蒙昧和畏惧，但是这些神怪并不恐怖，有些甚至让人觉得憨态可掬。

1. "灵能"不可怕

日本人也非常爱谈"灵"和"灵能",有人为之受苦,有人因之获益。部分日本人相信,有些人具有非同常人的"能力",能够看到普通人看不到的"幽灵",因此可以"预知"未来。也有的人相信"灵"有善恶,"善灵"和蔼可亲,"恶灵"必须除去,所以有人借驱除"恶灵"犯罪。一些宾馆,特别是出了人命的酒店,常常会传出"幽灵"出现的传说,这样的传说只流传于民间,商家并不想多谈,以免让客人感到恐惧,并因此影响生意。但是,这也并没能阻止好奇心旺盛者前去探险。

日本的电视台常常会播放有关"幽灵"的节目,并聘请有"灵能感知力"的"灵能师"现场说"法",然后让观众讲述自己遭遇"幽灵"的体验,让"灵能师"去破解。还有人把日本各地的"幽灵"事件汇总在一起,公布在网站上。一家网站专门介绍导游的亲身体验。一群奈良的学生到北海道毕业旅行。吃完晚饭后,数名男生突然跑到老师那里,恐惧地告诉老师,他们看到"幽灵"了。有的学生吓得话都说不连贯了。老师费了很大劲儿才让他们镇静下来。原来,他们洗完澡回到房间后,突然看到房间里有个不认识的男生穿着蓝色的运动服站在那里。学生们说,对不起,这里是我们的房间。结果那个身穿蓝色运动服的男生回头看了他们一眼后就突然消失了。男生们赶紧去告诉了老师。男生们还说,那个"幽灵"向4楼走去。老师安慰学生们说,你们一定是看错了。他们赶到4楼,10多名男生已经在4楼走廊乱成一团,他们纷纷告诉老师自己看到"幽灵"了,样子和刚才学生们说的完全一样。就在老师听学生们讲述的时候,有人听到啪的一声,大家顺着声音一看,那个穿蓝色运动服的学生从房间的墙壁中走出来,跨过走廊,慢慢消失在另一侧墙壁内。经查问得知,数年前,这家酒店曾经有一名从奈良来的男生,因为和同学打闹,不小心从阳台掉了下去。以后就常有人说,在这家宾馆看到了"幽灵"。目前这家酒店还在运营之中,所以写出体验的人没有说出这家宾馆的具体名称。

但是,有一家宾馆却没有那么好的运气。一家位于某个海峡的宾馆,有一个房间被称为"佛坛房间",这个房间里面有个从底层到房顶的巨大佛坛,一到深夜,佛坛就会发出香味儿,同时还能听到念经的声音,间或可以听到男女数人高喊"出来吧!出来吧"。最终,这家酒店客人越来越少,现在已经倒闭了。

日本人并不排斥"灵能",且把"幽灵"出没的地方看成是"心灵观光地",有的人还认为,前往这样的地方能够获得力量。但是,也有人利用这种想法骗财骗色,甚至有人以"驱除恶灵"为由,闹出了人命。2013年2月,千叶中央警署逮捕了一名罪犯,他谎称可以帮助一名女性"解除幽灵"对其家人的诅咒,骗取了80万日元。在大阪,一名48岁的无业男性竟然以"除恶灵"为由,猥亵了一名17岁少女。此前,一名初中女孩,因为从小患病,久医不愈,于是家人相信她被"恶灵"附体,按照邪教的说法为女孩"除灵"。因为采取了虐待的方式"除灵",导致女孩死亡。

也有利用自身的"灵能力"做益事的传说。日本《女性自身》杂志就刊登了这样的一个故事。日本的四国居住着一个具有"灵能力"的家族,这个家族拥有1300年的历史,其成员也一直利用自身的特异功能为人们"驱除邪气"。现在这家人的后代叫森保美。她一边开美发店,一边为他人"驱邪""算命",并因此名扬海外,居然有外国人专程到此请她"算命"。但是她本人却说,她为有这样的能力而苦恼,因为她总能看到自己不想看到的"幻影",感到十分疲惫。她小时候,如果上课时集中精力,就看到老师身后出现各种"幻影",从老师夫妻打架到夫妻房事,只要是过去发生的事情都能看到。这种"特殊能力"让她无法和同学正常交流。同学们很多人都认为她很怪异,总是孤身一人。长大后,她结婚生子,32岁开办了美发店。她具有"灵能力"的事被传开了,很多人都慕名前来。40岁时,她在自己家中开起了"算卦屋",用祖传的"能力"去帮助别人。

当然,以上这些"灵异事件"和"通灵之人",仅存在于民间传说中,我们还是应当相信科学,不迷信。但也正是这些玄幻的故事,给日本民间文化增添了许多神秘色彩。

2.妖怪成为摇钱树

日本人喜欢漫画,漫画中又多有妖怪。和中国的妖怪不同,日本的妖怪并不那么吓人,有的妖怪还很善良。所以很多妖怪受到日本人的喜爱,一些漫画作品中出现的妖怪还有很多粉丝呢。这也让商家从中看到商机。对日本人来说,妖怪传说不仅仅是一种文化,也是一种非常有效的赚钱噱头。

在一个有榻榻米的房间中央,放着一个巨大的日式拖鞋。黑色的墙壁上画着"鬼太郎",他一眼睁一眼闭,头上还有一只红眼珠,一身忍者打扮,霸气十足,让人忍不住要好好看看。这里并非漫画作品展,而是一间温泉旅馆的客房。鸟取县米子市是漫画《鬼太郎》作者的故乡。为此,该市皆生温泉的一家旅馆便以此为题,推出了"鬼太郎客房"。旅馆把客房全部按照《鬼太郎》的情节进行改装,有以"妖怪决战"为主题的,也有以"鬼太郎教室"为主题的,房顶和墙壁都画满了鬼太郎和妖怪。普通的温泉旅馆经过一番打扮之后,变成了鬼太郎房间,立刻受到顾客热捧。原本冷清的生意一下子火爆了起来。周末预约已经排到了4个月之后。受妖怪客房热销的启发,2012年3月8日,该旅馆又推出了"和妖怪一起吃饭"的餐厅。旅馆把两个宴会厅改成妖怪主题餐厅,让顾客在 40 多个妖怪的陪伴下,品尝当地美酒美食。餐厅之一被称为"眼珠大爷主办! 妖怪大宴会",其内部就像一个鬼太郎的钓鱼小屋,周围的墙壁上画着老鼠男等 40 个妖怪。另一个厅相对小些,也画着 17 个妖怪,主题是"猫姑娘"。为了烘托宴会气氛,妖怪们的表情都很滑稽。为了让客人满意,旅馆刻意烘托出宴会的热闹气氛,所以,虽然旅馆中尽是妖怪,但看上去并不可怕。

在日本,拿妖怪做文章吸引顾客,似乎是一种很有效的经营手段。JR 城市电铁公司为了吸引乘客,把《鬼太郎》作者家乡内一条线路的电车全部画上了妖怪,把沿途的 16 个站名都改成了著名妖怪的昵称。这还不够,为了让乘客更深感受到妖怪故乡的特色,这趟列车的所有报站通知,用的都是动漫中妖怪的声音。比如,眼珠大爷会用其独特的高亢声调喊:"下一站是境港站。"紧接着,哭子爷还会用低沉的粗嗓子通知乘客:"下一站将由鬼太郎为你报站。"虽然这些都是动漫配音的模仿秀,但是小学生们还都以为是动漫中的妖怪在说话,非常高兴。家长们也愿意带着孩子乘坐这趟车,和孩子们共同体验"妖怪之旅",大大提高了这趟车的乘车率。

似乎只要和妖怪沾上边儿,东西就会好卖。近日来,东京的一种点心,也借着妖怪的名字热销。东京日暮里车站附近有一家日式点心店。这家店在制作传统点心"草莓大福"时,制作人员灵机一动,把传统外形改造成了妖怪模样,并将其取名为"妖怪草莓大福",结果一上市就销售一空,每天 300 个,中午就能售完。而其他店铺的普通"草莓大福"则不见热销。日本人说,妖怪草莓大福虽然外形有点让人讨厌,但是表情却很可爱。这也许就是其热销的原因吧。

为了振兴旅游业,日本的埼玉县专门制作了《妖怪导游手册》,手册被起名为《幻想百物语埼玉妖怪篇》,上面写着川岛町流传的"扯袖小僧"传说。"扯袖小僧"专门在黑暗的道路上悄悄靠近你,扯你的袖子。但是他只是淘气开玩笑,并无恶意。而出没在日高市的吸血鬼就没那么客气了,他拿着刀,专门藏在麦田里吃小孩的血。埼玉县把这些传说中的妖怪故事编纂成册,吸引人们到当地旅游。游人增多自然会为当地的餐饮业、交通业等第三产业带来财富。因此,这套《妖怪导游手册》是免费赠送的。

近年来,日本人对妖怪的热情可谓有增无减。日本文化研究所不仅要通过妖怪推出一种新的文化,还要让日本的妖怪文化走向亚洲,走向世界。因为他们认为,妖怪是人际交往中出现的幻想物,研究妖怪也可以加深对日本人内心的了解。

3. 新泻正月"扔女婿"

日本的"祭"很多,而且还有很多奇"祭"。日语的"祭"并非"祭奠"之意,而是指节日,其形式多种多样,有的还很像中国的庙会,很多"祭"都是流传已久的古代风俗和仪式。说起日本的奇"祭",新泻县十日町市的松之山町,还流传着一种"扔女婿"的传统,以及脸上涂黑炭的奇俗。因为新泻古称"越后",所以一年一度扔女婿、涂黑炭的仪式便被称为越后的奇"祭"。

2012 年 1 月 15 日,松山温泉聚集了三对新婚夫妇。三位青年因为娶了当地的姑娘为妻,正月和妻子一起回娘家的时候,便有了参加奇"祭"的资格,成为扔女婿仪式的主角。按照惯例,这些身穿日本和服的新郎首先要被当地的男性高高举起,并被带到大约 5 米高的台子上,然后再被扔到台子下面的斜坡上。由于当地多雪,这样被抛下去也不会摔伤。相反,等在下面的新娘们不仅对被摔的新郎们又拉又抱,还要赶紧为他们拍打身上的积雪,以示体贴恩爱。

据说,这个习俗的源于当地男性的嫉妒心。新泻地处偏远,天寒地冻,而且多雪,当地男性为了惩罚那些抢走了当地姑娘的外地人,便恶作剧地把外地女婿扔到雪地里,既为泄愤,也为了活跃气氛。随着时代发展,扔女婿竟然变成了一种固定的习俗,还有了非常固定的流程。十日町观光协会称,这种扔女婿的风俗大约起源于 300 多年前。据说,当地青年喜爱的一名姑娘被其他部族的青年夺走成婚,愤怒的当地青年为了出这口气,就把夺人之爱的新郎扔到了雪地里,于是便有了今日的奇俗。现在,被扔的女婿要被当地众多男性从家里给"扛"出来,一直"扛"到当地的药师寺,在高台上被反复抛向空中之后，再被喊着号子的众人抛到斜坡之下。此后，寺庙将举行"赛之神"的仪式，也就是点起篝火，把去年挂在寺庙的大草绳、神符等都投入火中，祈祷无病无灾，商卖繁盛。等篝火完全燃烧，神绳、神符都变成黑炭之后，在场的人，包括那些被扔到雪地里的女婿们，就要抓起黑炭抹到别人的脸上，边抹边说一些"恭喜发财"的吉利话。

每年的仪式结束之后，就开始招募下一次仪式被扔的新郎，招募截止到11 月份。过去扔新郎，并往脸上涂炭是为了热闹和报复新郎，现在这种仪式已经成为新婚夫妇祈祷家庭生活圆满的祝福仪式了。

4. 菊花喜庆不悲哀

菊花在中国人眼中是祭奠活动的主角，是葬礼上不可缺少的装饰花卉，可在日本却恰恰相反，喜庆活动中常见菊花。在日本，庆祝开业典礼时居然会在门口摆放很多色彩艳丽的"花圈"。那情景在中国人看来颇有些不可思议。

日本人不过春节，一年中相当于春节的最大节日就是新年。每到新年前夕，日本的花店、超市都要摆出新年专用鲜花花束。因为是迎新年专用，所以必然带有某种吉祥的含义。花束中首先必须有碧绿的松枝。因为松枝的日语发音和"等待"相同，取其谐音寓意"等待神灵的降临"。还必须有两种植物分别叫"千两"和"万两"。这是一种绿叶映衬着的满枝红豆的树，取其日语谐音，期待新年能够收入千万银两，财源滚滚。"千两"和"万两"的差别是红豆的大小不同。此外，在新年花束的搭配上，日本人比较偏爱菊花。我曾经看到千叶一家超市的新年花束主角就是三色菊花，大朵的白菊配以紫色、黄色的小菊花，看上去素雅而庄重。在日本人看来，菊花是高贵、高洁、高尚、信用的象征。早在平安时代就有宫中赏菊宴会，现在日本的皇室还每年都举办"观菊御宴"。菊花是代表日本皇室的纹章图案。现在，日本 50 日元硬币上的纹样依然是菊花。菊花让日本人感到亲切，代表了一种令人向往的高尚品质。虽然日本人在佛坛前、丧事时也用菊花，但是日常生活中却也常见。

中国人参加葬礼时的献花多用菊花，而在日本人，特别是在名人的葬礼上，菊花却并非主角。

走在日本街头，常常会看到某家店的门口摆放着一排整齐的花圈。起初，我还以为那里在举行葬礼，仔细看上面的白色条幅才知道，那是在祝贺新店开业大吉。花圈上装饰的各色菊花，在中国人看来，怎么都会联想起葬礼。不仅新开店铺如此，有时候大型车行搞销售活动时也会摆放很多花圈，真让身为中国人的我哭笑不得。由此看来，日本和中国虽然同宗同种，却有着不同的文化生活，因此，不可想当然地去曲解对方，否则就会产生很多不必要的误会。也许当你有喜事时，日本朋友会真诚地给你送来花圈。那时可不要生气呀。

5.穿衣酷爱黑白色

黑色在中国人看来是不吉利的颜色，但是在日本人看来却并非如此。他们不仅葬礼上穿黑色的礼服，在结婚典礼上也穿黑色的礼服，有些学校更是把黑色作为学生校服的颜色，让我这个外国人真有些百思不得其解。

前阵子我参加朋友的婚礼，只见到场祝贺的男性穿着清一色的黑色礼服，系着白色领带。女性中也有人穿黑色的套装或者连衣裙，和葬礼不同的只是头饰或者胸前的装饰物颜色比较鲜艳。而新郎新娘的母亲穿的也是黑色和服。也许因为是婚礼，在黑色和服的前襟和袖口上佩戴着象征吉祥的花朵和象征财富的金色饰品。此后，朋友还穿着同一件礼服参加了导师的葬礼，只是把白色的领带换成了黑色。婚礼和葬礼是两种完全不同的场合，为什么日本人都穿黑色服装参加？难道黑色对日本人来说有什么特别的意义吗？

在古代，日本人参加葬礼时是穿白色衣服的。直到明治时代（1868年～1912年），日本政府大力推行欧化政策，要从根本上脱亚入欧，衣食住行也追求西化。当时西洋人把黑色定为礼服的颜色，日本人也开始效仿，黑色的燕尾服、西装开始出现。但是日本的和服丧服还是白色的。后来战争爆发，死亡人数大量增加，葬礼也越来越多。葬礼时穿白色和服，脏污后非常扎眼，而且也不便于清洗，再加上受到西装的影响，葬礼服装从白色和服逐渐转变成黑色西装。除了模仿之外，日本人还认为黑色是诚实的象征，因为黑色不容易被其他颜色左右，不容易变色或被染色。这也是部分学校将其作为校服颜色的原因之一。日本人也爱用黑色等暗色布料制作正式服装，将暗色看作是诚实的象征，所以，即使婚礼时身穿暗色服装也不会引起不满，更不会有不吉利的感觉。但是，最近日本人也有人感到婚礼上的一片漆黑有些异样，网上有人讨论，在婚礼上，至少女性应该穿得鲜艳一些。只有白色是必须属于新娘的，其他人绝对不能穿。白色在日本人眼中是纯洁神圣的象征。新娘结婚时穿的服装被称为"白无垢"。这种新娘的服装从里到外都用白色布料做成。在明治时代，日本趋向欧化之前，白色被作为神圣的颜色用于祭神服装，逐渐演变成新娘的服装白无垢。生孩子、葬礼、甚至剖腹自杀时也全身穿白。白色内衣则代表着高贵。因此，现在日本的内衣还都是以白色为主。

日本人在日常生活和婚礼葬礼中，喜欢用黑白两色，不仅与传统、神事等习俗紧密相连，也和日本人独特的审美有关。日本人普遍认为美是属于"侘"和"寂"的。"侘"和"寂"主要指朴素与安静。过去"侘"曾经代表贫穷，但是受禅宗影响，人们开始重新审视简洁，并将其定义为一种属于日本的独特审美。"侘"最初被茶道界大为赞赏和追捧，线条简洁粗犷的茶碗茶器受到欢迎，并将"侘"定义为"清静无垢的佛教世界""正直谦恭而不张扬"等。而"寂"也一样，主要代表无人的安静世界。在俳句等文学作品中，"寂"主要寓意一种古老且与外表毫无关系的美。这种来自于佛教与文学界的"侘"和"寂"的审美意识，深深植根于日本人的民族文化心理之中，并体现在其日常生活里。现在日本人穿衣戴帽，甚至家居装饰都以素色为美。因此，日本女性着装大多很素雅，即使年轻女性也偏好茶色、灰色和乳白等素净的颜色。走进日本的和室，会看到古色苍然的自然美。以榻榻米、原木木材、白色和纸窗门等为装饰基调的和室，把"侘"和"寂"的审美理念演绎到了极致。

6. 也爱红包

过年得到红包是一件让人高兴的事情。和中国人一样，日本人也流行送红包，而且还有专用的信封，很是郑重。但是金额却是有讲究的，不会非常高，更不会给孩子造成收红包是为了赚钱的错觉。和中国不同的是，日本人的红包多来自父母和亲属，而并非他人。

日本人称红包为"御年玉"。古代日本人有在过年的时候向神奉纳年糕的习俗。这些年糕还要分给前来参拜的人。年糕被做成镜子的形状，被认为可以映出神灵的魂。"魂"的日语发音和"玉"相同，因为是年神的"玉"（魂），故称"年玉"，再加上是神灵赐予的，故在前面加上"御"字，总称为"御年玉"。参拜者把参拜时得到的"御年玉"（年糕）拿回家分给家人。这种习俗就是发红包的起源。现在日本人在正月里去别人家拜访的时候，都要准备好"御年玉"。但是，因为怕给对方添麻烦，日本的友人、同事之间很少在正月互相拜访，孩子的红包多来自于其父母和亲属。

日本人红包的分量是依孩子年龄的增长而增长的。一般来说，学龄前儿童一个红包是 1 千日元，小学低年级为 3 千日元，小学高年级为 5 千日元，初中生为 5 千日元，高中生为 1 万日元。孩子们拿到红包后不会乱花。年龄小的孩子的红包由父母保存，有的家庭还给孩子单开一个银行账户，帮孩子存下红包钱，等孩子长大了再交给本人。有人用积攒的红包钱去毕业旅行，有人将其用于自己的业余爱好。总之，这些钱的使用方法是孩子们自己决定的。日本人是个重视"形式"的民族，即使送红包也毫不含糊，给自家孩子的红包也要用专用的信封装好。装红包的信封在日本一年四季都有销售，设计精美，有大有小，有朴素有华丽。挑选红包信封也是很有趣的事，虽然信封价格不菲，人们却也乐在其中。

随着时代的发展，日本的红包也在变化。日本的邮局每年都要发行贺年片，这种贺年片被称为"御年玉贺年片"，等于变相发红包。"红包年贺"就是在明信片上印上号码，年后抽奖并公布中奖号码。因此寄给对方的年贺片如果中奖，将是你送给对方的一个惊喜大红包。有的公司还推出带红包的"电子御年贺"。商家也在年末大搞"御年玉"商战,根据购买金额抽奖,为顾客送红包。

早在 2011 年,日本就开始推行电子红包,人们可以通过网络给对方送电子红包,用来在网上购物。金额从 1 千日元到 5 万日元不等,发送人可以自己选择。然而这种电子红包在日本并不是很流行,倒是一种通过电子邮件给对方送小额礼物的电子礼券很受欢迎,最低赠送额度可以是 500 日元。朋友、恋人之间可以通过这样的方式表达关怀和谢意。因为金额不高,所以很多人用它来表达自己的心意,而收到的人也可以轻松愉快地接受,没有太大的心理负担,也不必考虑如何还礼。日本人非常注重礼仪,收到礼物必须要回赠,因此送红包不算是很兴盛。与其说送红包不算是一种习俗,不如说是一种来自家人的关怀。

7. 神秘的"巫女"

在日本神社内漫步,常常可以看到身穿白衣红裙的女性,她们背后拖着一条粗黑的马尾辫,上面装饰着白色的和纸与丝线,显得很庄重。在神社内部,她们步履匆匆,有的在向来访者推销护身符,有的在为来访者办理"念经驱邪"的手续。这些女性就是"神"的孩子或代言人,被称为"神子"或者"巫女"。

自古以来,巫女的主要工作是在神社祭祀的时候跳神舞、祈祷或者占卜。有的巫女还能够获得"神的旨意",向人间传达"神谕"。古代巫女也分成两类:一种是受到朝廷御封的巫女,主要在神社奉祀"神灵",或起舞或祈祷;另外一种是民间的巫女,她们一般流浪民间,跳"神舞""驱邪",帮助平民祭祀,她们也有人自认为可以让"神灵附体",代传"神谕"。这些民间巫女往往集体行动,有时也为神社工作,有些人甚至还创办了自己的神社。这样的状态一直延续到明治时代前期。此后,巫女成为正式职业,她们只能在神社侍奉神灵,或者协助男性神职人员工作。

1871 年,日本政府颁布法令,禁止迷信,严禁宣扬"神灵附体",巫女几乎全部消失,这个法令在日本历史上被称为"巫女禁断令"。民间的巫女看似消失了,实际上有些巫女转向了神社或者某个神道教派,隐姓埋名,暗中继续参与祭祀活动。还有些神社开始雇佣女性,以巫女的身份协助神职人员工作,这就是现代巫女的由来。这样的习俗一直延续到现在。现在我们在神社看到的巫女,主要工作是在进行神社祭祀活动时跳"神舞"、奏"神乐",并协助男性神职人员工作。

　　神社对巫女的要求并不高,只要是健康的女性都可以成为巫女。由于不需要资格证书,所以,现在的日本巫女主要由神职人员的女儿或者亲属担任。巫女还被分成正式巫女和辅助巫女。

　　一般正式巫女的工作年限很短,高中或者大学毕业后开始上班,一般在20岁就退休了,原则上以未婚女性居多。如果退休后还继续留在神社工作,也可以结婚。她们的工作主要是演奏"神乐"和跳"神舞"。退休后继续留任的巫女在服装上也和普通巫女不同,比较常见的是普通巫女穿红裙,而退休后继续留任的巫女穿紫裙。

　　辅助巫女主要是在神社繁忙时雇用的临时工,以及来自信徒家的幼年女孩。日本的正式巫女主要通过广告等方式来招募,因为这是个特殊的职业,所以不受《男女雇佣均等法》的限制,可以在广告中写明只招募女性。如果一个神社想要招募专业的巫女,那就只能到专门的神职人员培训学校或者神社等地方去招募了。目前日本只有两所大学设有神道专业,成为专门培养神职人员的基地。此外,还有数家神社主办了"神职养成所",也就是神职人员培训学校。但是,除了必须要继承家业的女性之外,愿意学习神道的女性并不多,而且越来越少。为此,想要在日本的神社看到正式巫女并不容易,她们不仅人数少,行踪也十分神秘。

8. 男装丽人街上行

　　一本叫《KERABOKU》杂志的诞生,意味着日本已经进入男装丽人的时代。"BOKU"是日语中"男性"的发音。但是这本杂志的模特和读者却并非男性,而是清一色的女子。在书刊的销售量大幅度下滑的当下,《KERABOKU》却一上市就销售火爆,2万册很快被抢购一空,可见日本女性男性化势头的凶猛。

"女人也有想成为男性的瞬间。"这是《KERABOKU》杂志封面上的主要宣传文字之一。《KERA》本来是一个很受欢迎的女性时装杂志,但是由于现实中女性的独立性越来越强,想要拥有男人阳刚之气的女性越来越多,编辑部就在2011年年底创刊了《KERABOKU》。这本杂志被称为"世界首创面向女性的男装时尚杂志"。杂志的专属模特头牌是一名叫"明"的女性,她被称为"男装帅女子",拥有大量粉丝。她除了做男装模特之外,还应粉丝的要求,经常在网络电视上出现。她的粉丝都是一些年轻女性,她们不仅追星,自己也喜欢男性装扮。粉丝们说,喜欢男装女子是因为同为女性,彼此更容易沟通,而且男装女子比男性更温柔,更重要的是,和男装女子交谈,可以同时了解男性和女性对同一事物的看法。"明"说,现在许多男子越来越不像男人,吃饭付账时算计到一分钱,不懂得照顾女性,具有女士优先风度的男子越来越少。如果我穿男装可以让女孩子们展现更多的笑容,那我会一直穿男装。在她的男装丽人风潮影响下,女孩子们不仅模仿她的穿着打扮,还模仿她的化妆方式。专为女性设计的男性化时装也应运而生。

过去日本女性想要穿男装,很难买到合适的尺寸,现在方便多了,男性化的女性时装已经在时装卖场内占有了一席之地。男装化女性时装品牌数量繁多,款式多样,还有专门的杂志指导读者,如何装扮才能既有男人的帅气,又不失女性的可爱。动漫也在日本的男装丽人热潮中发挥了重要作用,很多女性最初是因为模仿动漫中的男主角,才发现自己穿男装也很合适的。日本的男装丽人多为个子较高的女性。

伴随着日本男装丽人热,相关服务也应运而生。秋叶园附近有店铺设有"男装丽人陪你约会"服务。神田有一家店里有16名男装丽人,可以按照客人的喜好陪伴女顾客上街,提供类似导游的服务。"约会"的价格是每60分钟到180分钟4千日元,延长再另外收费。提供这种服务的店铺一般都聚集在秋叶原附近,因为那里是御宅族和动漫迷的大本营。

日本很多地区还设有男装丽人咖啡店。池袋就有一家。在这家店里，女服务员全都是男装打扮，客人基本上都是女性。小店常常人满为患。爱到这里来的女性说，这样的店除了新奇之外，也让人很有安全感，店员很健谈，可以和她们聊一些自己的烦恼。日本年轻人到这里来并非是寻找同性恋对象，更多的是寻求对变装的新鲜感，寻找新奇和刺激。男装丽人咖啡店数量很多，日本各地都有，主要集中在秋叶园和池袋地区。网上还有"男装女子"的小说、漫画，女扮男装的电视剧也在增加，如《我是美男》《致花季的你们》《樱兰高校 host 部》等。这些连续剧中都有女扮男装的知名演员，她们俏丽又不失帅气的男装打扮，让粉丝们充满向往，从另外的角度推动了日本女性的男装化。

日本女性的男装化和日本男性的"草食化"不无关联。男性的"草食化"让女性感到缺少依靠和关怀，于是就希望通过自身的男性装扮，弥补社会缺失的野性和阳刚之气。此外，伴随着女性社会地位的提高、女性工作机会的增多，经济上的独立也让她们不再依赖男性生活，更加自由地释放个性。日本男性"草食化"之后兴起的女性"美男化"并非偶然，也许可以看成是日本社会发展的必然趋势。但是，一项社会调查也表明，70% 的男性反对女性穿男装，因为他们感到自己的地位受到了威胁。

9. 相亲活动花样多

日本不仅面临少子老龄化的难题，年轻人不愿意结婚的问题也很突出。由于现代生活丰富多彩，以及日本独特的国民性，日本人平均结婚年龄越来越大。为此，很多地方推出各种新颖的相亲活动，为年轻人提供更多接触异性的机会，使其能够找到心仪之人，结为伴侣。

打开日本的相亲网站，可以看到各种相亲活动的信息。有趣的是，日本人把相亲活动都分了类。比如，把单纯吃饭聊天的相亲活动称为"街欢相亲晚会"，把以各种爱好为主题的称为"兴趣爱好相亲晚会"，还有"参加大型活动相亲晚会"等。"兴趣爱好相亲晚会"中还有分类，项目不可胜计。除了"一起看球""一起做饭"等类别之外,还有喜欢猫狗宠物之人的专场相亲活动。

东京的惠比寿有一家猫咖啡店,就是举办爱猫者相亲会的地点之一。要求相亲者本人先在专用网站登记,成为会员,然后才能申请参加。主办者要求,参加爱猫者相亲活动的人必须提前 15 分钟到达,然后要提供身份证明,证明自己是单身才能正式参加。费用也要比自己去喝咖啡贵很多。每位男性需交纳 6 千日元,每位女性需交纳 4 千日元。这样就可以获得一杯免费的饮料,和其他参加者坐在一起,互相认识并交谈。猫咖啡店的内部装潢以黄色为基调,木质桌椅很温馨。和其他咖啡店不同的地方,就是这里散养着许多漂亮的小猫。小猫们憨态可掬,让猫迷们忍不住要逗它们玩儿。店家还为客人准备了很多逗猫的玩具,供客人自由使用。相亲晚会开始后,先由主办方致辞,然后参加者自我介绍。为了让每位参加者都能和所有到会者有接触的机会,晚会过程中还要交换座位。参加者以猫为话题,较为容易拉近彼此之间的距离,增加亲近感。

类似的相亲会还有一起看球相亲,"喜欢某个明星的粉丝之间的相亲""一起去看海""喜欢吃甜食"等相亲活动。每项活动都事先通过网站发布活动通知,报名参加很方便。这样的相亲活动比传统相亲省钱,也更省时间。不用提前照相,不用交纳昂贵的费用,因此很受欢迎。

除了针对一般大众的相亲活动之外,一些特定身份的人也存在结婚难的问题。比如和尚。日本是允许和尚结婚的,但是由于社交圈子小,接触女性的机会更少,所以想要结婚,就只能依靠婚姻介绍所了。日本有专门为和尚牵红线的"结婚相谈所"。想要找对象的和尚先要成为会员,然后就有专业人士了解和尚的要求,并帮助其寻找心仪的女性。想要成为会员需要交纳 6 万日元的入会费,2 万日元的登记费,此外,还要每个月交纳 1 万日元的会费。相亲一次再另外交 5 千日元。如果在该介绍所的介绍下终成眷属,还要交纳"成婚费"30 万日元。尽管条件如此苛刻,还是有人入会,毕竟和尚们缺少接触年轻女性的机会,很多女性也对和尚有成见,不想嫁到地处偏僻的寺庙去。因此和尚婚姻介绍所也有一定的市场。

很多地方政府也注意到这样的问题,常常为和尚们举办一些不收取会费、只收取饮食费等基本费用的相亲活动。最近，通过网络自我宣传的和尚人数在增加，多少改变了女性对和尚的认识。2013 年甚至出现与和尚相亲的相亲热。身穿袈裟的和尚不仅可靠，且很有包容力，媒体甚至还出版了《英俊和尚图鉴》等书籍，让女性产生了追星般的感觉。年轻的和尚们也借机大力宣传自己，并试图通过频繁参加相亲活动，振兴日趋衰落的佛教家业。

日本的自卫队员也同样存在结婚难的问题。日本有个"绊结会"，就是专门为自卫队员介绍对象的。《每日新闻》报道说，和过去备受冷落不同，现在和自卫队员结婚似乎开始转热，一些女性对自卫队员的看法有了改变，自卫队员，特别是海上自卫队员受到青睐。为自卫队员举办的相亲活动，不再像以前那样少有女性来参加，相反，很快就能额满。自卫队在宇都宫举办的一场相亲会，定员 40 人，结果来了 70 名女性，最后只好抽签决定谁能参加，当日有 14 对男女决定继续相处下去。

老年人的相亲活动也非常盛行。一家叫"Zwei"的婚介所，专门开设了为 50 岁以上老人提供相亲帮助的服务。因为 10 年来，50 岁以上来此寻找伴侣的老人人数增加了 2.4 倍。目前有 50 岁以上男性会员 4680 人，女性会员也有 1440 人。这家婚介所通过举办药膳相亲晚会、卡拉 OK 聚会等适合老年人的活动，为很多老人成功牵线搭桥。日本的电视台最近也常常播放老年相亲活动的实况。在相亲晚会上，每个老人都精心打扮，首先自我介绍，然后互相记下心仪的人，在交换席位时就可以直接找对方详细交谈。有的老人为了提高相亲成功率，还专门带上标明自身经济收入的年金本。还有些老年人在确定相处之前，先交换健康记录。

温泉相亲会、药膳相亲会在老年人中也很流行。日本中尾山温泉有家露天温泉宾馆，专为相亲设计了一个小门。本来男女温泉池是不能互通的，但是这家温泉店却在隔墙上安了一扇窗口大小的门。只要互相同意，解开绳拴，门就开了，男女可以对望。日本人认为洗澡的时候大家最为自然，也毫无防备。所以只要双方愿意一起洗澡，说明彼此愿意亲近。这也是温泉相亲得以流行的原因之一。

日本相亲活动呈现多样化、细分化趋势，新鲜独特的相亲活动很受欢迎，形式也越来越多。

10. 痴迷手相很平常

在日本的大街上、大型商场中，常常会看到有人在摆摊看手相。在池袋的电车站附近，每当夜晚店铺关门后，手相占卜师就会在人流量最多的地方支起小木架子，点起写着"手相"字样的纸灯笼，开张"算卦"。而新宿的歌舞伎町有人干脆连灯笼也不点，就举着写着"手相"字样的牌子席地而坐，等着顾客上门。有名气的手相占卜师有自己固定的店铺，有些"大师级"的手相占卜师甚至成为电视节目的常客，为演艺明星和著名人士看手相。

许多日本人特别相信手相代表着命运，如果看得准就会知道自己的未来，并相信通过看手相，能够找到自己不为人知的好运气，并期待着通过看手相"开运"。日本的"今日电影"网站报道，日本著名演艺人、手相占卜师达克子饭田在女儿刚出生时就为她看了手相。他在社交网站上写道："女儿出生了，重 3248 克"。然后他说给女儿看手相，看出了以下信息："她非常顽固，但似乎能够成为一个可爱且很有素养的人。如果能够发挥不服输的特长，工作的运气会很好。但是手相还说明，这孩子好恶分明，所以我希望她能够成为一个能和各种各样的人打交道的人。"饭田还通过手相看出，"女儿和同学或者身边的人结婚的可能性很高，所以现在就有点儿担心了。"

日本人喜欢看手相，不仅让手相占卜师成了明星，经常在媒体上出现，日本的女性杂志还常常进行各种各样的相关报道，甚至到了近乎狂热的地步。很多人希望能有个好手相，继而有好命运，女性杂志竟登载如何通过按摩改变手相的报道，甚至传授让人们如何用笔在手上画出一个好的手相来。有些女性因为相信改变手相就能改变命运，还专门去美容院进行"整手相手术"。湘南美容外科医院不仅做美容，也做手相整容，用激光在手上"烧"出顾客想要的纹路，让手相变成有好运的模样。一次手术的费用大约 10 万日元，时长 10 分钟左右。前来整手相的女性要求最多的，就是在手上重新"整"出一条能带来好运的恋爱线或结婚线，还有的人希望拉长结婚线，能够在来年结婚，也有人要求拉长财运线，希望今后能有更多的钱。

相信手相的日本人，通过手相整容来改变运气，不过是寻找自信和安慰罢了。有的人靠手相整容获得了自信，在生活中少了许多顾虑和担心，做事似乎也更顺利了，这让其本人感到改变手相后，命运确实在变好。人们看手相，实际上是为了获得心理安慰。也许在没有居民委员会的日本，类似于心理咨询顾问的手相占卜师，是一种不可缺少的职业。

11. 点"大"火送"灵"上黄泉

日本人在沿袭中国古代习俗的同时，也将其改变发展，形成了自己独特的习俗。每年的阴历七月十六日，京都等地都会为了祭奠亡灵、送灵回归黄泉路，而点起"大"火。所谓"大"火并非放火，而是在高大的山上，用柴草排列成"大"字，然后在"亡灵回家"的第二天，为其点燃，照亮黄泉路。这种习俗自古就有，一直流传至今。

每年阴历 7 月中旬，日本人就要过"盆"祭。这个"盆"是"盂兰盆节"的简称，是一种来自中国的佛教节日。中国早在公元 6 世纪就有了"盂兰盆节"纪念活动，7 世纪传到日本。过去，每到阴历七月十三日，日本人都要点起火来迎接祖先之灵，这一天点起的火，被称为"迎火"；而十五日和十六日还要再次点起火来，送祖先回归黄泉，因此这两天点起的火又被称为"送火"。因为"送火"只能在家门口点燃，所以还被称为"门火"。随着时代的变迁，现在的人们虽然不在家门口点燃"迎火""送火"了，却将"送火"演变成了在高山之上点燃一个"大"字的习俗。早在 1603 年，日本就有了在高山之上点燃"大"火的习俗，但是为何要点燃却没有确切的文献说明。传说，"大"这个字就是星星的形状。按照佛教解释，五芳星可震慑恶魔，因此"大"字就是五芳星的形状。也有传说认为，北斗七星的位置一年到头都不变，是神的化身，而"大"字的形状和北斗七星相似。于是在岿然不动的高山之上，点燃"大"字，就等于请来了北斗七星之神，保护着先祖的亡灵安然返回黄泉。

每年都被点燃的"大"火，也曾经消失过。日本在明治时期开始现代化，因此，为送祖先之灵点起"大"火的习俗，被看成是迷信的行为，被政府勒令禁止了 10 年。第二次世界大战期间，为了避免轰炸，在灯火禁止使用的地区，"大"火也曾经被禁止。作为代替，当地人让小学生们穿上白色衬衫，在早晨爬上山顶，在通常点"大"火的地方做广播体操，并以此祭奠亡灵。

明治时期以前，日本各地都有点"大"火送亡灵的习俗，因此，人们也习惯将这样的火称为"大文字烧"，而且各地使用的字也不同，虽然以"大"字居多，但是也有用"妙法""蛇""长刀"等字的。明治以后，虽然"大文字烧"的习俗得到恢复，但是由于资金限制、现代人对传统习俗的漠视等原因，只剩下 5 座山还能坚持每年都进行了。过去点火都是用松明插在地上组成字形，因此每年的"大"字形状都不同，后来逐渐演变成在大山的斜面上挖槽点火。现在，由于人们环境保护意识的提高，人们停止挖山，在山体斜面上用石材建造"大"字火道。有效地防止了山体自然风化，避免了火灾的发生。点火使用的都是"护摩木"和普通的木材。"护摩木"就是人们在神社里写着心愿或供奉先祖的灵牌。因此，每当"大"火熄灭之后，人们爱上山去捡拾护摩木烧成的碳，并将其装在小袋子里，用来"驱鬼避邪"。

12. 迷信禁忌多

在日常生活中，日本人的规矩很多，大部分人又比较拘谨，有些迷信，所以禁忌也比较多，有些禁忌就有些离奇。

2011 年的春季，日本网络风传 5 月 16 日是日本的性行为禁忌日，告诫人们在这一天不要进行性生活。要是在 5 月 16 日这天不忍着点儿，冒险快活，那么男女双方都会在三年之内死去。因为他们触犯了禁忌。据说，这个性爱禁忌日起源于平安时代（794 年 ~1192 年），记录在日本最早的医学书上。这本书叫《医心方》，作者是丹波康赖。江户时代的许多日本人认为，这一天的夜里不能行房事。一本被称为"艳本"，也许就是我们现在所说的黄色小说的书《艳话枕筥》上写着，如果破了这个禁忌，三年之内就会死。《医心方》的作者丹波康赖是中国移民的末裔，先祖是后汉的灵帝，丹波康赖被认为是日本针灸和东洋医学的鼻祖。日本的历法来自于中国。因此,类似于黄道吉日之类的说法也渗透到日本人的生活之中。按照阴阳学说,被看作禁忌的日子很多,比如往亡日、厌日、坎日、道虚日、衰日等。其中 5 月的"往亡日"是指 16 日这一天。见词思义,"往亡日"就是"去了就会死"。也许当时的人们就是据此把 5 月 16 日定为性爱禁忌日的。还有一说,江户时期曾经梅毒大泛滥,许多人因此丢掉了性命,为了警醒世人,有人制定了这个禁忌日。但是以上这些都只是传说,并没有经过科学的考证。

大千世界,无奇不有。在平时的生活中,日本也有很多不成文的禁忌。有人说,如果借用他人的梳子,必须晃动三下再用,如果不晃的话,就会把那个人的病灾、厄运都带过来。还有人说,晚上看到蜘蛛就要把它打死,否则家里的各种东西,包括好运,都会被搬走。但是早上看到蜘蛛就不能杀,因为早上的蜘蛛会把别人家的东西,包括好运,都带过来。还有人说,打死了早上的蜘蛛,就会讨不到媳妇。一名年轻的日本女性说,她小的时候被奶奶告诫不要在晚上吹口哨,那样的话就会把狐狸招来。狐狸会围着你家房子转三圈,把全人家都迷住,变得疯傻。长大了,她才知道,那不过是大人吓唬她而已。实际上,过去有一种习俗,如果想把自己的女儿卖到窑子里,就吹口哨呼唤人贩子。所以,大人不希望自己的孩子晚上吹口哨,避免遭到非议。类似的禁忌数不胜数。比如,晚上不能剪指甲,因为恶灵会在晚上通过剪掉的指甲屑现身,让剪指甲的人遭到厄运。如果墓石是黑色的,子孙就会遭遇不幸。在外面看到动物的尸骸,就要唱经三次,再吐口唾沫,不然就会被附体。看到黑猫就要后退 16 步,不然就会遭到诅咒。

其实,很多禁忌是因为人们对自然不够了解而产生的,但有些禁忌也体现出了人们的生存智慧。在多灾多难的日本尤其如此。彼岸花也叫曼珠沙华,又叫石蒜花。因为这种花的根部可以食用,所以被日本人当作遭遇灾害时的非常食品,多被栽种在自家坟墓附近,或者偏远的地方。为了防止人们采摘,还流传了很多关于彼岸花的禁忌。最常见的是,谁折了彼岸花回家,谁的家里就会遭遇火灾。这种传说在日本广为流传,所以若是小孩拿着野外的石蒜花回家,往往会遭到父母的训斥,还要送回去,并被警告不要再折这种花。此外,还有人说石蒜花有毒,因其多栽种在墓地,而被称为"死人花""有灵花"等。这些实际上都是为了保护这种植物不被盗挖,一旦灾难来临,就可以将其当作粮食或者药材,帮助人们度过危机。产生这样的传说,也许和日本严酷的生存环境有关,因为日本经常发生地震、海啸等自然灾害。日本人还喜欢在日历上印上"大安""佛灭""先胜""先负""赤口"等字样。日本人以此为根据,确定某日是否适合举行婚礼,是否要外出等。大安吉日适合做任何事。所以日本人的婚礼多选择大安吉日,内阁成立也常选择大安吉日。而"佛灭"则是佛陀圆寂之日,所以有空亡、虚亡之意,所以不能举行结婚等喜事。"赤口"则代表凶,所以这一天要格外小心,谨防发生火灾等意外。"赤口"这一天不适合做任何事,只有法事可以在这一天的中午举行,有镇魂之意。当然,这些禁忌毫无科学依据。

当今日本,相信这些禁忌的人越来越少了,但是种种禁忌却演变成传说,代代相传,融入其民族血液,无形中影响着人们的生活。

13. "挂牌" 过大年

和中国人一样,日本人过年也有很多有趣的习俗,而且不同的地区还有很多具有当地特色的活动。在伊势地区,有一种奇特的木牌,上面写着"苏民将来家子孙七福即来,七难即灭"。这些字用像门一样的字框裱着,背面还画着一个蓝色的星,一个奇特的符号,中间写着"急急如律令"。对此,我寻问了当地人,原来,这是当地的传统,叫"驱魔门符"。过年的时候,当地家家户户都爱挂上这块牌子,祈求"神灵保佑",可以"享七福、去七难"。这个习俗来自一个民间传说。

在很久很久以前,天照大神的弟弟叫"素盏鸣命"。他因为惹姐姐生气,而被贬到凡间,住在北海。成人后,他决定娶南海之女为妻,便开始长途跋涉前往求婚。经过跨山过海的漫长艰难旅行,他来到了伊势地区一座森林的边上。由于天色已晚,旅途劳顿,他就想找个地方休息一下。他走进落日之下的森林中,看到一座非常高大的宅院,屋连屋,屋主似乎十分富有。原来这就

◎苏民将来家子孙符

是当地第一富豪"巨旦将来"的家。穿过广阔的庭院，他上前敲门，说想要借宿。巨旦见他穿得很穷酸就说，我家不收留叫花子，那边有个叫"苏民将来"的穷鬼，你去他家吧。鸣命反复哀求，说太累了，走不动了，只住一宿就行。结果还是被赶了出来。他拖着疲惫的脚步，又走了很长一段路，终于看到一个小茅屋里透出一缕灯光。他敲门说明了来意，苏民将来热情地招呼他进屋，还说："真难为你了。"由于家中十分清贫，苏民就用谷草为他铺了一张床，苏民的妻子还给他做了小米饭，并说"请别嫌弃"。吃完饭，大家愉快地入睡。半夜，鸣命感到有恶瘟神从北方来，就赶紧叫醒苏民一家，告诉他们恶瘟神要来，赶紧到外面割茅草，并做成茅草环。鸣命说，这些草环是可以驱除瘟神的。他们把茅草环围在了房子四周，又去睡了。第二天，晴空万里，苏民出去一看，村里家家都得了瘟疫，没有一人能够走出房屋。他知道是那些茅草环救了自己全家。他回家一看，鸣命已经收拾停当，准备出发了。临走的时候，鸣命对苏民说，善良的苏民，我是素盏鸣命，以后不管流行什么瘟疫，只要你在家门口挂上"苏民将来家子孙"的牌子，就可以避免瘟疫。此后，苏民家代代繁盛。于是，不知从何时起，伊势地区家家户户都在新年时在门上挂起草环，并配上写着"苏民将来家子孙"的符，乞求平安无灾。这一习俗流传至今。那符也有了一个好听的名字,叫"驱魔门符"。

如今伊势有厂家专门制作各种大小不一的"驱魔门符"。新年时,人们不仅可以前往神社求符,也可以通过网络购买。除了"驱魔门符"之外,日本还有一些其他地方的神社,将"驱魔门符"做成钥匙挂件大小的饰品,方便人们带在身上,作为护身符。

各地的"请符习俗"也各有不同,最具代表性的是信农国分寺。每年的1月7日和8日是该寺的堂缘日,专门为前来参拜的人颁发"苏民将来家子孙符",意在为参拜者"招福除灾"。请来的符年年样式不同,有人将其带在身上,也有人将其摆在家中。关于苏民将来的故事也有不同的版本,但其目的都是劝人向善。

第三章

地方有奇景

日本四季分明，气候多变。狭长的国土上，各地的地貌和风景都各不相同，也有很多宜人的奇特景区。这些被看作是旅游胜地的奇景地区，不仅有着独具特色的传统风俗，也有因地质变动、自然灾害等外力作用形成的新景观。

*1.*熊本：恋人胜地心形桥

日本有很多恋人胜地，桥也不例外。我们要说的这座桥，能够在特定的时间，通过光线的反射，使桥孔与水面上的倒影形成清晰的"心"形。这样的景观让很多人称奇，这里也成为恋人们竞相游览的场所。因此，这座桥被日本政府定为"非营利活动法人地域活性化支援中心"，恋人们视其为圣地，而这座神奇的桥也成为日本版的爱情桥。

在熊本县下益城郡的美里町，有一座桥叫"二俣桥"。它立于清流之上，是一座被绿树环绕的古老石桥，建造于 1830 年。桥身已经斑驳，看上去很沧桑。乍一看，这座"二俣桥"和普通的石桥没什么两样，半圆的桥洞上，有两排低矮的石栏杆，很是普通。但是从每年的 11 月份到第二年的 2 月份，只要你在 11 点 30 分左右到达桥旁，就会看到神奇的一幕：石桥桥洞和桥洞在水面上的倒影居然形成一个完美的心形。这一特异的现象每天只能持续大约 30 分钟，增加了老桥的神秘色彩。传说恋人到此拍照，那神秘的心形就会通过相机把爱情的力量传给他们，让有情人终成眷属。在这段时间里，平时寂静的老桥总是热闹非凡，即使不是休息日，也有很多恋人前来"朝圣"，也有单身男女到此求缘，祈祷早日找到心上人。一来二去，"二俣桥"被当成了爱情桥，使单身男女趋之若鹜，亲密情侣也为之向往。"爱情桥"的附近还有一处温泉。恋人们通常先去心形桥留影，获得爱的能量，然后再到温泉泡脚或者沐浴，让获得的爱情能量循环至全身，保佑自己能够与恋人白头偕老。据说已婚夫妻到此，也能变得更加幸福。这座古老的桥被认为是恋人的圣地，种种传说让它具有了神秘的力量，成为了爱情的保护神。

在"二俣桥"的附近还有一座石造钟塔。塔的基座上刻着"恋人圣地"的字样，记载着命名的由来。塔顶有一个石心，心的内部有一个精巧的铜钟，供恋人、夫妻，或者单身男女随意鸣响。到此的年轻人都很虔诚，很多人专程前来，不仅要通过照相获得爱情能量，还要站在钟塔下面，合掌祈祷，并敲响爱情之钟。旺季人多的时候，清脆的钟声长鸣不断。爱情桥和恋人钟在展示大自然美景及人造奇观之时，也承载着相爱之人的期望。

2. 伊势：在民间吃"神馔"

"日本伊势神宫"的正式名称是"神宫"，因为位于伊势，故称为"伊势神宫"。"神宫"共有两个宫。一个供奉着太阳神"天照坐皇大御神"，称为"内宫"，正式名称为"皇大神宫"。另一个供奉着衣食住的守护神"丰受大御神"，称为"外宫"，正式名称为"丰受大神宫"。外宫还是给"神"做饭的地方。"神"吃的饭被称为"神馔"。虽然一般的神社都有"神馔"，但是伊势神宫的"神馔"很特别。

伊势神宫的"神馔"设在外宫的"御馔殿"内，即神吃饭的专用餐厅。餐厅内的神座都是专属的，最上座是相对而坐的"天照大神"和"丰受大神"，此外还有其他别宫的"神"四座。为了区别于人，也为了表示尊重，"神"只能用"座"来计数，而不能用"个"来计数。"神馔"每日必须供奉两次，春夏季在上午8点和下午4点。秋冬季在上午9点和下午3点。制作"神馔"规矩很多。5名神职人员在前一日就要关在斋馆坐禅、净斋。第二天5点，开始在专用房屋内钻木取火。钻木取火的工具也是木质的，很原始却很精致。做饭用水,也来自专用的水源——附近藤冈山角的御井神社的水。取水的时候要注意,不能让自己的影子出现在水面上。取水后要蒸米饭,而不是像民间那样煮饭。饭蒸好了再配上菜肴和"神酒",以御盐、海产品、山珍、时令水果、蔬菜等佐餐。在外宫的博物馆内,我看到了"神馔"的模型。"神馔"的饭碗都是同款红色小碟子。三碗白米饭竖着摆成一排,旁边是上面所说的菜肴。据皇学馆大学文学部教授冈田登介绍,供奉"神馔"用的食器都是用土烧制的,因此使用后还可以回归于土,很环保。供奉"神馔"的时候,要虔诚,需要神职人员跪着敬上,跪着撤下。冈田教授还说,"神馔"每天供奉两次,撤下后就成了神职人员的饭菜,不会浪费。分成小碗摆放,是为了防止吃饭的时候味道混淆。"神馔"自被祭奉在"伊势神宫"以来,绵延1500年,即使在遭遇战乱或者自然灾害时,也没有中断过一天。

在距离神宫不远的南部町,有一块带有神社鸟居的稻田,而且在田头还竖着一块"神宫神田"的牌子。这就是传说中由"神"指定的稻田。一位叫"倭姬命"的"神"在为祭奉"天照大神"寻找地点时,指定南部町为"神田",并有"引来五十铃川之清水,在这里种稻"的"神谕"。于是,这块土地就成了永久的"神田"。"神馔"对食材的要求格外严格,所有食材都尽可能自产自足。种植"神田"的负责人介绍说,播种前和收获时都要举行专门的仪式,为种植者"驱邪净身",保持"神米"的圣洁。仪式就在田头的鸟居前举行。鸟居就是"神界"和"俗世"的分界线。为了保证一年四季"神馔"都不会缺米,在这块神田中,种有多种稻米。品种不同,收获的时间也不同,而且闹灾荒时

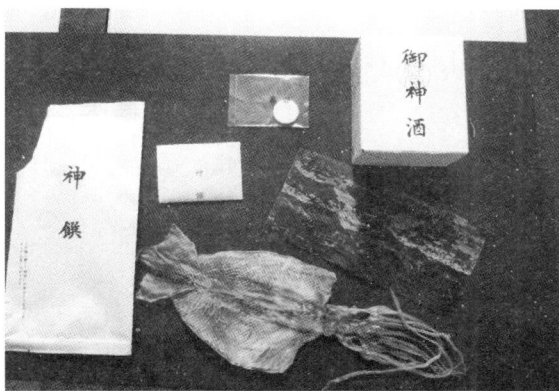

◎布施者获得的"神馔"

◎赤福本店

也不至于全都受到影响，总有一种能够存活下来。此外，还要保证神宫囤积大约 6 吨的稻米，至少供"神馔"食用三年。这也是保证"神馔"1500 年从不间断的措施之一。

在供奉"丰受大神"的"外宫"有一个"神乐殿"。顾名思义，"神乐"就是奉纳"神灵"的音乐。在鼓乐声中，"神女"身穿白衣和看不到脚的红绸裤，翩翩起舞，为"神灵"奉上"神馔"。两旁乐者还不断高歌。歌词表达出观看者对"神"的感谢之情。"神乐"开始前，有神职人员拿着"神幡"为观众"驱邪净灵"。"神乐"结束后，神职人员会给提供给布施的人一个白色的兜子。我看到里面装有一瓶"神酒"、一个写着"神馔"的白色密封的大口袋。大口袋里面装着一小包写着"神馔"的食盐、一块干海带，一条鱿鱼干，以及一个写着"御盐"的盐饼。据说，这些都是"祛病驱邪"之物，人们当然高兴将其带回家中，并尽可能地与亲友分享。

除了"神馔"之外，来访者还可以在"神宫"附近的高级料理店"割烹大喜时"吃到"神馔"。这家店是"宫内厅""神宫司厅"的御用店，曾经为皇太子制作过模拟"神馔"。我也在此品尝过"神馔"，和为皇室人员制作的完全相同。"神馔"的味道很不错，有山珍野菜，也有多种海味。菜品很多，但是量都不大。皇宫附近还有一家闻名日本的点心店叫"赤福"。在赤福本店，我品尝到了年轻女性亲手制作的点心，名叫"赤福"。

"赤福"点心是用红豆沙包裹着的一块白色年糕，放在盒子里就像泛起了流动的"波浪"。那豆沙"波浪"是用年轻女性的手指按压出来的。该店负责人介绍说，制作"赤福"的女性越年轻越好，那样就能保证点心的形状好看，因为年轻女性的手印让波浪具有美感。年纪大了即使本人想继续干下去，也会被调换到其他岗位。"赤福"这个名字来自于"赤心庆福"，意思是人要有赤心，有了赤心，就会因他人获得了幸福而由衷地高兴，即庆福。"赤福"是参拜"神宫"必吃的食物之一，也是和点心中销售量最多的伊势名产。冈田教授说，"黑腹"，就是坏人，吃了"赤福"便可让肠子变红，起到"净灵"的作用。由此看来，"赤福"也是当之无愧的"神撰"。

3. 道后：日本最古温泉

走进日本爱媛县的道后温泉乡，会使人产生一种回归古代的错觉。乡里最具特色的道后温泉馆堪称"日本最古老的温泉"，这里也是日本温泉的发源地。每天早晨六点，道后温泉本馆最高处的振鹭阁就会响起鼓声，宣告温泉馆开门，新的一天开始。

我走进温泉乡时，正是傍晚时分，道后温泉馆已经亮起了彩灯。温泉馆建造于 1894 年，古色古香，雕梁画栋，是一座黑白相间的木质结构房屋。站在那里欣赏这座非同寻常的老楼时，我听有人说了一声"请注意看"，只见一股白色的"云雾"从围墙下逐渐升起，很快就把眼前的整栋古建筑笼罩在云雾中，让人仿佛置身仙境。周围的人都禁不住叫起好来。原来，这是道后温泉馆特意邀请世界著名艺术家中谷芙二子特别设计的机关。由于道后温泉和日本其他地区的温泉不同，是不起雾的温泉，所以在这里看不到雾气缥缈的景色。为此，当地有关部门对其进行了艺术设计，通过人工放雾把道后温

◎道后温泉全景

泉馆打造成"仙境"。如此浪漫的表演,吸引了更多的游客。道后温泉馆不仅以古老而闻名,还是动漫《千与千寻》中汤婆婆的浴池油屋的原型。难怪很多游客都在此留影,原来这里也是漫迷们的圣地之一。

道后温泉馆共有三层木楼,在正中间的三层屋顶端有个四角小楼阁,楼阁的顶部有一只白鹭振翅而立,楼阁因此得名"振鹭阁"。楼阁的四壁挂满了吊灯,在没有霓虹灯的年代,这些灯给单调的夜空增添了异彩。振鹭阁的中央有一个大鼓,是报时用的。过去每一小时就要敲响一次,因此也被称为"报时大鼓"。现在只有在早上开馆和晚上闭馆时才被敲响。古老的传统沿袭至今。阁顶上的白鹭也是有讲究的,它来自于当地的白鹭传说。一只脚受了伤的白鹭,偶然发现了一处在岩石间喷出的温泉。于是白鹭每天飞来,用温泉泡脚,脚伤很快痊愈,健康地飞走了。白鹭的康复让人们感到不可思议,于是也学着白鹭泡起了温泉,没想到竟然感到非常爽快,疲劳尽消,对一些疾病很好的疗效,由此,在日本兴起了洗温泉。人们把白鹭治伤的地方称作"鹭谷"。鹭谷就在道后温泉馆的附近。

走进馆内,我直奔二楼的又新殿。这是 1890 年专为皇室打造的温泉浴场。拉门上绘有金箔彩菊,天井是高级桐木,防虫且坚固,弓箭都无法将其射穿。漆器都是上好的轮岛漆。经过曲折的楼梯,就到了皇家御用浴室。用上等石料做成的浴槽并不是很大,外侧入口建有台阶,一直斜着延伸到槽底。有关负责人介绍说,1950 年昭和天皇曾经在此洗浴。当时皇后也随同前来。据说,皇后是穿着浴衣,由两名侍女陪同,非常优雅地坐在这个台阶上洗浴的。在浴室旁边,还有一个皇室专用的厕所,当时被称为"雪隐"。因为是皇室御用厕所,所以要起个优雅的名字。厕所里面也铺着榻榻米。据说这个厕所自从建成以来就没有被使用过,只是一个摆设。过去为了管理皇家健康,御用厕所要容易取便,而且还要保持清洁。又新殿最里面有个房间叫"御座间",只有天皇才能使用,前面是御居间和前室。旁边还有一个带拉门的房间是专门给护卫人员用的,叫"武者隐藏间"。目前,这个皇室御用浴室仅供参观,只要买票,任何人都可以前往参观。

在道后温泉馆的二楼有个休息大厅。馆内男性职员在一个固定的地点坐下，并让大家看他的后背。他的后背居然变成了一个屏幕，上面不断闪现和道后有关的日本著名历史人物的画像，非常有趣。有关负责人介绍说，这是一种让来洗温泉的游客感到新奇有趣的机关。藏在房顶上的幻灯机带有感应器，只要感应到有人坐在这里，就会自动播放幻灯，产生一种令人惊讶的艺术效果，让到这里的游客不仅能洗温泉，还能获得艺术上的享受。与之相关，在大厅一角还放着一块巨大的电子屏风，这个电子屏风叫"网际百椿图屏风"，把资生堂古典绘画《百椿图》用电子手法再现。只见屏幕上百花缭乱，色彩鲜明，画面不断变换，久看不厌。泡泡温泉，在休息大厅里喝上一杯清茶，悠然地欣赏艺术杰作，真是一种享受。

参观之后，我前往温泉浴室洗浴。泉水清澈透明，温度稍高。池子中间有一个大石头圆柱，就像一个大锅炉，正面有个出口，温泉从中流出。作为日本最古老的温泉，道后温泉每年有大约 10 多万人来访，共有四种门票。在"神汤"泡温泉只需要 410 日元，洗"神汤"并在二楼休息需要 840 日元，在"灵汤"洗浴并在二楼休息需要 1250 日元，洗"灵汤"并在三楼单间休息的票价为 1550 日元。根据价格不同，有的休息室还提供茶水和点心。各楼客人可以从身穿的浴衣图案进行分辨，身穿白鹭图案的是三楼贵宾，其他图案就是二楼的客人。此外，还有老年人、残障者特价票，只要 200 日元，体现了尊老爱弱的美德。

4. 秋田：新年生剥鬼自来

面目狰狞，身披蓑衣，手里还拿着大刀，这是日本男鹿半岛地区生剥鬼的形象。在秋田县男鹿市的生剥馆内，展示着各式生剥鬼面具，共有一百多个。这些面具都是在男鹿市各地实际用过的。

生剥鬼的由来有很多传说，最靠谱的一种说法和中国有关。中国的汉武帝率领 5 个"鬼"来到此地，没想到这 5 个"鬼"开始作恶，祸害村民。于是当地村民就提出：如果 5 个"鬼"能在一夜之间建起 1000 级石阶，就献上村里最美的姑娘；如果建不成，就立刻离开村子。没想到"鬼"们很快就造好

◎生剥鬼博物馆

了999级台阶。村民急了,在"鬼"就要造好最后一个石阶的时候,模仿鸡叫。"鬼"们听到之后,落荒而逃,再也没有出现过,而人扮"生剥鬼"的习俗却流传至今。还有一种说法认为,"生剥鬼"是日本800万"神灵"的使臣,代表"神灵"降临人间。因此,现代人每到除夕就会装扮成"生剥鬼",到每户人家去抓懒孩子,顺便看看有没有不孝顺的媳妇。同时,扮"生剥鬼"还有"驱邪避灾"的作用。

在生剥馆的旁边,还有一个古木屋,芦苇房檐,古色古香,是一座典型的日本传统建筑。里面每天都上演"生剥鬼"习俗秀。虽然说是秀,其实和真正的仪式一模一样。在开演前,游客会突然听到拉门外面有"鬼"的咆哮声,还有嗵嗵的跺脚声。身穿和服的男主人拉开门后,只见两个身披稻草蓑衣、头戴"生剥鬼"面具的"怪物"出现在眼前,他们手里还拿着一把很大的切菜刀,样子很吓人。后来我才知道,那刀是假的,并非真物。两个"怪物"在门开后,又跺了几次脚后,咆哮着走进屋内,高喊着:"有懒惰的人吗?""我闻到懒人的味道了!""有不孝顺的媳妇没有?"边喊边到处翻看,连柜门都可以打开。这时,男主人会拿出小方桌,上面摆满了几样菜,再奉上"神酒"。"生剥鬼"也不客气,大大方方地坐在桌子前面,接过酒杯就喝。然后和男主人聊家常,一般都是聊过去一年里,家中发生的大事,如喜庆丧葬、收成等,还要追问家里小孩子是不是听话好学,这一年懒不懒,媳妇是否孝顺等。家常聊得差不多了,酒也喝好了,"生剥鬼"就要离去了。出门之前,主人要献上谢礼,"生剥鬼"收下就可以走了。在出门前,还要再跺脚,走的时候嘴里喊着"明年还会再来"，继续上其他人家抓懒孩子去了。这时，听众们纷纷起立，争着拣拾掉在榻榻米上的稻草。这些稻草都是"生剥鬼"的蓑衣上掉下来的。据说，拿着这些稻草可以"驱邪祛病"，给人带来"好运"。因此，即使不是真正的除夕夜，众人依然踊跃争抢。

"生剥鬼"习俗看上去恐怖粗鲁，实际上却是有规矩的，其主要目的是劝人向善。"生剥"这个词本来的意思是剥离烙印。过去，家家都用火盆取暖，如果手抓在热炭火盆沿儿上，就会留下烙印，把烙印剥下，就是生剥，比喻干了坏事就要受到惩罚。所以"生剥鬼"过年到家里，和主人聊家常，旨在惩罚懒惰，让人们带着勤奋的心和尊老爱幼的精神迎接新年。

但是，这并不意味着"生剥鬼"可以任意私闯民宅。一般来说，在除夕之夜扮演"生剥鬼"的人被分成两人一组，并配有一个带路者，日语称为"先立"，这个"先立"要先去敲门，询问主人是否让"生剥鬼"来访。如果人家同意，"生剥鬼"才能前往，否则就不能。当地的规矩是进门前要跺脚7次，坐在饭桌前再跺脚5次，离开起立时再跺脚3次。这代表孩子7岁、5岁和3岁的意思，意为祈祷这家的孩子不生病，不受伤，并获得幸福。过去，主人给"生剥鬼"的谢礼多为年糕，现在主要是现金。金额为1千到3千日元不等。按照传统习俗，"生剥鬼"只能由单身的男性来扮演。过去，当地的男性都希望能够扮演"生剥鬼"，因为那是一种荣誉，也是成人的标志。但是现在，由于地方人口大幅度减少，单身男性人数明显下降，单身男性不足时，也可以让健康的壮年男性担任。

日本男鹿"生剥鬼"文化堪称奇俗，是古代过年时一种必不可少的仪式，在我看来，有点儿像中国的居民委员会拜年，调停家庭矛盾，惩罚懒汉，督促人们勤奋生活。目前，"生剥鬼"文化已经被指定为日本一项重要的民俗文化遗产。尽管政府很重视，却也面临危机。当地人说，因为少子老龄化，再加上愿意接受"生剥鬼"来访的家庭在减少，"生剥鬼"习俗濒临失传。很多人不希望暴露自家隐私，也有人纯粹是嫌麻烦，不想打扫卫生，不想准备"生剥鬼"的专用膳食。"生剥鬼"新年造访，这一古老的日本传统民俗正面临着消失的命运。

5. 奈良：明日香村都是博物馆

追本溯源，日本和中国有着不可分割的紧密联系。很多日本人都认为，没有中国就没有现代日本。因此，他们也积极保护珍贵的历史资料和遗迹，很多遗迹都带有浓重的中国文化色彩。日本各地几乎都有各种"馆"，但是整个村子都是博物馆的地方并不多见。更奇特的是，这个全村都是博物馆的村子还与中国有着密不可分的联系。可以说，没有中国，就没有这个全村都是博物馆的日本村庄，没有中国，这里也不可能变成博物馆。这个村子就在奈良，村名叫"明日香"。目前，共有6千多居民在这里靠着农业和旅游业生活，各种带着浓郁中国气息的历史遗迹保存在居民区中，记录着历史的变迁。

走进明日香村，眼前一片低矮的瓦房，放眼四望，周围被群山环绕。这里曾经是日本第一个"都市"，也是日本国家的发源地。当时之所以把首都建在这里，是因为这里离中国和韩国最近，是中韩文化传到日本的第一站，而四面环山的地理位置，又能让这里相对安全，易于防守。凭借来自中国的先进理念，该地区一反日本用茅草建造房屋的习惯，全村都盖起了瓦房，并用石头铺路，建成了日本第一个皇都。明日香村长森川裕一介绍说，明日香村现在依然保存了日本第一皇都的风貌，眼前看到的是1千多年前的风景。因为受到中国文化的影响，明日香村共有10个"日本第一"，也是日本建国的开始。"天皇"与"日本"这两个词汇在此地诞生。借鉴中国的钟表和年历知识，这里制作了日本第一个"漏刻"时钟，建立了日本第一个官僚制度、第一个纳税制度，这里也是最早开始编撰诗集与历史书、最早开始城市规划的地区。此外，还有佛教第一个寺庙飞鸟寺，古坟内部最早的壁画。壁画中也有明显的中国痕迹，星图、动物、花鸟及人物全都和古代中国画上的近似。因为具有这样的特殊地位，明日香村也就有了打造全村博物馆的条件。

村内没有一座高楼大厦，只有古典的"一户建（独门独户）"点缀在田间，间或有纯正日式的礼品店和茶店，里面都是明日香村的特产以及与古代遗迹有关的纪念品。村头的一栋低矮建筑内，展示着古代明日香村的历史和生活资料。这是村里的一个代表性建筑，名为县立万叶文化馆。在这里可以看到当时的日本人穿着几乎和古代中国人一样,官吏、平民、艺人都是中国式穿戴,让人仿佛回到了中国古代。但对人和事务的称谓较中国古代却有些不同。比如,一尊穿着中国服装的少女前面竖着一个牌子,写着"采女",这是对专门服侍天皇女性的称呼。这些采女来自官宦人家,且容貌端正。

展厅中还有制造日本货币的遗迹。日本最早的货币源自明日香村,完全按照中国古代钱币的样子打造。因其表面刻有汉字"富本",故名"富本钱"。学者在明日香村发现了大型造币作坊的遗迹,目前已经探究完毕,再次被封存。在展示厅中可以看到作坊的复制品,石坑相连,中间有流水槽,真实地再现了当时造币的壮观场景。我随便走进一个昏暗的小房间,坐在靠墙边的椅子上,突然灯光全熄灭了。我正诧异,忽闻小溪流水之声,然后是虫鸣和蛙啼,宛如置身远古时代的自然之中。灯光渐渐明亮。最后,"天空",也就是屋顶,出现了一条"龙"和一只"虎",而屋顶正中正是这两个星座的星云图。馆内人介绍说,这是参照古代中国的星座制作的,是中国的"青龙白虎星图"。在文化馆内,任意一处展品都与中国文化相关,让像我这样的中国游客无论走到哪个角落都感到亲切。

离开展示厅,走进村子,我看到一处铺满了石板的洼地,洼地的中央有一块龟状的巨石盆。研究人员说,这是1000多年前的遗迹,由于日本人不会石工,学者推断,这可能是中国或者韩国工匠来此修建的。由此也可以推断出,这里过去是高贵人家举办祭典的地方。附近的山上还有一处石工遗迹,图样神秘,至今仍然无法破解。村中央还有一块巨石被称为(月下)"石舞台",实际上是一座古坟遗迹。传说,曾有人看到在这块巨石上有狐狸在月光下跳舞,因此得名。巨石后面是一排樱花树,樱花盛开时更是好看。

明日香村拥有多处古墓,通过开发古墓,人们发现许多壁画、古钱、陶瓷器等文物,说其全村都是博物馆并不夸张。除了古迹之外,还有很多古民房舍,这些古民房舍也在修缮、复原之后陆续对外开放了,游客不仅可以入内参观,还可以预约住宿。森川村长说,明日香村有着浓郁的中国隋朝气息,在这里,不仅可以看到那时的古迹,还可以住在其中,踏访千年古道,寻找古代中国的踪迹。

6. 熊本：婴儿邮箱很"顽强"

遗弃婴儿是各国都有的社会现象。如何防止婴儿被遗弃,拯救弱小的生命,体现的是一个国家和一个社会的人文关怀。日本的弃婴原本一直处于无人管理的状态,但是从2007年起,一个温馨的弃儿邮箱在熊本出现,让日本的弃婴有了落脚点,并受到良好的待遇和社会的关注。这个官民共同出资设置的弃婴保育所,在争议声中,顽强地发展起来,并取得了良好的社会效应。

位于熊本市内的慈惠病院历史悠久,带有非常浓郁的基督教色彩。在这个最初以"为穷人治病"为宗旨而设立的病院内,有一个非常漂亮的红砖大楼,是该院的妇产科楼。大楼入口的旁边立着一块画着可爱图案的指路牌。图案是两只飞翔的白鹤共同衔着一片绿叶,白鹤的脖子上挂着绳索,下面吊着一个竹制摇篮,摇篮中躺着一个可爱的婴儿。路牌下方有一个红色箭头指向院内,上面写着"东方白鹤的摇篮"。"东方白鹤的摇篮"就是该院为接受弃婴而设置的"婴儿邮箱"的名称。路牌图案是粉色基调,看上去很温馨。按照指示箭头走过去,就会走到红砖大楼较为隐秘的一角。一楼的墙壁上有个窗口,窗口上贴着同样的标志。窗口旁边还有个说明标牌,上面写着:"希望想把孩子交给他人的你,能鼓起勇气按响警铃并拨打电话。"下面列出慈惠病院的咨询电话,以及多个关于怀孕、生产、养育孩子的咨询电话和相关信息。当然,只要按响旁边的警铃,医院里面的妇产科医生会立即出来应对。这块牌子上的信息主要是为了让到此遗弃婴儿的人再思考一下,鼓起勇气向社会求助。如果看到这些,还是要把孩子"扔掉",那就可以开启旁边那扇窗,把孩子放进去。

弃婴箱内安装有警报装置和摄像头,以便通知有关人员。为了保护弃婴者的隐私,摄像头只能录到孩子,却录不到外面的人。为了防止日后反悔,这里还摆放着《给母亲的一封信》,信中写着医院的各种信息,供弃婴者长期保存,便于日后寻找孩子。箱内温度保持在36摄氏度左右,孩子被放入后,弃儿箱会自动上锁,防止有人从外面把孩子偷走。不久,就会有人前来照看婴儿,并为婴儿体检、登记,护士长持有专用手机,一天24小时开通,时刻做好迎接弃婴的准备,保证弃婴得到最佳的照顾。经过体检后的弃婴会被转入熊本市的儿童咨询所或者孤儿院等机构。孩子每月的生活费、医疗费等费用由慈惠医院和当地政府共同分担。按照日本的《户籍法》,这些被丢弃的孩子属于弃婴,由熊本市市长来起名,再进行登记户口。医院还会与有关机构一起,积极为弃婴们寻找养父母。

弃婴邮箱"东方白鹤的摇篮"设立于 2007 年 4 月 5 日,设立之初便引起社会广泛关注,各界对此褒贬不一。有人认为,这样的设施将让日本的弃婴数量增加,让人们变得更加不负责任,让遗弃婴儿变得随意简单;还有人认为,这样做剥夺了婴儿对自己身世的知情权。但是,慈惠医院则认为,婴儿的生存权利才是最重要的,是应该最先予以考虑的,所以坚持开设弃婴邮箱。弃婴邮箱设立当年,共救助收养了 17 名婴幼儿,其中共有 13 名家长带走了邮箱内的信件,15 名弃儿是健康婴儿,其余两人需要进一步确诊。事后,5 名弃婴家长又回来寻找孩子,一人决定带走孩子自己养育。此后,每年弃婴数大致相同,有微小增减。到 2013 年 4 月,弃婴人数开始出现减少趋势。熊本市负责每年对外公布一次弃婴人数。慈惠医院的坚持宣传,引发民众对弃婴问题的关注。该院的咨询电话变成热线,24 小时响不停。日本 TBS 电视台还制作了同名电视剧《东方白鹤的摇篮》。播放后获得了当年文化厅艺术祭优秀奖。慈惠医院的义举也给不能生育的家庭带来福音。"东方白鹤的摇篮"设立后,很多不孕家庭提出申请要接受弃婴为养子,目前,申请登记人数大大超过了弃婴的数量。当地政府每隔三个月就会在该医院举行一次会议,对"东方白鹤的摇篮"的工作进行检查,在总结经验的同时,还要找出不足,及时修正。每个月医院要进行一次演习,以保证"实战"技能。

著名修女特蕾莎妈妈(Mother Teresaof)说过这样一句话:"爱的反面不是憎恨,而是不关心。"弃婴需要更多的人给予关爱,日本慈惠病院在饱受争议之下依然能够坚持开设弃婴邮箱,不仅令人敬佩,也十分值得学习。

7. 爱媛：打造自行车旅行新文化

　　既环保又健身的骑自行车旅行正在全世界流行，但是，将其作为一种新文化来发展的国家却不多。最近，日本的骑行出现了一种新趋势，为传统的骑行文化注入了新风，让现代人生活有了新的内容。

　　在爱媛县有一条岛波海道，纵横四国，全长达 59.4 公里。这条路全程设有自行车专用通行道，是骑者的天堂。在岛波海道经过的今治市内，有一座跨海大桥，名叫来岛海峡第二大桥。桥旁有一个自行车租赁站。在这里租赁一辆自行车一天才 500 日元，外加 1 千日元的保证金。这里的自行车都是运动式的，超轻，手无缚鸡之力的我也能单手提起，骑起来非常轻快。迎着海风，在专用的自行车道上飞驰，真是一种享受。因为靠近汽车道的一侧有护栏，所以可以边欣赏景色边前行，很安全。如果看到美景，还可以停

◎自行车免费休息处标志

◎爱媛县的骑行休息站

下来拍照留念，顺便休息一下。在 "NPO 法人 CYCLO 旅行(Cyclotourisme SHIMANAMI)" 专业导游宇都宫一成的带领下，我骑了 10 公里左右，来到了大岛。停好自行车后，我随宇都宫先生走到路旁的一条长椅前，长椅的上面挂着一个条幅。自行车图案醒目地占据了条幅的中央，下面有几个小方块儿，分别画着水壶、吸管等物，还有文字说明。原来这里是免费骑行者休息站。

椅子后面就是一家民宿，骑行者不仅可以免费休息，还可以免费 "讨" 水喝，给自带水桶补充水，如厕，给自行车打气，询问前方路况和休息站点。休息站还备有自行车修理工具，供旅行者自由使用。导游介绍说，这样的免费休息站在爱媛县有很多，都是该机构通过公开募集、上门协商的方式建立起来的。建立条件是居民自愿为骑者提供全面的免费服务。除此之外，如果休息站不是普通的居民家，而恰好是一家民宿或商店，骑行者还可以买到食物。看似免费，实为互惠。

大岛的休息站有专为骑行者提供的盒饭，味道不错，价格在 1 千日元左

◎爱媛县知事中村时广

右，采用的都是当地蔬菜，饭盒不是塑料的，而是一种干植物叶，独特而环保。

资深骑行爱好者、爱媛县知事中村时广认为：骑行是一种健康的休闲方式，为生活增添了活力。因此，他提出要树立骑行新文化，要把整个爱媛变成自行车爱好者的乐园。在中村知事的带领下，爱媛组成了自行车活用推进议员联盟。目前，爱媛县内共有69个骑行免费休息站，23个自行车故障救急队。自行车故障救急队就是为了保障骑行者的安全而设立的，当旅途中自行车发生故障时，可以推着车子到附近的"救急队"站点修理。因为有的"救急队"站点还提供外出修理服务，骑行者也可以通过电话协商"救急队"能否到现场修理。有的服务收费，有的不收费，视具体情况而定。此外，还有能够运送自行车的专用出租车。如果自行车在途中发生了故障，距离"救急队"站点又太远，就可以请自行车专用急救出租车出动了。

此外，县内还在推广"移动式自行车咖啡店"，就是用自行车拖着一个带轮子的木箱，里面放着果汁搅拌机、水果等物，把当地水果现场加工成果汁销售。犹如过去的行脚商人，有个空地或者广场就可以开张了。现在租赁自行车还可以异地还车，今后还要开设可以承载自行车的火车专用车箱，提供行李托运等服务。

看似古老的自行车，只要用心开发，就能给都市生活增添非同寻常的色彩。整备井然的道路、良好的服务环境，让爱媛成为了骑行爱好者的圣地。爱媛骑行新文化的内容也在不断充实，形式也会更加丰富。

8. 荻市：明治维新遗迹多

日本山口县的荻市地理位置偏僻，人口不多，却充满神秘魅力，观光客和历史爱好者络绎不绝。山口县是长州藩与萨摩藩的所在地。明治时期的"藩"就是当地势力最大的武士族群。在长州藩与萨摩藩的主导下，日本开始了明治维新。这也让两藩中的多数武士在明治新政府中担任了重要职位，并在日本政治上形成了"长州派阀"。由于山口县人士在日本政界脉脉相承，迄今为止，山口县共诞生了8位总理大臣。荻市就是长州藩的所在地。走在这里的老城区之中，不仅可以看到各个阶层的武士家宅、神奇的"荻烧"，还可以探访各种名胜古迹，它们见证了明治维新的历史。荻市让游客在观光之余，对明治维新也有了新的理解。

明治维新是日本现代化的起点。在那个时代，日本人面对西方强国，满怀不安，寻找着自强的变革之路。当看到他国的坚船利炮发威之时，日本人也在焦急地制造自国的大炮，并试图和西方强国一比高低。而荻市就是百年前日本人制造利炮的实验场。

荻市境内的"椿东前小畑之原"是一片丘陵。穿过弯曲狭窄的小路，越过一段古墙，突然看见一个高高的石塔凌空而立。这并不是一般的石塔，而是百年之前建造的反射炉。反射炉的概念源于西方。18世纪，在炼铁技术先进的西方国家，反射炉制造技术已经获得成功，结束了人类只能熔炼生铁的状况。通过反射炉技术炼制的铁，强度和韧度大大提高，也可以用这种铁制造性能良好的大炮。明白了这个道理的日本人，也试图自制大炮。于是在荻市建造了这个反射炉。反射炉高11.5米，下部由石块搭建而成，顶部往下5米左右的炉身是砖砌结构。旁边立着原理说明书，说明在哪里放生铁，哪里放炭火，以及精炼后铁水的流向何处等问题。从中可以看出当时这个反射炉在技术上的超前性。遗憾的是，这座反射炉并没有成功地炼出高强度的铁，而仅仅是日本人摸索炼铁新技术的实验炉。当地人介绍说，目前全日本仅存两座这样的反射炉遗迹，而荻市的这座不仅是日本产业技术史的物证，也被日本官方列为国家指定历史遗迹。

身临其境，我深深体会到明治维新得来不易。成功的前面是无数次失败，荻市的反射炉虽然是失败之作，但今日看来却意义深远。

荻市还有一家私塾名扬四方。这就是松下村塾。松下村塾培育了多名明治维新的旗手。日本明治维新的元老、首届日本内阁总理大臣伊藤博文也曾经在此学习。这个小私塾很不起眼。一栋已经十分老旧的木屋，木板围墙，窗户很大。透过窗户可以看到迎面墙上挂着几张老照片，伊藤博文几个字引人注目，上面就有他的照片。据说，伊藤博文曾经在此听课，但是因为身份低微，他只能站在私塾外面听课。当时，只有武士之家的孩子才能进入私塾读书。松下村塾起初就是一个培养武士的普通私塾，可是因为吉田松阴的加盟，这家私塾不仅名扬四方，还成了荻市官方指定的重要历史遗迹，至今依旧吸引着四方游人。

吉田松阴是日本的思想家、教育家。1853 年，美国人总督贝利驾船逼迫日本开国。看到贝利的大船，吉田松阴被西洋的先进文明所震撼，于是决心留学海外。可是，他两次想要搭乘外国轮船都没能成功。第二次，他打算乘坐贝利的船偷渡去美国，结果被美国军人发现，他也因此被日本幕府逮捕。1855 年，他虽然被释放了，却被幽禁在家，不得外出。就在 1857 年，他接下了叔父的松下村塾，开始向人们传授时事知识。吉田松阴还打破了身份的限制，让周围农家的弟子也都能够到私塾听课。除了伊藤博文之外，他的很多弟子也成了日本明治维新的带头人。当地人介绍说，吉田松阴的课讲得非常生动，他更新了过去私塾的陈旧教学内容，结合当时日本国家现状进行分析讲解，十分受学生欢迎。遗憾的是，他也未能免俗。那个时代女性是不允许读书的，他的私塾尽管很前卫，但是也没有招收女弟子。

松下村塾位于一个巨大的绿地公园内，在此还可以看到吉田松阴被囚禁的地方。那是一个不到 1 米的狭小空间。据说，最初他耐不住幽禁的寂寞，就在这个小地方阐述自己的观点，引得四方农家弟子前来聆听。这也是他后来接手松下村塾的起点。

荻市现存许多武士之家的旧址。无论是大户聚集的高级武士住宅群，还是中等武士的家屋，都保存着完好的古时风貌。1604 年，毛利辉元在此筑城，造就了 260 年的繁荣。当时,武士是按照能分到多少粮食来划分阶层的。能够分到 1000 石以上粮食的武士称为"大身",1000 石以下的就叫"平侍"。毛利辉元所率的长州藩打造了相当于 36 万石的中心都市,堪称武士中的贵族。武士中的贵族曾经被称为"武家"。荻市就有很多"武家屋敷"——武士之家的宅邸。

走在武士之家的街道上,可见家家都有长长的围墙,入口虽然大小不同,但大都是日本式庭园,门口那些被精心修剪过的古松诉说着往日的繁华。房子都是木造,木质的大门随着风雨的侵蚀变黑。仔细一问才知道,"武家屋敷"是有讲究的。和一般家庭相比,武家的围墙更坚固。这与武家要防范外来入侵有关,武家房屋大都有守卫和练武场所。从围墙上也可以看出武家的身份高低和富有程度。纯白色的泥土围墙显示主人身份高贵且富有。而上部是泥土,下部用木板建造的围墙,则表明屋主身份中等,还不够富裕。白色的围墙,上端镶嵌黑色瓦檐,看上去确实气派。目前,荻市武家建筑群落已经成为了观光景点。有代表性的大户武士之家可以入内参观。在武家建筑群中,偶尔还可以看到出售当地特产"荻烧"的商店,非常有趣。"荻烧"是一种用独特方法烧制而成的瓷器。这种用独特方法烧制的茶具、花瓶等器物表面都有非常清晰地裂痕状纹样,这种纹样会随时间发生变化,时间越久远纹样越深,越有独特的美感。这种使用越久越有特色的瓷器属性,也让"荻烧"的收藏者拥有了真正独一无二的藏品。

9. 岩手:重灾区在苦恼中振兴

2011 年 3 月 11 日发生的日本大地震,给岩手县造成了严重的损失。岩手县境内有这次地震遭受灾害最严重的地区,其中包括一些风景宜人的景区。在灾难过去大约 7 个多月后,我来到岩手的重灾区,欣喜地发现,这里的人们并没有屈服于自然灾害,而是一步一个脚印地重建家园。受震灾和海啸影响最大的要算是当地的旅游业。这些靠游客才能繁荣起来的地区,因为灾害而经济低迷,有的地方几乎成了无人区。当地人经过了数月的痛苦挣扎和

◎美丽的净土之滨海岸

沉迷之后,开始重建,用自己微薄的力量重新振兴当地经济!

　　净土之滨公园宾馆坐落在净土之滨这个美丽的景区之中。据说,最早发现这里的和尚,看到眼前的美景,不由发出感慨:这里简直美如净土。由此,这个地方就被命名为"净土之滨"。3 月 11 日地震发生时,这个宾馆因为地处高山之上,没有遭到任何破坏,幸运地躲过了灾难,也为周围被海啸摧毁了家园的人们,提供了避难之所。这个宾馆在震后一个月内,接纳了无数无家可归的人,谱写了一曲友善与关爱的人间颂歌。

　　宾馆的负责人介绍,当时,地震让宾馆陷入了瘫痪,游客不再来了。这样的打击是无形的。但是,这里有水、有电、有可供休息的客房。很多失去了家园的人暂时在此栖身。客房不够,大家就打起地铺,席地而睡。饭菜尽量自己动手做,并尽可能节俭。宾馆的服务人员为了让大家有宾至如归的感觉,也为了解决人手不够的问题,让每个人都参与进来,分工协作,保证了宾馆内的干净与整洁。宾馆负责人说,当时最让人感到为难的是,如何确保生活必备的水源,以及节省维持自家发电所需要的重油。颇具危机意识的日本人,在宾馆建立之初就预备了自家发电设备,所以,地震破坏了电力供应网之后,这套自家发电设备发挥了意想不到的作用,成为灾后救援中温暖光明的来源。负责人还说,很多居住在这里的灾民都感到前途渺茫,对未来失去了信心。将来该怎么办?这是一个最难解决的问题。值得欣慰的是,灾后大约有20 多名留学日本的中国研修生也来到这里避难。他们性格开朗,积极参与避难所的服务，直到他们在使馆的安排下回国。他们的乐观，活跃了避难所的气氛，负责人说，这帮了宾馆的大忙。

　　一个多月之后，在宾馆避难的人开始陆续回家，令人感动的是，这些临时栖身宾馆的灾民，在即将离开宾馆的最后一天，决定举行个专门的仪式，向宾馆所有的服务人员表示感谢。灾民们对辛劳的宾馆服务人员说，一生不会忘记他们在灾难中提供的无偿援助。危难过后，不忘感恩。唯此，生活才会更美好。

　　灾民离开之后，宾馆才迎来了真正的经营危机。没有客人，宾馆就无法经营下去。于是，他们决定两条腿走路。一方面接纳前来支援灾区的志愿者，一方面采取各种可能的办法吸引游客。前来灾区的志愿者不能给宾馆带来经济效益，却可以促进灾区的重建。灾后，日本人出现了自我约束的倾向，很多人觉得这时到灾区旅游有点过分。也有人担心到灾区乱照相，会让当地人感到不悦。事实上，灾区人并没有这样想。特别是旅游地区的人们，他们期待游客的到来，也希望更多的人关注灾区，记录下灾区的变化。于是，宾馆开始积极开展各种宣传活动，向游客讲述当地的情况，并坦率地表达希望游客尽快光临的意愿。人们终于意识到，到灾区旅游、探访不是给灾区添麻烦，而是帮助灾区振兴经济，是对灾区最好的支援。到灾区旅游不仅可以愉悦自己，也可以利于他人。当年 8 月，游客开始回归，最初只有 20 人，这对于可以接待 370 人的宾馆来说，实在是杯水车薪，但却是一个良好的开端。而且这源自于人们的善意——通过旅游，支援灾区重建。

　　岩手县旅游资源丰富。除了宾馆前面美如净土的海滨之外，还有景色怡人的龙泉洞、逍遥的竹叶船等。这些景区都因地震陷入危机，在当地人不懈的努力下，逐渐恢复了往日的风采。

　　岩手县境内的北山崎海岸，有"日本第一美丽海岸"的美称。由于地震灾害，这里几乎无人游览，周围的礼品店也都关闭了。该地主要旅游项目之一就是乘坐竹叶轻舟，近距离观赏美丽的海岸线。可是地震之后，这里无客来访，面临着倒闭的危机。经过长期思考之后，当地人决定以灾制灾，把灾害体验融入到旅游之中。开展了乘船游览海岸兼感受海啸地震时体验的旅游项目。这里所说的竹叶船,就是当地渔民打鱼、捞海菜的小船。驾驶者都是经验丰富的渔民。随船体验,我看到了被海啸淹没的松树,海啸发生时最高水位到达点等震撼画面。虽然当日海面平静,但是导游的讲解却重现了惊涛骇浪,让人难忘。

岩手县内另一处著名的旅游景点就是龙泉洞。龙泉洞是日本三大钟乳洞之一,这里冬暖夏凉,洞内钟乳、石笋奇拔,地下湖的水蓝如宝石,还有"喝一口龙泉水可以多活三年"的传说。因此,每年平均吸引大约 200 多万游客,而 2011 年则只有不到 5 万游客。灾后,龙泉洞的职员都担心洞窟会坍塌,可是他们惊奇地发现,所有景观都毫发无损。于是,他们重新开始精心准备各种活动,迎接游客。负责人介绍说,新年 1 月 4 日,龙泉洞口会举办"谢水节",虽然是冬季,男女老少也会赤身聚集在一起,举行盛大的谢水仪式,他们还要跳入寒冷的水中,然后再把龙泉水送到附近的村落。这样的仪式虽然每年都进行,但是灾害之后,却有了不同的意义。谢水,除了有感谢水神的传统意义之外,还寄托了当地人重建家园的强烈愿望。

在岩手灾区,让我感受最强烈的就是生之欲望。在这里,没有怨天尤人之声,大家是那么平凡而努力地做着身边的事情,却有一股强烈的复兴精神,让当地充满希望。他们坚定而自信,坦然接受灾难,并想方设法战胜灾难。

2015 年 1 月,我重返岩手重灾区。经过不懈的努力,岩手县不仅恢复了往日的风采,还诞生了很多动人新景观。

一条铁轨绵延于三陆地区的山谷之间,铁轨连接着很多小巧的车站。我在其中之一的宫古车站走下电车,发现眼前有很多木雕的小猫。它们姿态各异,憨态可掬。每只小猫的头上都缠着一条白手巾,脑门儿的部分还写着"合格"两个字,就像日本影视剧中的高考生那样。

这条路线的经营公司是三陆铁道株式会社。该公司的职员介绍说,这里本来只有三只木雕猫,其中一只挂在门口上方的房梁上,两只在地上。4 年前大地震时,房顶上的这只"猫"虽然只有一只"爪子"被螺丝固定在梁上,但是地震却没有让它掉到地上,海啸也没有将其冲跑,冬季里的暴风雪也没有把它吹落。人们认为这是神秘的力量在起作用。如此一传十,十传百,这

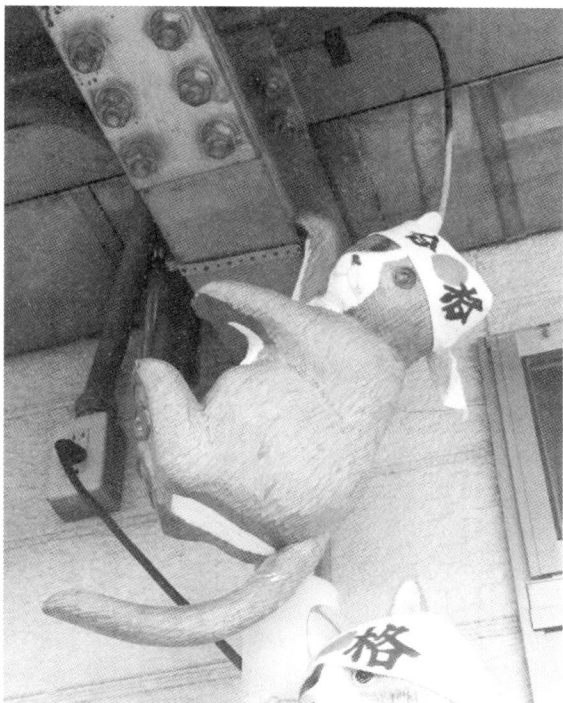
◎不落猫

只"猫"被人们称为"不落猫",吸引了很多考生和考生家长来此膜拜。就是图个"不落"的缘,希望不落猫能保佑考生榜上有名,考试的时候不落第。由于来的人太多,站台上的"猫"又增加了几只,还专门建了一个"不落猫神社"。

神社就在"不落猫"的下面,立了一块结实的木板,上面写着"不落猫神社"。神龛中还放着一尊"猫神"。"猫神"的前面摆放着一个红色的"小火车"。这是供"参拜者"放零钱的储蓄罐。工作人员把这些钱积攒起来,美化车站。每年的1月到3月之间,站台职员就给这些猫的脑门儿围上写着"合格"字样的白手巾,让络绎不绝的"参拜者"前来"膜拜"。因为1月到3月是考试季,也是考生最紧张的时期,这样做既可以祝福,又能缓解他们心理压力。

原来,不落猫是"三陆铁道自愿应援会"捐赠的。由于三陆铁道地理位置偏僻,铁道曾经赤字,于是当地有识之士自发成立了这个应援会,并开展了"一个车站一个动物站员"的活动。宫古车站的动物站员是猫,而在田老车站的是熊。"不落猫神社"神龛上储蓄盒里的钱,也用来给其他车站制作新

◎ 不落猫神社

的动物。此举有利于振兴当地的旅游业,也因此诞生了很多有趣的商品。在宫古车站内,我还看到了一种点心,叫"赤字鲜贝"。一问才知道,是三陆铁道公司为了消除公司赤字推出的新产品,那就是希望人们把"赤字"吃了,好让公司早日盈利。此举好像很起作用,三陆铁道的经营已见起色。两年前,一部名为《小海女》的电视连续剧让三陆铁道红遍日本,在日本掀起了乘坐三陆铁道列车的旅游热。这不仅是因为电视剧热播,还因为电视剧就在三陆铁道境内取景,而可爱小巧的三陆铁道电车还出现在每集的片头。这让全日本掀起了乘坐三陆铁道列车、寻找《小海女》拍摄地点的旅游热,"不落猫"也因此变得更加有名,难怪在田老车站和宫古车站都有巨大的《小海女》宣传海报。

　　岩手县大槌町浪板海岸边,有一座以花为主题的宾馆,名叫"三陆花之宾馆浜菊"。这家宾馆曾经是冲浪和海水浴客人的最爱,也是当地人举办婚礼的首选场所,而且和日本皇室有着不解之缘。1997年,为参加该地举办的

"全国建设富饶之海大会",天皇夫妻曾经下榻于此。在海边散步的时候,美智子皇后看到海边盛开的浜菊,十分喜爱。于是,当时宾馆的社长山崎龙太郎就为皇室献上了浜菊的种子,皇室将其栽种到了皇宫的庭院里面。当时这段佳话并不广为人知,没想到几年前的大地震让这里名扬四方。

原来,在3·11大地震中,为了帮助住宿客人避难,山崎龙太郎夫妻至今下落不明,但是在宾馆服务员的引导下,42名住宿客人全部得救。当时宾馆从1楼到3楼全部进水,被迫停业。灾后两年半,宾馆终于重新开业。现任社长千代川茂说,宾馆以前叫"三陆花"。灾后宾馆受损严重,想到前任社长夫妻至今下落不明,本来已经没有恢复营业的意思。可是,当看到皇室专门为灾区拍摄的慰问片画面里,居然出现了前任社长献给皇室的茂盛浜菊。千代川茂受到鼓舞,决心重建宾馆。经过两年半的努力,宾馆终于重新开业。想到浜菊的花语就是"战胜逆境",他决定不仅要复原宾馆,还要以新的理念重塑宾馆形象,以实现宾馆的复兴。他将宾馆名字改成了"三陆花之宾馆浜菊",还让鲜花布满宾馆内外,成为宾馆的特色。三陆花之宾馆浜菊因为震灾以及与皇室的佳话被媒体广泛报道,并因此扬名。满目皆花的宾馆成为当地灾后经济振兴的象征。旅行社还推出了来这里旅游专线,经过日本媒体的报道,很多对此地感兴趣的游客纷纷前来,想通过住宿旅行一睹这所劫后重生的宾馆的风采,同时也通过这样的方式,为当地灾后重建略尽微薄之力。

我在"休暇村陆中宫古"喝到一种酒,名字很特别,居然叫"凤凰复兴二号酒"。"休暇村陆中宫古"的负责人松本清司介绍说,这种酒还有一个不平常的故事。"凤凰酒"是宫古市菱屋酒造店酿制的,这家创立于1852年的老店也未能逃脱自然灾害的破坏,在3·11大地震时,同样遭到海啸冲击,一楼全被冲垮,几乎所有的酒桶都被冲走了,只有一只木造酒桶幸免于难。于是,店家就用这个木酒桶中留下的酒麴重新酿起了新酒。用唯一残留的酒麴酿成的酒,不仅代表着传承,也表达了对酒窖振兴的期望。这种用幸存酒麴酿造的酒被命名为"凤凰",寄托了复兴的期望。目前,酒瓶标签上写着"凤凰复兴二号"。因为之前还有"复兴一号",已经全部销售完毕。这是第二批用幸存酒麴酿造的酒,故称"凤凰复兴二号"。"凤凰酒"的商标十分简单,白色的和纸上写着黑字,其中"从复活到再生"这行字虽然很小,却意味深长。因为这个故事,不仅使人们对"凤凰酒"偏爱有加,也让这个百年老酒窖名扬日本,吸引了很多支持灾区振兴的游客。

10. 秋田: 人口最少的"部落"

伴随着人口老龄化,日本的生育率也在不断降低,特别是边远地区,人口急剧减少,学校因为没有生源而不断合并,或者成为废校,空房大量出现,村子以及根据地势形成的"部落"面临着消失的危机。

在秋田县上小阿仁村,我看到了一个面临消失的传统"部落"。所谓"部落",就是按照传统地势所划分的居民区。这个背山的"部落"叫"八木泽",过去曾经因为林业而繁荣,全盛期居住了 200 多人,可是现在常住人口只有16 人,而且都是 60 岁以上的老者。"部落"靠山的一家木屋中,有一位老太太在自家客厅里孤独地坐着。我和她打招呼,她非常高兴,几乎是有问必答。客厅里很黑,电视也没开,老人独自坐在椅子上看着窗外。她说,自己今年82 岁了,子女都在其他都市,每年回来两次。她每天除了看电视,就是到田间散步;冬天还要除雪,很不方便。

我在另外一个地区看到一所中学,偌大的校舍有体育馆和教学楼,看上去可以容纳几百人,但实际只有 15 名学生。而且这 15 名学生中有 80% 表示将来要去都市生活,而不是留在村子里。村长中田吉穗说,有条件的人都走了,但是他们的户籍还留在村里。所以村子的登记人口虽然有 2 千多人,实际上根本没有那么多。目前,上小阿仁村里老旧房屋很多,还都是危房。这也是村子面临的一个重大问题。很多居民是因为财产问题才把户籍留在村子里的,为了避免缴纳高额的房税才让危房留着,否则村子可能早就空了。

尽管上小阿仁村的人口在减少,但是当地人还在想尽办法给家乡带来活力。要想让村子有活力,必须有吸引人的项目。村长说,搞活地区的关键是要积极吸引外界关注。在村里人看起来非常平常的景色,外人看来就会十分新鲜。目前,村子正在实施的艺术项目就是外来的提案。上小阿仁村艺术项

◎艺术家在上小阿仁村的田间艺术作品

目就是在人口稀少的偏远地区设立几个美术作品展区,让人们前来观看。这让旅行具有了艺术色彩,有了非同一般的特色。上小阿仁村的艺术节项目是秋田公立美术大学副教授芝山昌也提出的。他看到了只有16个居民的八木泽内根深蒂固的传统,还有尚未流失的古老文化,而且村子背山而立,景色宜人。于是,他找到村长,提出要让各路艺术家到村里寻找灵感,以村子和村民为创作题材,搞个长达几个月的艺术节。双方一拍即合,并于2009年举办了第一届艺术节。尽管经费有限,却吸引了近万名游客和艺术家前来,大获成功。

艺术节不仅给村子带来了川流不息的游人,也增加了部分村民的收入。村里的妇女会在艺术节期间开设了咖啡店,并用村里自产的食材制作简单的饮料和快餐。到目前为止,上小阿仁村艺术节已经连续搞了3届,日本政府也对偏远地区的新尝试给予支持,提供了大约1000多万日元的经济支援。我观看了部分艺术节的会场,在只有16个人居住的八木泽部落,小桥被巨大的彩布装饰起来,废旧的房屋成为雕塑家的舞台,著名艺术家的作品和老屋融为一体,而被废弃了的传统农具则变成了最好的艺术素材。

除此之外,废弃的冲田面小学的旧校舍也变成了艺术家的创作室和作品展示厅。除了年轻有为的日本艺术家之外,艺术节也招募国际上的知名艺术

◎在上小阿人村废校舍内创作作品的年轻艺术家

家专程到上小阿仁村来创作,让小小乡村的艺术节具有了国际色彩。中国台湾女艺术家陈谊嘉也在废弃的教室中创作出以村内花草为主题的巨幅画作。艺术家们从与村民的交流中获得灵感,而村民也因为艺术家的到来摆脱了孤独。艺术节对增进村子和外界的交流,吸引年轻人回归,发挥着非常重要的作用。

在八木泽的公民馆,我观看了当地学生和老人们共同演出的传统剧番乐。番乐成了连接老人和孩子的纽带。在 4 名 70 岁以上老人的指导下,居住在周围的中小学生定期到此参加练习。这样的活动不仅让几乎失传的八木泽番乐有了继承人,也让只有 16 位老人的八木泽回荡着孩子们的笑声。

日本的老龄化问题和人口减少问题非常严重,政府也在采取积极的应对措施。吉田村长说,八木泽老人们的日常生活,目前主要靠"地域活性化应

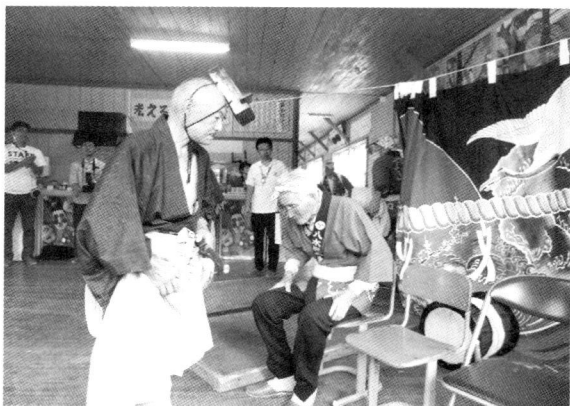

◎老人们在表演传统剧番乐

援队"成员的照顾。目前村子里有两名队员,都是年富力强的男性。他们除了帮助老人们除雪、购物、做一些重体力活儿之外,还在老人急病时担任救护员,小病带着老人去附近的诊所,大病领着他们去大医院,特别紧急的时候护送他们上医疗紧急抢救直升机。地域活性化应援队是 2009 年日本总务省设立的一项新制度,主要是让都市过剩的居民到偏远地区去,为振兴当地的农林渔业发挥作用,同时还要为偏远地区的居民提供生活支援。应援队员主要从大城市募集,并设有一定的条件限制。一次至少工作 1 年,最长 3 年。政府为每名队员提供每年至少 350 万日元的资金,保证他们能够安心工作。

中田村长还说,上小阿仁村的人口减少是不可避免的,我们不能阻止将来村子消失,但是至少可以做好眼前的事。村长口中虽然没有豪言壮语,但是举办上小阿仁村的艺术节、组织孩子们学习八木泽的番乐这些事情本身,就是一种延续村子的努力。说得好不如做得好,这句俗语在小阿仁村得到了最好的印证。

11. 静冈:小丸子作者故乡乐事多

5 月 8 日是著名动漫人物樱桃小丸子的生日,而 2014 年又是《樱桃小丸子》作者成为漫画家 30 周年。为此,静冈市推出很多纪念活动。《樱桃小丸子》的作者真名叫三浦美纪,发表动漫作品时笔名为樱桃子,出生在静冈市清水区。因为樱桃小丸子是家喻户晓的动漫人物,所以静冈当地便建立了许多以她为主题的娱乐设施,很多相关商品也十分新奇,只有到当地才能买到。

静冈市清水区有一个非常著名的主题公园,名字就叫"樱桃小丸子乐园"。走进这个乐园,首先迎接你的就是樱桃小丸子。此后,你就像完全进入了令人怀念的昭和时代般,置身于樱桃小丸子的动漫世界之中。这里每个展室都是动漫中具有代表性的场景,每个人物都和动漫中的相同,而且比看动漫更加生动。如果你高兴,可以拉着小丸子的手合影留念,还可以走进妈妈训斥小丸子的房间,坐在榻榻米上的饭桌旁,把自己当成家庭的一员。而在被小丸子弄得到处都是东西的房间内,可以看到姐姐愤怒的滑稽形象,让人忍俊不禁的同时,体验到家庭的温暖,感受到即使吵架也永不相弃的姐妹之情。

在乐园里,除了能够见到所有《樱桃小丸子》中出现的动漫人物之外,还能看到昭和时代日本学校提供的午餐,3 年 4 组的同学自画像,花轮君的体操鞋和鞋箱,旧式玩具、唱片机等。更有趣的是,这里不仅可以看,还可以亲自体验。比如,和小丸子一起测量身高,穿上你喜欢的人物服装照相。当然这需要另外支付费用。只要花 300 日元,就可以穿上小丸子或者花轮君的服装,在喜欢的场景前拍照留念,当然,这是有时间限制的,一次最多穿 10 分钟。此外,还可以在樱桃小丸子邮局,寄出一封带有小丸子等人物画像的信或者明信片。在游戏区,可以拍摄自己喜欢的动漫场景,然后让机器自动洗出一张不干胶胶贴,还可现场体验沙画、烤画,主题当然离不开《樱桃小丸子》。

如果你走累了,小丸子乐园里还有一个房间,专门展示作者樱桃子的生平及其动漫创作的相关资料和原画。在专用的图书室内,可以阅读作者出版过的各种书籍,享受静谧的小憩。值得一提的是,樱桃小丸子乐园的门票非常便宜,18 岁以上每人 500 日元,3 岁到 18 岁每人为 300 日元,老年人还有优惠,堪称老幼皆宜的乐园。

静冈市清水区原来是清水市,拥有历史悠久的清水港。因此,港口贸易兴盛,文化繁荣。1965 年 5 月,樱桃子就在这里出生。1986 年,短期大学毕业后的她进入一家公司工作,因为她晚上画漫画到很晚导致白天上班睡觉,所以被上司训斥,上司要求她在漫画和工作中二选一。结果,她回答"要以画漫画为生"。个性好强的樱桃子仅仅上班两个月,就被迫辞掉了工作,并在同年 8 月开始了漫画作品连载。就这样,不朽之作《樱桃小丸子》诞生了。被改编成动漫以来,《樱桃小丸子》创下了 39.9% 的高收视率,至今人气不衰。《樱桃小丸子》中的动漫人物、象征物等商品也种类繁多,很多是在静冈地区限定销售的。樱桃小丸子汽水是小丸子乐园与当地企业联合策划推出的新产品,用的是当地水,制造也在当地,当然也只能在当地销售了。这种汽水要比一般汽水贵很多,一瓶价格 200 日元。此外,还有小丸子乐园限定销售的自动铅笔和圆珠笔,一支价格大约 500 日元。在樱桃小丸子乐园内的礼品店里,还有很多乐园限定销售品,有文件夹、笔记本、毛巾等。此外,清水区的"小丸子动漫咖喱"等限定特产也很有人气。许多动漫迷到了作者的故乡，都要买几样当地限售品留念。

　　静冈市为了纪念作者樱桃子出道30周年，专门为樱桃小丸子颁发了户口，并将户口制成纪念封，限量销售。樱桃子和她所创作的动漫人物，不仅给动漫迷们带来了精神上的享受，还带动了当地经济，通过动漫主题公园为当地旅游业创造了丰厚的利润。静冈市市长表示，今后还会加大樱桃子和小丸子的宣传力度，让更多的海内外人士都到静冈旅游。

12. 京都：传统文化与尖端技术融合的古城

　　京都虽然在日本，但是置身其中却好像穿越到了古代中国。美丽干净的街道，古老的建筑，处处模仿中国古老的长安，只有街头偶遇的和服美人提醒你，这里是日本。

◎路遇京都美人

京都二条城的壁画

中国有个成语叫"照猫画虎",比喻人照着样子模仿,并非真事。然而,在日本还真就有这样的事儿。

在著名的二条城内,我参观了日本最大的摹写古画项目,看到几幅画在"二之丸御殿"内的拉门画,有几只老虎在翻腾嬉戏,可是怎么看,那些老虎都非常滑稽,有一只老虎虽然眼睛大而凶,但是体型却像一只巨大的青蛙。其他的老虎也都与猫相似,毫无老虎的威风,让人看着忍不住想笑。日本画师谷井俊英坦诚地说,这是 400 多年前的画,当时日本没有真老虎,所以画师只能照着来自中国的画上的老虎,凭想象去画。原来,这是照着中国画上的虎画虎,加上画家还想突出点自我特色,自然难以形似了。谷井先生从事了 47 年的临摹古画工作,就是为了把二条城内的这些画临摹下来,以传后世。

◎二条城内的虎图

二条城建造于江户时代(1603 年～1867 年),是德川家的离宫。其中的"二之丸御殿"是当时武家书院的代表建筑,共有房屋 33 间,面积达 3300 平方米。其中屋连屋,屋屋有"壁画",共有 1000 多幅,大部分都是当时著名画工狩野探幽及其弟子的杰作。由于日本都用拉门隔出房间,因此,这里所说的"壁画"实际上都是画在拉门上的画。最先看到有老虎画的房间叫"远侍",是当地官宦入门后,最先进入的房间。屋内的拉门画全部用金箔做背景,老虎、翠竹、苍松、巨柏,画得十分气派,金碧辉煌。现场的专家介绍说,这是德川来京都时,当地诸侯前来觐见最先看到地方,因此,画也多以老虎、苍松、翠竹为主。老虎旨在显示德川家的威严,起到震慑作用,而苍松、翠竹则意喻家业永远繁荣,不会衰败。

往前走，画上的风景也开始变化，变得柔和美好。最后一间叫"黑书院"，是德川会见访客的房间，拉门画上樱花飘曳，树下也鲜花盛开，让人感到亲切放松。据说，在这些美丽的"壁画"拉门后面，常常有武士隐身其中，特别是在将军所在之处，常设有暗室，通过"壁画"拉门遮挡，外面看不到里面，但是里面却藏着将军的护卫，一旦有情况，武士可以立即冲出来护驾。

1994 年，二条城被指定为世界遗产，其中的各种"壁画"也都被指定为世界文化遗产。但是由于年久失修，再加上日本画颜料全部是天然矿物质，画纸也都劣化，急需保护。因此，日本画师谷井俊英等有志者，便开始了这项巨大的工程。为了忠实再现这些珍贵的画作，临摹全部采用和当时同样成分的原料。临摹成功的画作被放回原处，完整如新，而部分原画则被收藏进了展览馆，密封保存。在临摹工作间，我看到两位临摹画师在工作。令人惊奇的是，他们没有桌椅，全都跪坐在榻榻米上临摹。每天工作 8 小时，都是这个姿势，当然中间有休息时间，具体自己掌握。临摹过程也十分惊人。他们要把原画铺在榻榻米上，然后在画上铺上透明的纸，由日本画画家一笔一画地复制，虽然原始，但是准确。画好草图后，再按照原画上的颜色上色。这样，一张透明的临摹画就完成了。因为是"壁画"，所以遇到尺寸大的画就要用一种特殊的"木桥"横跨在画上，画师可以在"桥"上临摹，却不会对原画造成任何损害。这些透明的临摹画就作为复印的原版，可以复制多次，却不能永久保存。

日本京都大学有个特别的研究室，通过最先进的技术，把二条城内的壁画进行了半永久性的保存。京都大学工学研究科先端形象工学研究室的井手亚里教授，率领自己的研究人员，用最先进的数码技术，把二条城内的"壁画"进行了数字化，开创了文化遗产数字化技术的先河。

在漫长的历史中，人类积累了大量的雕塑、绘画、建筑等文化遗产。随着岁月的流逝，这些文化遗产的保护和传承也越来越重要。如何在不破坏、不接触艺术品原作的状态下保护这些文化遗产，也是一项紧迫的课题。亚里教授协同企业开发出超高度大型平面扫描仪，可以准确地将绘画、雕塑等艺术品进行高清记录，同时还能在不破坏作品的前提下分析出颜料的成分、绘画技法等信息。目前，他不仅和中国、韩国、西班牙等国的美术馆、博物馆有合作,也在不遗余力地保护日本文化遗产。他说,文化遗产有三个敌人,一个是战争,一个是贫困,再有一个就是无知。亚里教授想通过数字化技术为保护遗产尽一份力,所以他们采取了不要版权方式,即把艺术品数码化后的数据库、版权等全部归美术馆或者博物馆所有。此举获得了国际文化界的广泛支持。

面临失传的和服染色版型师

说起和服美人,不能不说说京都的和服。人们为和服艳丽的色彩、丰富的样式所倾倒,却很少有人知道那华丽复杂纹样背后的故事。

制作和服最重要的工序是染色,过去染色都是手工进行,工序十分复杂。其中有一道基础工序叫"型染"。型染必须有版型雕刻才能进行。版型雕刻就是把要印制在和服上的花样先在特制的和纸上刻下来,然后把型纸放在和服的布料上,通过糨糊覆盖、反复染色、漂洗,让无色的布料印上美丽的图案。据说,一件漂亮的京都友禅手工染花和服需要 400 到 500 种"版型纸"。

在西村友禅雕刻店里,我看到一位身穿蓝色日式工作服的老者,手拿一把刻刀,在发光玻璃板上雕刻着什么,随着他手的移动,褐色的纸上浮现出漂

◎西村友禅雕刻店的版型师

亮的纹样。他就是著名京都友禅雕刻师西村武志。他今年 61 岁了,是西村友禅雕刻店第二代店主。西村先生说,自己从小就看着父亲雕刻,耳濡目染,再加上认真学徒,如今已经从事这个行业 40 多年了,并成为当地名工。他说,想要成为一个合格的版型师,最低需要学徒 5 到 7 年。确实,他身边的刻刀工具箱里,至少有 30 多种刻刀。工具盒旁还有个磨刀盒。为了让刻刀保持锋利,必须随时磨刀。西村十分热爱自己的工作,现场表演了多种刀法。线条纤细的樱花花瓣、秋季翩然落下的红叶,不同的工具在他的手中自如跃动,让雕刻出的花朵栩栩如生。

如此巧夺天工的匠艺目前却面临失传的危机。西村先生介绍说,在日本人都穿和服的年代,他家的生意非常兴隆,可是现在却生意冷清,如果不是妻子在外边工作,自己就无法继续版型师的工作,更别提招收徒弟了。为此,他在京都市的扶持下,开始为保留这项传统工艺而奋斗。目前,京都和服的产量已经降低到鼎盛期的 1/10 左右,因此,版型师的工作量也大减。要想传承这种古老的技艺,必须要开拓新的商品和市场。于是,西村先生在 iPad 的套子上做起了文章。他随手拿起一个红色的皮制 iPad 套,启动电源后,在皮套上居然出现了一个发光的佛像。他把和服上常用的纹样用同样的手法雕刻在 iPad 套上,设计出各式各样的新商品。目前,这种 iPad 套不仅在日本的百货店里销售,还远销法国。利用型染雕刻技术,他还和巴黎的艺术家合作开发出新的室内装饰品。利用和服的型染技术和版型工艺制造了女性丝巾。此外,他还用和服布料制作了保温杯,在网上销售。独特的型染让现代商品拥有了传统的光辉,给视觉带来新的冲击,受到广泛好评。这些新尝试也让西村先生看到了和服型染雕刻技术的希望。他说,只有开发出新市场、新商品增加收入,才能吸引和留住人才。

由此可见,传统产业不能故步自封,必须推陈出新,才能有光明的未来。

京都竹艺的国际化

日本人很爱竹子,和室里面常见竹子花瓶,他们吃饭爱用竹筷,装点心爱用竹盘,生活中竹器很常见。都市中偶尔出现的一排竹篱笆,更是营造出浓

◎横山竹材店的
竹子加工现场

郁的乡村风情。但是，随着生活方式的变化，竹艺受到现代化大潮的冲击，京都的传统竹艺也面临消失的厄运。

在横山竹材店，我看到惊人一幕。两个大男人在艰难地和三棵碗口粗的竹子"搏斗"。一个人负责旋转巨大的竹子，另外一个人负责擦拭竹子，竹子的下面还有火在烘烤。被烘烤并拂拭过的竹子变得光亮，如同工艺品。原来，这是日本独特的竹子加工工艺，尽管费时费力，却可以让野生竹子变成美丽的建筑材料或者工艺品原料。横山竹材店的第四代当主叫横山裕树。他介绍说，只有日本人才这样不怕花费时间和人力加工竹材，虽然成本高，但是质量也相当好。在仓库，我看到了各种各样的竹材，这里品质最好的竹子散发着褐色的光亮，宝石般美丽，一根就可以卖 200 多万日元。这里也有部分从外国进口的竹子，细小且缺乏光泽。第三代当主老横山对我说，如果竹子的处理方法太粗暴，就可惜竹子了，竹材卖不上好价钱。他进一步解释说，处理竹材不能只图快而不求质量，若砍下竹子后，就大捆用火烤，强行干燥，不仅降低了竹材的耐用度，还损坏了外表，带伤的竹材难以用来制作精美的工艺品。

横山裕树今年才 35 岁，就担任了公司的"专务取缔役"（主持公司日常业务，辅助社长工作）。由于现代日本人更愿意居住在高楼大厦之中，对竹材的需求锐减，他这个第四代当主体会到了强烈的危机感。于是，他决定开拓国际市场，开发出难燃烧的竹制品，让他家的竹制品打入高端建材市场。日本的《消防法》对百货店、旅馆、饭店等场所的建筑材料的防火要求十分高，因此，易燃的竹材用处有限，不能用作地板等大面积耗材使用。难燃竹材开发的成功，让横山竹材店的竹制品进入了百货店、饭店等高档建筑的大雅之堂，成为了高级室内建材，大大拓宽了竹制品的用途。横山专务为我播放了难燃竹材的试验录像。只见同时放在火上的两块竹板，没有经过难燃处理的，已经烧没了，经过特殊难燃处理的，仅仅是表面变黑了，有点烟雾，根本就没有被点燃。他说，开发这种特殊难燃竹材花费了大约7年才成功，直到2014年1月才通过了日本消防厅的审核，被认定为难燃建材。目前，这种难燃竹材不仅可以用作地板原料，还可以用作其他室内装饰的耗材，用途在不断扩大。

在横山竹材店的直销商店，我看到很多精美的竹制工艺品。有竹筷、花瓶、水壶等，都是利用竹子的特点，经过巧夺天工的设计制成的工艺品。店内还有一个俏丽的姑娘在裁竹子，原来她是竹艺专业的毕业生，店里很多产品都是她设计编制的。她那灵巧的双手，让人感受到手工制作竹器的神秘。经她一说，我才知道日本还有专门教授竹艺的大学。

京都传统工艺大学校就是专门培养竹艺人才的地方。大学设有竹工艺学科，分为2年课程和4年课程。通过学习，学生不仅能掌握关于竹子的各

◎横山竹材店竹制品商店的专业竹工艺师

种基础知识,还能学会各种复杂的竹子加工工艺。通过学习,学生可以成为竹子工艺家、竹艺工匠以及竹子设计加工等方面的人才。由于该专业学生不多,比较冷门,所以毕业生的工作都比较好找。除此之外,京都传统工艺大学校还设有陶艺、木刻、佛像雕塑、木匠、漆匠等专业,囊括了比较重要的传统工艺。如此把传统工艺作为学问,提高到大学专业技术的高度来传授,不仅有利于传统手工艺的传承,还可以从科学的层面对其进行深入的研究。

13. 宫城: 有个地方叫猫岛

众所周知,日本人爱养猫,但那不过是把猫当作宠物。而日本宫城县仙台湾有个岛屿,却把猫当作"神灵"。在这个岛上,猫比人还受尊敬、受保护。岛上的猫比人还多,形成了岛上特有的风景。这个岛的本名叫田代岛,但是因为猫多以及其独特的习俗被称为"猫岛"。在日本,一说起田代岛几乎无人知晓,但是提起大名鼎鼎的猫岛,几乎无人不知。这里也是3·11大地震的重灾区,当地居民就是靠着"猫神"唤来八方援助,得以尽快重建的。

岛如其名,猫岛是猫的乐园。从港口通往村子的路上就能看到三五成群的猫咪。它们有的懒散地倦卧草丛,有的悠闲漫步,看到人并不躲闪。这些猫多为黑白色,偶尔有一只黄色的杂毛猫。岛上的猫不愁吃喝,因此个个毛亮体壮,胖乎乎的,很可爱。担心这些猫儿得肥胖症,岛民们通过各种方式,告诫前来探访的游客不要给猫喂食。这些猫儿的食物都是由当地居民统一管理的,他们会定时给猫们送去专用的猫食。岛民们为了突出猫岛的特色,还在岛上建设了五栋猫脸形状的小木屋,这些房子从侧面看就是一张猫脸,两个小耳朵支在房顶上,很是可爱。这些木屋是专供人们体验野外生活用的。岛上共有10家供奉猫的神社,51个猫石碑。猫在当地被视为神灵,和岛民的生活有着直接的关系。

起初,田太岛的人主要以养蚕为生。为了防止蚕被老鼠吃掉,于是养猫护蚕。因为岛上四面环海,渔业也很兴盛。打鱼人多为外地人,他们在猫岛沿岸,建造了很多供他们生活的简易房屋。打鱼人多以鱼佐餐,结果那些本该护蝉的馋猫们，竟逐渐聚集在渔民的简易房屋周围，就是为了能吃点儿鲜鱼。自然而然地，打鱼人和猫们的关系变得密切起来。他们可以根据猫的动作判断天气，也能据此推算海鱼数量的多少。因此，他们对猫更加看重。有一天，一个打鱼人在开采固定渔网的石头时，不慎掉落了一块石头，砸死了一只猫。他感到非常心痛，将猫厚葬。没想到，此后他家的渔船常常满载而归，而且再也没遭遇过海难。因此，这只死去的猫被当作"神"受到祭奠，它的坟墓也发展成一家神社，成为岛上最早的一座"猫神社"。被当作"神灵"的猫们，成为岛上不可侵犯的圣物，受到特别的待遇。岛上的猫也越来越多，最多时达到了上百只。为了保护猫，人们禁止狗上岛，并规定，岛民不仅不能饲养狗，就是狗要暂时上岸都不被允许。

田代岛大约有 110 名居民。岛上没有下水道，所以粪尿和垃圾都要用船送到岛外处理。岛上虽然有汽车，却没有加油站，所以每隔两个月，大型油轮就要来此送油。岛上还没有学校，更没有银行和饭店，商店也只有两家。岛民以打鱼为生，过着近乎原始的生活。小岛宛如海上仙境，时间在这里缓慢流淌，人们安居乐业。猫岛能名扬，完全是电视台的功劳。2006 年，朝日电视台以"人生乐园"为题报道了该岛，并突出了岛上猫多的特色，引起了爱猫人士的关注。此后，其他电视台的报道也越来越多。岛上的一只垂耳朵猫不但被富士电视台当作新闻节目的主角报道，其日常生活还被制作成 DVD 热销。于是，田代岛这个猫的乐园也成了爱猫人士的向往之地，游客数量大增。

遗憾的是，3·11 日本大地震没有放过这个与世无争的小岛。地震和海啸把岛民赖以生存的养殖业全部摧毁。高达 10 米的海浪把沿岸房屋、船只、渔具等全部冲毁，很多猫也在海啸中不幸丧生。然而，猫岛并没有被人们遗忘。在"猫神"的庇护下，岛民们很快开始了重建。正如靠猫振兴了岛上的旅游业一样，岛民们也要靠着"猫神"重建家园。为了筹集灾害支援基金，他们创设了"猫咪募金"，通过网站等方式，呼吁各界人士为猫岛捐款。这种募金方式并不是单纯要钱，而是伴随着感恩的互动。募金的目的是为了重振当地的渔业和旅游业，钱主要用来购买渔船、渔具、养殖棚，改善岛上猫咪的居住环境。募金金额最少每次 1 万日元，目标是 1 亿 5 千万日元。对每位捐款的爱心人士,猫岛渔民将以养殖恢复后首次收获的产品作为回报,此外,还给每位捐助者一个猫岛特制手机链。这一项目推出之后,不到3个月的时间就达到了募金目标。还有人专门上岛为岛上的猫们捐赠猫食,为此,岛民专门在港口设置了存放捐赠猫食的箱子。这样做是为了防止大家都去喂猫,反而不利于猫咪的健康。

田代岛上的猫们经过灾难的洗礼,数量已经恢复了。劫后余生的它们在给岛民带来安慰的同时,也重新成为小岛的旅游招牌。由此看来,猫确实是田代岛上的幸福之神。

14. 青森: 稻田画故事多

夏日的稻田本该是一片碧绿葱郁,但是日本的青森县田舍馆村的稻田却别具风情。巨大的稻田上浮现出古代日本美女的身姿,还有两幅巨大的标语。一条是"加油日本",另一条则写着"请想一想他人的感受"。稻田画精美无比,虽然仅仅是用稻苗作画,但是形象逼真。2011年3月,日本部分地区遭遇了大地震,田舍馆村的稻田画也选择了抗灾的主题。两条醒目的标语,恰好体现出日本人不屈的精神。

田舍馆村是日本稻田画的鼻祖。受到欧洲麦田画的启发,1993年,该村村民开始制作稻田画。当时的田舍馆村面临着人口老龄化等问题,为了振兴当地经济,开发旅游资源,当地人想到了稻田画。为了强调色彩的不同,他们选用了几种不同的古代稻米和现代稻米作为画材。因为稻米的品种不同,长出的稻穗颜色也不同,主要有黑色、白色、绿色、黄绿色等。这让稻田有了层次,也就可以用来作画了。制作稻田画使该村游客大增,于是,村民每年都采用不同的题材作画,有时是日本著名的古代武将的或唯美传说,有时则是神秘微笑的蒙娜丽莎等名画中的人物,题材广泛。而今年的主题取自《竹取物语》。

《竹取物语》被称为日本最古老的故事,说的是日本版的"嫦娥奔月"。一对老夫妇在竹林中发现了一个只有3寸高的小女孩儿,把她视为掌上明珠,抚养成人。小女孩儿长大之后,美貌倾城,取名"弱竹姬"。城中所有男子都为其美貌所动,纷纷前来求婚,几乎踏破了门槛。帝王知道了她的事情,也对她一见钟情。为了难倒众多求婚者,弱竹姬出了一道难题。结果 3 年的时间过去了,无一人能够答出她的难题。有一天,弱竹姬突然哭着告诉老夫妇,自己并非这个国家之人,而是月都之神。必须在本月十五日回到月亮上去。尽管帝王动用了所有兵力留住她,却未能如愿,最终还是满怀不舍,望着她身披羽衣,乘风而去。田舍馆村就把这样一个凄美的故事,通过稻田画,再现在大地之上,使人遥望之余,充满无限遐想。

田舍馆村的稻田画技术不断提高,作品一年胜过一年。为此,该村还专门设置了展望台,对前来观看的游客免费开放。稻田画为田舍馆村带来了旅游收入,同时也发生了很多曲折的故事。2008 年,为了筹集制作稻田画的经费,制作委员会想通过加入广告增加收入。于是在稻田画的下面,打上了日本航空"JAL"以及"东奥日本 120 周年"的标志。这个广告让制作委员会获得了 200 万日元的收入。可是土地所有者,也就是该村前任村长,却不满意。因为制作委员会没有事先和他商量,就打出了广告。他无法容忍把稻田画商业化的行为。他声称,如果不把那两个广告徽章拔掉,就不再继续免费提供制作田地了。可是,以志愿者身份参加种植稻田画的居民也不高兴了。他们觉得自己辛辛苦苦种出来的"徽章"就那么被拔掉,太可惜了,于是他们也提出抗议。双方就因此发生了纠纷。最终还是拔掉了广告,但是也为田舍馆村引来了一场官司。《东奥日报》向田舍馆村索赔 241 万日元。他们不仅要求田舍馆村赔偿广告费,还要求赔偿因此而造成的广告损失。

尽管田舍馆村的稻田画经历了波折,但是这个植根于泥土的艺术还是根深叶茂地发展起来了,而且队伍不断壮大。目前,除了田舍馆村之外,日本的爱知县西尾市、山形县米泽市、新潟市北区、北海道旭川市等地区也都有稻田画。稻田画搞活了当地的旅游业,田舍馆村最多一次吸引了大约 20 多万观光客。只此一项,就为当地旅游业带来了可观的收入。目前,稻田画已经深入人心,并且有了很多粉丝。稻田画的欣赏方式也多种多样。秋田县的稻田画可以坐在火车上观看,很多地方的列车还特意在稻田画前停下,让人们尽情欣赏。目前,共有 4 个地区的稻田画种在铁路沿线。乘坐长途列车身心疲惫的游客,突然看到稻田画中的美女或可爱的动物,那将是怎样的一种惊喜!

· 第四章 ·

生活方式求出新

日本虽然四面环海,地理位置闭塞,但是这个国家的人们乐于接触最前沿的讯息,接受来自四面八方的文化,他们总是带着危机感去生活,去创新,追求新奇而舒适的生活,不断地创造着精致的新文化。

1. 毛巾也有鉴定师

日本人做事追求精益求精，所以就有很多"鉴定师"。鉴宝师等常规职业资格在此不提，从品酒师到蔬菜营养师，再到品饭师，都是日本奇特的职业资格。在日本爱媛县立今治高等技术专门学校，我又了解到，日本居然还有"毛巾鉴定师"！这些毛巾鉴定师经过考试，获得证书后，就被派往各地毛巾销售点，成为消费者最贴心的购物参谋。

◎今治的毛巾产品

日本的毛巾鉴定师制度由今治商工会议所、四国毛巾工业组合创立，旨在促进毛巾业的发展，提高毛巾的地位，帮助人们正确使用毛巾。取得毛巾鉴定师资格必须要经过严格的考试，通过者才能获得合格证书。参加考试不受年龄、职业的限制。初次参加者只要交纳 1 万日元，就可以获得教科书和准考证。没有通过考试者，补考费用还能优惠。考试每年进行一次。从 2007 年设立该制度开始，到 2014 年为止，已经连续进行了 8 次考试，共有 1 千多人获得了合格证书，成为毛巾鉴定师。参加考试者的合格率大约 60% 左右。四国毛巾工业组合理事长后藤圣司介绍，这些合格者目前大多在日本各地的毛巾销售店工作，为公众普及毛巾知识，帮助人们正确使用和选择毛巾。他们不仅要掌握毛巾的历史、制造过程、有关用语，对毛巾的种类、鉴别知识了如指掌，还必须掌握向顾客推荐毛巾的方法。毛巾鉴定师在当地是一项很有人气的职业，有了这样的资格，找工作会容易很多。

除了毛巾鉴定师之外，还有评定毛巾制造专家的制度，称为"毛巾 Meister"。"Meister"是德语，在德国指专为职人设立的职称制度。四国毛巾工业组合为了毛巾制造技术的传承，也设立了"毛巾 Meister"，并将其定为需要经过考核才能获得的资格。据爱媛县立今治高等技术专门学校有关职员介绍，取得这个资格的条件非常严格。要求申请者必须具有 20 年以上的工作经验，获得国家技术考试一级，还要具有指导员资格等。目前为止，全日本只有 4 名"毛巾 Meister"。此外，为了鼓励年轻人积极掌握毛巾制造技术，让毛巾技术能够传承下去，他们还特别创设了技能鉴定一级、二级考试制度。一级考试参加者必须有 7 年以上工作经验，二级考试参加者只要有 2 年工作经验就行。爱媛县立今治高等技术专门学校的很多学员不仅在准备考毛巾鉴定师，还有人在为成为"毛巾 Meister"而奋斗。这所学校与其说是学校，不如说是一个毛巾制造厂，也可以说是培养制造和品鉴毛巾全面人才的职业学校。

学校的教室里有新旧型号的毛巾纺织机，还有各种染料供学员学习染毛巾的技术。校内的毛巾纺织机不时地轰隆作响，可以看到学生在表演操作。可能因为还是学生，很快就有断线，机器停了，学员在老师的指导下，马上接

◎爱媛县立今治高等技术专门学校

线,并让机器再次启动。学员必须练习接好线头,并掌握所有操作技术。经过 2 年的实战培养,毕业生就会成为当地毛巾生产厂家争相聘用的对象。在这里学习的学员年龄都不小,以 30 岁到 40 岁的人居多。很多人过去也不是从事毛巾制造工作的,有从事 IT 行业的,有做普通销售员的。现在,他们却自愿回到职业学校,想通过习得一技之长,成为从事毛巾制造的专业人才。很多社会人也可以放弃之前工作,进入学校学习,学费也十分便宜,一年 12 万日元左右,因此,对学员不构成任何经济负担。

小小的毛巾,看似不起眼,却是日常生活的必需品。因此,从制造到质量鉴定都力争专业化。让毛巾鉴定师走进人们的日常生活,对提高生活质量也是十分必要的。

2. 客厅里面有菜园

说起菜园,人们会想到丰饶的土地。但是现代科技却改变了菜园的形态,让家里的客厅、卧室变成菜园。这样的室内菜园不用土地,不占空间,还可以让家里一年四季春意盎然。

在日本柏市的一栋高层公寓内,一名家庭主妇拿着一盆青菜笑着对我说,这是昨天刚刚采摘的。她指着身后的一个白色电柜说,就是从这里采摘的,也不用洗,无虫无农药,非常方便。这时,我才看到靠墙边有个白色的柜子,透过玻璃柜门能看到里面有几株青菜,柜子的大小和冰箱类似,蔬菜在灯光的照射下很美丽,就像有意放置的盆景。原来这就是未来的家庭菜园。

Panasonic 公司和三井不动产株式会社同柏市政府等机构，共同开发研制了未来型家庭菜园，并开始在家庭中试用。这种家庭菜园自 2012 年 9 月进入居民家庭。采用水耕栽培方式，使用 LED 照明，因此非常省电。营养剂、水量、照明时间等全自动程序控制。家庭菜园还可以直接与网络连接，用户可以随时向专家咨询各种问题，接受技术指导。由于光、水、营养都是全自动控制，几乎不需要主妇做任何事情。需要做的就是按照要求，把菜苗"种"在营养液中，需要的时候添加营养液即可。一般绿叶蔬菜的成熟期大约 90 天左右，但是如果用菜苗种植的话，就只要 20 天左右，从种子开始种植也只需40 天左右。我询问女主人使用家庭菜园后感觉如何。她说，这个家庭菜园考虑到家庭室内因素进行设计，不仅可以种菜，和家庭的环境也很协调，虽然是个菜园，但是就像客厅的一件家具，还能起到间接照明的作用，所以很让人喜欢。收获的蔬菜可以炒、也可以直接做成沙拉，味道和超市销售的无异，很好吃，还不用洗，非常方便。她还写栽培日记，并把心得和制作的菜肴照片传到网上，和其他的"家中菜农"分享。

负责开发产品的 Panasonic 公司负责人介绍说，这个家庭菜园虽然面积很小，一次只能种几株菜，但是因为采用了高科技栽培技术，所以生长很快，收获量也不小。因此，也并非仅仅是个摆设。目前还在试验阶段，以后可以根据各家的空间，改变尺寸，还可以增加栽培的品种。今后，主妇们前往附近的超市不仅可以买菜，还可以买到各种家庭菜园的菜苗。

除了家庭工厂之外，柏市还联合大学、企业推进"街上都是植物工厂"计划。在千叶大学校园内，我看到了大面积的植物工厂。植物工厂分成灯光式和自然光式两种。在进入自然光式的植物工厂时，工作人员需要穿特制的工作服，而向我们这样外来的访客，也要在脚上套上套子，免得把细菌和污物带进来。植物工厂内的大棚材质经过特殊加工，可以用 15 年，能够让阳光均匀地洒在植物的每一片叶子上，达到植物最佳生长状态。在大棚内还有输送二氧化碳的机械装置，当棚内浓度不够时，就会按照系统的自动分析，释放出植物所必需的二氧化碳。这里使用的二氧化碳是从煤气公司回收的副产品。这样循环利用不仅减少了二氧化碳的排放量，还可以废物利用，经济实惠。

灯光式植物工厂要求更为严格,每个人进入之前都要被"消毒"——全身热水冲洗,并换上专用制服。营养剂输送机和水分输送机也是全自动控制,可以自动回收没有被植物吸收的水和营养剂,无限循环利用。在世界耕地不足、自然灾害频发的情况下,植物工厂因可以生产高质、高产、无虫无害的蔬菜而受到瞩目。千叶大学大学院园艺研究科准教授丸尾达介绍说,目前,这个植物工厂的西红柿产量已经达到了亚洲第一,是同样面积普通农地菜园产量的50倍,通过研究开发出节能、省水、省肥料的培育方法,仅仅用普通农地菜园水量的1%,普通农地菜园肥料的四分之一就可以了。一株青菜的成本大约60日元,因此很快就可以收回成本。

我在植物工厂看到,西红柿是悬空生长的,还有用于采摘的运送机器人。一台小型车型机器人跟着人在田地里行走,当人采摘西红柿的时候,小车就自动停下来,人走车也动,还可以拐弯儿。如果摘满了一筐,小车机器人就自动开到收货点,十分省力。目前植物工厂的产品已经进入普通超市销售,我当场品尝后觉得味道很不错。丸尾介绍说,植物工厂的出现不会影响到传统农业,因为目前生产的重点还是以特殊需要为主,如病人食材供应、防灾供应等。比如,有过敏体质的人,吃植物工厂的菜肴就不会过敏。防灾是指旱涝等灾害时,植物工厂也能大量收获,不受影响,旱涝保收。

植物工厂正在从企业走向家庭,在客厅里采摘蔬菜、水果,并让其直接变成饭桌上菜肴的时代即将来临。

3. 个性影院很流行

美国式多屏幕电影院改变了日本的放映环境,但是也让各地的电影院的放映模式变得雷同。比如,都有多个屏幕,都可以吃爆米花等零食。最初,美国式影院的先进设备、干净整洁的观影环境颇受好评,可是时间长了,这种模式也让人们感到厌倦。于是,个性鲜明、独具特色的电影院在日本悄然兴起,受到追捧。

新宿一家叫"shinjukupiccadill"的电影院推出了一种超高级电影享受。

这种新服务的票价虽昂贵，但是可以让观众在只属于自己的单间中，喝着高级香槟看电影，体验贵族般的享受。这种服务称为"白金豪华座"，一张电影票价为 5000 日元，而普通电影票才 1800 日元。白金豪华座使用者享受专用电梯和通道，在电影开演之前的一个小时，可以在豪华如高级宾馆般的接待室里等待。落座后便有人送来湿热的白毛巾和一杯高级香槟酒。白金豪华座位宽敞，观影位置佳，就像是一个包厢，供观众舒适观影。5000 日元的票价看似不低，其实物有所值。据说，这家电影院为此花费大投资装修，使用的都是高级家具。如果对这样的观影环境还不满意，那么可以去买两个人 3 万日元的超高级豪华票。这种超高级套票被称为"白金好话屋"。除了专用的 VIP 通道外，专用接待间还配备专人提供服务。在开演之前的一个小时内，观众可以在此喝香槟，吃高级下酒菜、高级西点等。除了上述免费服务之外，只要观众肯花钱，可以再点些饮品，有 10 万日元的香槟，1 万 5 千日元的黑鱼仔等，高级的饮料和食品应有尽有。更令人惊叹的是，为了满足顾客的贵族兴趣，这里还提供 5 千日元一杯的咖啡。这样的咖啡在日本非常少见，堪称独此一家。因为这家电影院卖的就是豪华，吸引顾客的也是这种在其他地方无法体验的贵族氛围。贵族生活是许多人都向往的，既然不能做一辈子贵族，能做一时也是好的。这家电影院利用人们这样的心理，打造超豪华电影院，让许多人不禁想去体验一下。据说影院生意兴隆，3 万日元的超豪华屋的观众主要是中老年夫妇。他们大都在过结婚纪念日、生日等特别日子里，选择在这里度过一个难忘的夜晚。而只有 5 千日元的豪华座则是年轻人的天下，约会、生日、甚至圣诞节都可以让自己稍微享受一下，看一场豪华电影，暂时忘却工作的烦扰。

　　在日本，只有新奇才能吸引人们的眼球，电影院也不例外。除了贵族影院之外，价格亲民且有文化内涵的特色影院也很受欢迎。在广岛有一家电影院叫"八丁座"。院如其名，这是一家具有浓郁日本风情的影院。入口画着日本画，打开日式的拉门，走进去看到的是纯正的榻榻米，墙上挂满日式灯具，看电影者必须脱鞋入室，然后像回到家里一样席地而坐。座椅也是日式的，只有单边扶手。空间虽然没有现代电影院那样宽敞，但是会让置身其中的人感到仿佛回到了古代。在这样的环境中看电影别有情趣，很受女性影迷的欢迎。著名电影导演山田洋次也非常钟爱这种具有浓郁日本文化氛围的电影院，曾经主动提出，希望自己新片的首映式在此举行。

在日本，各式新颖的电影院正在成为都市一道靓丽的风景。除了追求高端，继承传统之外，高科技电影院依然引领时尚，继 3D 影院之后，4D 影院也出现了。4D 电影不仅有立体效果，还要有感官刺激。观众能感受到电影场景中的微风、食物的香味儿等。时尚是不断变化的，所以电影院也在积极地顺应潮流，满足人们的多种需求，提供更有特色的服务。

4. 自动售货机什么都能卖

不论在日本的都市还是乡村，购物都很方便，遍布各地的自动售货机让人们 24 小时享受购物的乐趣。日本的自动售货机非常普及，据说，全日本共有 508 万台自动售货机，大约平均每 3 人就有一台，普及率堪称世界第一，从饮料到鲜花，从儿童玩具到影碟，可谓什么都能卖。

在秋叶原，可以看到卖关东煮的自动售货机，同时还有可以买到冷面、甜食烤苹果和印度咖喱乌冬、酱油拉面等食品的自动售货机，各种食品冷热兼备，任君挑选。最绝的还是自动咖啡机。按下按钮之后，选择加奶还是不加奶，然后掉下一个纸杯子，再流出符合顾客口味的咖啡，简直就和有人在现场制作一样。因为是自动售卖，比在咖啡店成本低，也不受场所的限制，很是方便。

京都有一种会说方言的自动售货机。客人来了，它会用方言说："先生女士，您要买什么呢？"客人走了，就来句带着京都味儿的"谢谢"。实现了机器和人之间的交流，让顾客不再感到自动贩卖机的机械式冷漠。当然，自动售货机销售的主要是饮料，此外还有点心、冰激凌等。广岛还有一种专门销售面汤的自动售货机，售出的塑料瓶里可以清晰地看到海带和专用鱼类，很是独特。这样的面汤和普通饮料不同之处是不能当场喝。2014 年 4 月 14 日，一种全新的自动售货机在新关西国际空港出现。这种新型自动售货机售卖的是"SIM 卡"，这在日本还是首次。

最近,日本还流行募金式自动售货机。这种自动售货机由慈善机构设置,在这里购买一瓶饮料,其中 10 日元就会转给慈善组织,而 30 日元就可以为非洲饥民提供一顿饭菜。这样的自动售货机很受学校的欢迎,校方认为这样可以提高学生的社会贡献意识。此外,日本的自动售货机功能也非常人性化。比如,低矮的地方有按钮,方便身体残障人士和孩子购买。自动售货机旁边设有饮料瓶回收箱,避免人们乱扔垃圾,也有利于垃圾的回收。

5. 化妆有奇术

日本人十分热衷美容化妆,古代艺妓用白粉涂脸,现在很多的女性不化妆不出门。所以,日本美容化妆术多,护肤品、化妆品种类也十分丰富,花样时常翻新。最近,日本古代的一些奇特美容术受到现代人青睐,有些甚至成为美国大牌明星的最爱。

鸟粪通常被用来做肥料,可是日本人自古就有用鸟粪美容护肤的习俗。有限公司美容文化社的网站介绍说,古代日本人利用日本树莺粪中的特殊成分作为和服的漂白剂,或者用其除掉染到衣服上的黑色赃物。歌舞伎演员、艺妓常常需要化妆,所以莺粪最先被用于去掉脸上的白粉,属于卸妆用品。后来,日本人又用这样的原理,发明了可以美容增白的洗面粉,受到有钱人家妇女的青睐,并逐渐流传到民间。现在,部分日本人仍然爱用这种天然动物粪便制成的洗面粉。这种以鸟粪为原料的洗面粉含有蛋白和脂肪分解酵素,可以溶解面部的污垢和脂肪,其中所含漂白酵素还可以去除脸上的黑斑,具有一定的美容作用。因为鸟粪的量并不多,原料来源不丰富,所以这种鸟粪粉在古代就是高价商品,十分贵重。现在因为可以人工养殖树莺,成本降低了,鸟粪价格也变得比较容易让人接受,一个月用量的价格为 980 日元左右,通过网站就可以购买。有限公司美容文化社已经将这种产品登记成商标,名为"日本树莺之粉",面向全日本销售。

虽然鸟粪美容品在日本并非高档护肤品,但是到了纽约却身价倍增。一名日本女性开设了一家叫"GeishaFacial"(艺妓美容)的美容院,其主打项目就是用天然鸟粪,进行专业护肤。这家美容院的店长介绍说,过去,日本人艺妓因为每天都要化妆,对皮肤伤害很严重,鸟粪美容品为艺妓解除了忧愁,让她们的皮肤能够总是那么白嫩。鸟粪美容的奇特立刻吸引了纽约上流社会的名媛们,即使价格昂贵,该美容院也是顾客不断。据说,贝克汉姆的妻子也是那里的常客。鸟粪美容一次50分钟,价格高达180美元。这里使用的鸟粪是经过紫外线杀菌消毒,并经过特殊处理的安全改良制品,还添加了米糠、椿油等辅料,确实优于日本网购的产品。

日本人的美容奇招不仅限于鸟粪,2013年7月15日,一家美容院推出的新奇美容法也成为热门话题。那就是让活的蜗牛在顾客脸上乱爬,达到美容效果。活蜗牛在脸上爬,一想就觉得很不舒服,可是这家美容院却声称,蜗牛在脸上爬行不仅可以美容,还能让顾客感到非常舒适。这家美容院名为"京町屋沙龙",主要提供以蜗牛分泌液为原料的美容服务,这个美容项目通过特殊的机械将从蜗牛液中提炼的高浓度美容液注入皮肤。现代医学已经证明,蜗牛液不仅可以除去老化角质,还可以杀菌、修复伤痕、提高皮肤保湿机能。向皮肤注入大量高浓度美容液之后,进行按摩、贴面膜、再让蜗牛在脸上爬行,可以促进皮肤吸收蜗牛液的有效成分,这项美容服务的价格为34650日元。报道称,这是日本首家提供蜗牛美容服务的美容院。他们使用的蜗牛都是专门饲养的,而蜗牛液美容素则为进口货,连蜗牛吃的都是有机饲料。

日本人热衷美容,常常体现在美容原料的丰富性上,日常生活中的许多东西都被日本女性用来美容,电视剧中常常可见女演员脸上贴着黄瓜片或柠檬片。这种食品美容法已经不算稀奇了。日本女性还爱用清酒美容。她们认为,把清酒涂在脸上,不仅可以保湿,还能预防黑斑,增加皮肤弹力。常饮清酒也具有同样的效果。科学分析表明,日本清酒含有大约100种以上有效成分,具有保湿作用的氨基酸含量是红酒的10倍以上。酒糟也具有同样效果,因此也可以用来护肤。此外,日本人还爱用碳和红小豆美容,在日本各地的温泉都能看到碳洗面奶、碳洗发水,还有红小豆粉、红小豆粉面膜等。许多古代日本女性拥有非常美丽的长发,为了让头发漆黑美丽,古代贵妇人爱用海带粉等海草成分的水生植物洗发,这种习俗流传至今,依然为日本女性所喜爱。

在日本千叶的一家超市里,我的目光被一个专柜所吸引。那里摆着各种各样的假睫毛,有上眼睫毛、下眼睫毛,浓密相间的睫毛看上去很光泽,再加上包装盒上有个长睫毛的美女在微笑,让人对其生出无限向往。我还看到了很多粉色塑料推子似的东西,仔细看说明才知道,那居然是用来沾假睫毛的工具。旁边还有各种大小不一的塑料瓶,那就是假睫毛专用胶水了。最让人惊奇的是这里售卖的胶带和胶布,都是用来贴在眼皮上的,这样不用动手术就能变成双眼皮了。在众多双眼皮胶水中,我居然还看到了男性专用品。早有媒体报道,日本男性美容渐成风气,在这家超市的大楼内,也有一家男性专用美容院。可是,日本男性也用贴胶使自己变成大眼睛双眼皮,还是很令人感叹的。

看到满柜的美瞳,突然发现,这些商品的包装盒上的模特,居然大都是欧美人。美瞳在日本非常普及。在日本年轻人聚集原宿、涩谷等地,能看见很多"色"眼的日本女孩儿。虽然她们的面孔很日本、很亚洲,但是眼睛却是蓝色或者黄色的,带有十足的欧美风情。这些爱美的女孩儿羡慕欧美人的浓眉大眼,她们戴上彩色隐形眼镜,再贴上假睫毛,粘上双眼皮就可以变成欧美眼了。

在日本,彩色隐形眼镜的网络销售也十分兴盛。8对彩色隐形眼镜网售价格大约1万日元左右,价格不菲。而一对假睫毛则仅需100日元左右。双眼皮胶也很便宜,一般在400日元左右。彩色隐形眼镜的主要购买者是年轻女孩儿,高中生尤其喜欢。而白领女性因为工作的缘故,考虑到公司的形象、同事的看法,一般就很少问津彩色隐形眼镜。高中生们有时还会聚集在一起,举行彩色隐形眼镜大游行。

但是,彩色隐形眼镜并不那么安全,容易引起很多眼部疾病,甚至导致失明。为此,日本厚生省颁布了新法令,规定彩色隐形眼镜也要有政府许可才能生产制造,使用者最好在眼科医生的指导下使用。网络调查显示,使用彩色隐形眼镜导致眼疾的最主要原因是使用方法不当。最主要的原因是不卫生,其次是使用时间过长。由此可见,戴美瞳也是有风险的,一定要注意科学使用。

6. 主妇爱考营养师

日本的女性一般结婚后都爱辞去工作,在家里相夫教子。但是当孩子大些后,很多主妇也想边育儿边工作。因此,两不耽误的工作就很受主妇的欢迎。其中通过考取营养师资格,再从事营养师及其相关工作就很受主妇们的欢迎。

"结婚后辞去了工作,现在是一名26岁的主妇。因为成了全职主妇,就想要考取专业资格,获得证书。家人和朋友都推荐我考营养师的证书。请问营养师工作好找吗?"这是一名家庭主妇在网上提出的问题。日本法律规定,一个企业至少要有一名营养师,因此营养师的工作并不难找。这些企业还包括幼儿园、学校、医院、体育俱乐部等文体机构。在日本的幼儿园、学校、企业工作的营养师多为女性。在白井市立幼儿园,我看到的就是一名中年女性营养师。她发挥中年女性特有的专长,不仅把专业知识运用在工作中,让孩子们的饭菜营养均衡,还通过简单易懂的方式,向孩子们普及食品营养知识。还有很多主妇,虽然积极参加营养师资格考试,但是也并非是为了工作。有人是因为喜欢烹饪,认为有了营养师的资格可以丰富家人的餐桌,想要工作的时候也容易找到职位。还有的主妇只是因为爱好。我认识一位叫山田的主妇,家住东京。她就是因为孩子都长大了,便把考取各种资格证书当作兴趣,并为自己能考取包括营养师在内的多项证书而自豪。

考取营养师资格并不是很难。日本厚生劳动省规定,只要在大学、短期大学或者专门学校的与营养有关的专业学习50个学时,合格就可以获得此资格。此外,日本还设有专门培养营养师的学校和机构,一般是两年制的专门学校或者短期大学等。这样的设施遍布日本全国,日本还设有"全国营养师养成施设协会""日本营养师会"等机构。据日本厚生省公布的资料,日本每年有将近2万人获得营养师资格,其中女性占多数。

现在，人们对健康越来越重视，日本的很多超市也愿意雇佣主妇营养师。因为这些具有营养知识的主妇不仅可以制作营养丰富的菜肴，还可以从营养的角度给顾客提供适当的建议，大大提高了超市商品的销售量。

比较容易找工作，工作时间比较自由，能发挥自身特长贡献社会、造福家庭，这些也许就是主妇们爱考营养师的原因吧。

7. 作业服不一般

日本人非常注重形式，这从穿衣戴帽上就有所体现。中国人讲究干啥吃喝啥，而日本人则更注重干啥就要穿啥。所以，除了日常生活穿着的服装之外，商店里还销售种类繁多的工作服，日本人将其称为"作业服"。

最近，日本还举办了展示农业服装的时装秀，最近几年，日本流行在农业服装中加入时装的元素，不仅要穿着舒适、结实、便于干农活，还要美观。走在日本的乡下，最常见的是农民在田地里干活的情景，而且越是偏远的农村，穿传统农服的人就越多。传统的农服一般分为上下两件，材质以当地土织布为主，传承着古代和服式样。最具特色的当属肥大的裤子，这些裤子的裤裆都是经过特别加固的，免得干活的时候开裂。与农服相配的还有各种各样特殊的帽子。不管天气多热，在田里干活的农妇都要全副武装地戴上防晒帽。日本农妇的防晒帽堪称一绝，样式也很多。把脑袋包得严严实实的不说，还有很宽大的帽檐和保护脖子的护脖。男性也有带护脖的遮阳帽，只是没有女性的那么"壁垒森严"罢了。日本女性在田间干活，她们的帽子很有特色，有传统包裹头巾式的，也有现代帽子式的，不管是哪一种样式，看上去都非常热。电视广告上常常出现现代农作业时用的遮阳帽。现代样式的帽子通风、遮阳，轻便、湿了易干，可视度也大大提高，最突出的功能就是防紫外线照射。因为材料经过特殊加工，比传统包头式遮阳帽戴起来舒适多了。除了遮阳帽之外，还有防紫外线的眼镜和帽子配套，带防虫"面纱"的帽子等等，日本的农业服装可与军装媲美，让穿着者从头到脚全身都被"武装"起来，防止强烈的阳光照射对皮肤造成伤害。

除了农作业服之外，日本主妇的围裙也相当受重视。主妇在日本是一个很正当的职业，所以主妇的工作服也不能含糊，种类和样式之多不输时装，各大百货店几乎都有围裙的销售点。在卖家居产品的普通超市里，围裙也有一席之地，很多杂货店内也设置了围裙专柜。在千叶的一家大型超市旁边，有一家专卖家居服装的小店，围裙总是摆在店头的主打产品，一年四季都不会改变，这里也常有主妇流连的身影。围裙对于主妇来说，就像一种日常用品，因为每天都要用，所以一个主妇通常有多条围裙，为的是换洗方便。围裙除了在做饭、做家务时使用之外，还成了主妇的象征。围裙并不只在做饭时穿，它已经演变成一种家居服饰，样式很美观，便于主妇穿着外出。出门扔垃圾的时候，送丈夫外出的时候，到家附近的超市购物时，都可以穿着围裙去。在影视作品中，穿着围裙的主妇形象更是常见。所以，日本女性买围裙就像是买时装，不敢有半点儿含糊。

日本的作业服更是五花八门。为了方便顾客挑选，厂家把各种样式的作业服编成一本目录书，直接送到企业，供人们挑选。网络上的款式更是多样。受欧洲的影响，日本早在大正时期（1912年～1926年）就开始普及工作服了。现在各行各业都有自己独具特色的工作服。比起传统的工作服，现在的工作服除了便于工作、舒适轻便之外，还加入了防火、防滑、透气、防湿等特殊功能，根据工作特点，可以自由选择具体款式。值得一提的是，自然灾害频繁的日本还有各种各样的防灾服。在日本政府官员专用防灾服中，有的就是用难燃布料制作的，具有防火的功能。在日本的电车上，偶尔可见身穿肥大裤子，脚踏日式布鞋的人，他们是建筑工人，属于工匠级人物。日本建筑工过去被称为"鸢职"，主要指那些建造日式木造房屋的工匠，技术要求很高，因为要在栋梁之间跳来跳去，所以被称为"鸢职"。"鸢职"的工作服也十分特殊，专门被分成一类，称为"鸢服"。其特征是裤管肥大，且不能拖地，长度刚达到膝盖下，并需要绑腿，脚穿布袋样的鞋子，就像一双厚袜子，只是脚底是很薄的布鞋底，这样的装束十分独特。目前，大部分日本建筑工人的工作服都现代化了，只有少数小作坊或者名匠还穿着传统样式的工作服，传承着古老的行业文化。

8. 主妇爱上新调料

许多日本主妇有钱也有闲，从高级餐厅到典雅的咖啡厅，都能见到她们的身影。但是近年来，日本的主妇们已经不满足于单纯享受生活，开始从健康的角度，研究新的饮食方式。由于传统的调料食盐、糖类摄入过多会对身体造成伤害，很多主妇便热衷于开发新式调料，让菜肴变得更健康、更美味。

众所周知，洋葱有降低血糖、防止血管老化、抗癌等功效，还有利于减肥。有位主妇就想，如果能用洋葱代替糖做菜、冲咖啡就好了，这样既可以减少糖的副作用，还能让人经常吃洋葱，饮食更健康。这位主妇叫村上祥子。她经过反复试验，制作出一种"洋葱冰"，被称为"天然糖"。这种调料制作简单，保存方便，不仅可以代替糖冲咖啡，还能代替糖做菜。村上自己也成为这方面的权威，还连续开发出上百种洋葱冰菜肴，并出版了一本书，名为《用不得病的洋葱冰制作健康料理》。这本书一上市，就受到日本主妇们的追捧，销售量直线飙升，已经突破了18万册。村上还在家里开设了洋葱冰料理教室，传授制作洋葱冰及其菜肴的技术，主妇们踊跃报名参加，听课还需要排队。她还被邀请前往各地讲座，被称为"飞在空中的料理研究家"。

目前，日本的主妇们热衷于开发天然调料用以代替化学调料，使饮食更加健康。有位主妇觉得洋葱皮、土豆皮等蔬菜废弃的部分扔掉很可惜，也不够环保，而且有些蔬菜的皮比瓤更加有营养。她便提倡用废弃蔬菜制作"老汤"。以这种老汤为底料制作的各种菜肴，广受好评。还有一名主妇发明了用酸奶代替牛奶等奶制品制作的多种西餐菜肴。她发现制作西餐需要用很多奶油、牛奶等奶制品，但是这些奶制品都含有很高的油脂成分，吃多了有损健康。于是她想到用酸奶代替这些奶制品。经过反复试验，她终于研发了一种全新的发酵调料"脱水盐酸奶"。这种"脱水盐酸奶"一经推出就大受欢迎，将其用于菜肴中，不仅可以增进肠胃健康，还能让菜肴更加鲜美。它不仅属于低卡路里食品，还可以减少食盐的使用。而此前流行于主妇间的发酵米糠盐、酸调料已经被厂家开发成商品，走进大小超市和家家户户的厨房。

日本的主妇们一般都受过高等教育，很多人在育儿告一段落之后，会从主妇的角度去考虑改善生活,开创新的事业,靠自己的努力,让生活变得更美好。

9. 结婚收礼要"还礼"

日本是一个礼多人不怪的国家。无论是婚礼、葬礼,还是孩子升学,生活中到处都可以收到祝贺的礼品。为了不失礼,收礼就要还礼。参加婚礼的宾客,除了能吃到美味的婚宴之外,还能拿一份礼品回家。

日前,家人参加婚礼回来,带回一本精美的书,说那是婚礼上带回来的还礼。我不禁诧异,怎么是一本书呢?打开一看才知道,那是一本精美的商品目录,里面有各种商品的照片,还配着商品说明,比如产地、质地等等,让人一目了然,就是没有价格。原来这是商家为举办婚礼的人特制的商品目录,工本费是要向举办婚礼的人收取的,所以参加婚礼的人虽然拿到了商品目录,却不知道商品价格。这样,给新人送了礼金的人可以通过还礼商品目录,选择自己最需要的东西。还礼商品目录上不仅有各地特产、名产,还有生活用品,从香皂、餐具到背包、围巾等,几乎涵盖了所有生活必需品,怎么也能选出一样让人满意的商品。这不仅免去了新人选择还礼的苦恼,还能让收到礼品的人满意。因此,目前这种商品目录式的还礼越来越受欢迎,也改变了现代婚礼的还礼模式。

过去人们参加结婚典礼,收到的还礼都是一样的,每个人一份,所以常常看到参加婚礼的人,在回家时虽然身穿盛装礼服,手里却拎着很大一个纸兜子,里面装着新人为客人选择的还礼。过去的还礼一般以餐具为主,比如一对精美的高脚杯,经济允许的话,还会在礼品上印上一对新人的名字。

我看过一个电视节目,说的是现代年轻人讲究简洁婚礼,说白了就是少花钱多办事。一般来说,日本人举行婚礼是一个漫长的过程,大约半年前就会发出精美的喜帖,并附上回执。回执需要受邀请人填空,参加或者是不参加婚礼。被邀请人一旦决定参加婚礼,那就是无论如何都要去,因为按照其回执,对方已经预订了位置,并准备了礼品。所以回复参加,后来又在婚礼当日没有去，在日本人看来是一件非常失礼的事情。电视节目报道的就是这对新人在确定了参加婚礼的人数之后，双双为来宾选择回礼。经过再三考虑，他们决定自己烧制陶瓷筷子托作为还礼。筷子托由他们自己设计，用黏土做成想要的模样，并写上两个人名字的字母缩写。为了烧制这些筷子托，他们花费了好几个休息日，但是他们感觉很值得。这样的礼品虽然不贵，却非常珍贵，亲手制作也凝聚了两个人诚挚的情谊。日本人送礼讲究礼轻情义重。

　　当然，日本人也并非毫不奢侈。有钱人、著名艺人、体育明星拼的就是豪华了，不仅婚礼要一流，还礼也必须是一流的。当然，他们收到的也是一流的贺礼。比如，现在的皇太子结婚时的还礼，就有了皇室特制的高级糖盒、皇家御用酒藏的特制酒等。而雅子结婚的还礼则是日本顶级漆器。大明星们的还礼中，至少要有一样是在世界著名高级瓷器厂订制的高级品，或者是如古奇、阿玛尼、香奈尔等名牌特制的婚礼纪念品。

第五章

日本式服务很多彩

所谓"日本式服务"，就是为客人着想、尽心尽力提供的最佳服务，是让客人感到舒适的服务，也是日本文化的体现。虽然"日本式服务"的基本理念、基本精神是固定的，但服务的方式却在不断地推陈出新。

1. 黑暗服务流行中

在黑暗中，人固然会有很多不方便，但是感官也会变得异常敏锐。与人相处时，如果看不到对方的容貌，就会更加用心去交流，从言谈中去了解对方。日本就有人利用黑暗空间这种特性，开展了许多商业服务，取得了令人意想不到的效果。

一名正值婚龄的年轻男性，因为容貌不够英俊，总是找不到女朋友。容貌平平的女性，也存在同样的烦恼。于是日本一家叫"在黑暗中对话·日本"的公司就推出一项新的相亲活动，就叫"黑暗中相亲"。此项活动旨在让人们在互相看不清容貌的情况下，一起聊天、做游戏，以此增进男女之间的互相了解，并根据对方的内在素质去判断对方是否适合自己。举办活动的大厅内灯光昏暗，这是提供这项服务的工作人员刻意安排的。昏暗之中，男性和女性分组而坐。每个人都戴着黑色的眼罩，进行传球等游戏。这是考验对方是否细心和体贴的最佳时机，有的女性因为戴着眼罩而感到慌张，如果这时男性主动照顾女性，就会给对方留下好印象。游戏间，男女双方还会很自然地手拉手，因为只有那样才能确保游戏进行下去。黑暗游戏时间结束后，曾经

"共患难"的男性和女性才能在看清对方的情况下进餐或者聊天,之后再确定心仪的对象,并决定是否开始正式恋爱。

"黑暗中相亲"服务一经推出就很火爆。每次活动80人的名额常常爆满。主办方首先要通过问卷方式掌握每个参加者的兴趣、爱好、求偶要求等,然后按照问卷结果进行分组。一个组8人,4男4女,他们彼此不知道对方的真实姓名,只能用填写的昵称互相称呼。参加者在听完活动主办方的简单说明后,就要各自戴上眼罩参加活动了。一名参加过活动的男性说,这样的相亲活动很适合他,因为自己长得丑,之前参加的相亲活动都没能成功,他希望通过黑暗相亲,让女性看到自己内在的优点。

在日本不仅有黑暗相亲活动,还有禅寺推出在黑暗中吃饭的服务。东京都浅草有个寺庙叫绿泉寺。这里每个月举办一次"在黑暗中吃饭"的宴会。参加者必须事先预约,吃饭的时候要戴上眼罩,也不知道同桌的人都是谁。策划此活动的和尚认为,黑暗中品尝食物本身就具有某种禅意。看不到食物的外形,可以让参加的人充分感受食物的味道、香气和口感。这对于锻炼人的嗅觉、味觉、听觉和触觉十分有利。因为身处黑暗之中,人的其他感官会变得更加敏锐。通过在黑暗中吃饭,人们还可以发现自身的弱点。有的人在黑暗中吃饭虽然知道桌子近在眼前,却把手伸出很远,找不到饭碗;有的人虽然摸到了饭碗,却无法很快找到食物并将其准确送到嘴里,不得不让助手帮忙。尽管笨拙,参与者们最终还是把每道菜都吃完了。在黑暗中吃饭,想象力也会变得丰富,因为不知道对面坐的人是谁,便会因为好奇而生出很多猜想。这项服务的菜单为套餐,每道菜都由寺庙和尚亲自端上来,并要求客人必须遵守寺规,不得私语。在黑暗中吃饭价格不菲,最低5000日元,但是参加的人都认为并不贵,因为在黑暗中享用佳肴,别有一番滋味。

黑暗服务在日本方兴未艾。除了相亲、吃饭之外还有健身。很多健身俱乐部一反传统健身俱乐部的灯火辉煌,让人们在非常暗、看不到其他人的房间里,进行健身活动。这样在明亮的灯光下,感到不好意思的人也变得自如,不敢发出声音的人,也能放声大叫,让健身的效果更好,同时也是有利于精神减压。

在服务行业十分发达的当下，黑暗服务是一个尚未充分开发的新领域，这项服务的普及，或许会给人们带来全新的生活体验。

2. 超人气孵化演员咖啡厅

日本是一个经济成熟的社会，经营模式创新艰难。因此，日本经济持续低迷，却很少有人拥有回春之术，沉闷的空气笼罩着人们的生活。可是，秋叶园的一家新式咖啡厅却一枝独秀，在人们收入见减不见涨的情况下，仍然能够让人们主动掏钱付账，赚得盆盈钵满。

"制片人来店。"当客人走进秋叶园的这家咖啡店时，首先听到的就是这句吆喝，随之听到的是一片欢迎之声。这里所说的"制片人"不是指具体某部影视剧的制片人，而是刚刚来店的顾客本人。顾客在这里不仅能喝咖啡，还能在观赏音乐舞蹈的同时，见一见自己支持的未来明星。这家咖啡厅叫"秋叶园背后舞台PASS"。老板是一位著名歌星兼音乐经纪人。他曾经红遍日本，后来自己做经纪人，造就了在日本无人不知的"早安少女"歌唱组合。现在他开办的这家新咖啡厅，由于采取了全新的经营模式，顾客盈门。他自己在接受电视采访时说，这家咖啡厅的年收入高达4亿日元。走进这家店，就像是走进了一家剧场，虽然这里提供多种餐饮服务，但是其真正目的却是培养演艺人才，培养未来的明星。在这里担任服务员的女孩儿，都是百里挑一的美少女。据说，开店之初，就有1千多名女孩前来面试。这些女孩儿都想要进入演艺界，成为明星。经过严格挑选，最终只有80名女孩成为咖啡店的店员。她们按照店里的规定，每天按照自己选择的时间做服务员，一小时工资1000日元，工作之余必须参加歌舞训练。她们在排练室载歌载舞训练的场景，让一窗之隔的顾客们一览无余。顾客要想成为这家孵化演员咖啡店的会员首先要登记，表示自己愿意成为会员，并交纳2000日元的入会金，然后便可以自己决定自己的"身份"，如制片人、后援、脚本作者、经纪人等等。在这里喝咖啡的价格虽然与普通咖啡店相差无几，但是却有时间限制，时间延长就要再支付延长费用。咖啡店内有个舞台，每90分钟一次演出，演员当然就是在籍的小服务员们，而热心的顾客则把服务员当成未来的"明星蛋"细心呵护，热心支持。事实上，这里也走出了很多明星。这家咖啡店实际上就是一家公开的演艺学校，再加上明星老板的人脉，很多小演员很快就走上了演艺道路，有的接拍广告，有的进入演艺事务所，开始出唱片、拍电影。

秋叶园这家孵化演员的新式咖啡厅是专门培养女明星的，因此服务员都是女性。类似的店铺还有男性版。那里的顾客是女性，服务员都是想要成为明星的"男演员蛋"。原宿的"Garcon咖啡店"就是这样一家店。店员个个都很帅气，还兼有一技之长，有的会弹吉他，有的会唱歌，几乎每个人都会"演戏"，来店的顾客可以随时要求他们即兴表演。这时候他们就要发挥特长现场表演，既要让女性顾客满意，又要不失礼。和秋叶园的女性版孵化演员咖啡店不同的是，这家咖啡店从晚上5点开始就变成了酒吧，这时为客人提供服务的店员也比白天的英俊少年成熟了许多。晚上的节目和白天的也不同，店员既演唱自己创作的歌曲，也为客人配制特别的鸡尾酒。该店还会定期推出"服务员"演唱的CD。来这里的女性顾客很多，她们不仅是为了到此寻找安慰，还通过在这里消费，重新发掘自己的社会价值。她们说，当有些店员成功走上演艺道路的时候，她们就感到自己对他们的成长还是有点作用的，至少帮助他们实现了自己的理想。

日本传统服务业遇到发展瓶颈，而类似"浮化演员咖啡厅"这样的新服务却越发受到顾客青睐。AKB48美少女组合正红得发紫，正如她们是靠粉丝投票决定演唱队中所处的位置一样，孵化演员咖啡店也通过让观众参与培训演员的过程，而较早地获得忠诚且广泛的粉丝支持。这不仅改变了传统咖啡店的经营模式，也改变了演员从无名小卒到明星的发展模式。今后，这种参与式经营会越来越多，其成功的秘诀就是让每个客人都觉得自己是店铺的主人，是造就明星的幕后英雄。

3. 逆向思维有商机

为了满足人们各种各样的需求，开发出让生活变得更舒适的商品，已经成为商品研发者的共同追求。但是随着市场的成熟、产品质量的提高,市场往往出现产品过剩、卖不动的饱和现象。由此造成的商品销量下降,影响企业的发展。为此,在日本企业之中兴起一种新的思考方式,这种新的思考方式日语称为"逆发想",翻译成中文就是"逆向思维"。日本企业通过这样的新思维方式打开市场僵局,发现很多被忽视的市场,开发出许多新商品。

一般人都认为面包是不能冷冻的。因此每到夏季,面包的销售量就会下降。在逆向思维的影响下,一家面包厂打破常规,开发出一种冷冻面包,有效地防止了夏季面包销量的下滑,保持其良好的销售势头。这种冷冻面包比普通面包松软,即使冷冻也能保持良好的口感,再配上类似冰激凌的各种馅儿,在炎热的夏季,确实不失为一种应景的食品。

日本著名内衣公司华歌尔通过逆向思维观察发现,他们一直忽略了胸部过大的女性的需求。到目前为止,该公司开发的胸罩都是针对胸部较小女性的,主要生产如何让胸部"变大"的胸罩。他们经过调查发现,很多胸部较大的女性希望,戴上胸罩后让胸部看上去小一些。这些人的需求一直被内衣生产企业忽略。于是,华歌尔公司推出了让胸部"变小"的胸罩,上市之后获得广泛好评,供不应求。此外,男性内衣市场也在积极开发逆向思维产品。很多人认为,男性不需要鲜艳的颜色,不需要可以保持体形的内衣。实际上并非如此,很多男性喜欢购买能让臀部更翘的产品,为了让恋人或者配偶高兴,也希望买些性感且颜色鲜艳的内衣。目前,日本大百货店已经在销售导入了女性元素的男性内衣,而且销量很好。

还有一种老年人设施也是在逆思维下诞生的,一出现便大受欢迎。一般人都认为,老年人设施必须平坦,尽量减少老年人的运动量,老年人吃饭也要有人照顾。传统老年人设施完全是从照顾老年人的角度进行设计的。可是逆向思维下诞生的新型老年人中心,不仅到处是楼梯和坡道,还设有大量锻炼肌肉的器械。吃饭也让老年人自己盛,自己收拾。该中心还为老年人设置了角子游戏机、扑克等娱乐工具,很多老年人在这里重新感受到了活着的喜悦,许多原本坐着轮椅的老年人都可以独自行走了。

鹿儿岛地区因为人口剧减,普通超市的销售量一直上不去,缺乏吸引客人的有效手段。在这样的情况下，当地人一般会选择关闭人口稀少地区的店铺，尽可能到闹市区开店，可是有人却运用逆向思维，在地价便宜、人口稀少的地区开办了一个巨型超市，占地面积大约 10 万平方米。他利用逆向思维，推翻陈旧的行业常识，提供 24 小时服务，并使商品种类的丰富性优于其他超市。这家超市虽然地处偏僻，但形式新颖、设施齐全、商品种类的丰富，每天有大约 2 万多顾客光顾，年销售额达 170 亿日元。这个从逆向思维中诞生的超市已经变成了知名的旅游胜地，不仅当地居民驱车前来购物，日本其他地区的游客也愿意去看看热闹。

靠逆向思维赋予灵感的产品还有摇晃后才能喝的碳酸冰饮料。大家都知道，碳酸饮料不能摇晃，否则会让碳酸跑掉。可是，日本可口可乐公司开发的新产品却要在摇晃后才能产生碳酸，让口感更好。还有一种逆向思维的咖啡，其厂家利用了"西瓜洒点盐才更甜"的原理，用深海水制作出微糖咖啡，打破了"咖啡只能喝甜的"常规，也满足了人们减糖的健康需求。

软银公司的职员在工作中需要一直要盯着电脑屏幕。走进一间软银的办公室，我发现每个职员都戴着一副眼镜。难道公司职员都是近视眼？事实并为如此。职员们戴的是公司发给他们的福利、由日本 JINS 公司开发的保护视力眼镜。这种眼镜可以遮断电脑屏幕发出的蓝光，起到保护眼睛的作用，而且只需 3990 日元。JINS 公司的社长说，如果只把目光盯着近视的人，那么眼镜市场是有限的，很快就会饱和；把所有人都看成是顾客，并针对他们开发商品，市场自然就会拓宽。JINS 虽然是日本眼镜行业的后起之秀，但是在其遍布日本各地的店铺内，总是挤满了顾客，年轻的顾客尤其多，因为这里的商品既实用又便宜。

一台红色跑车在阳光下发出诱人的光亮。伴随着轻微的启动声，汽车缓缓驶向街道，几乎无声，这和轰鸣呼啸而去的传统跑车给人的印象相差甚远。这是一台在京都设计开发的电动跑车，其价格高达 8 百万日元。开发这台车的是一家年轻的高端技术产业公司，名叫 GLM 株式会社。

GLM 株式会社的社长是位帅气的小伙子，名叫小间裕康。他介绍说，这台跑车完全靠电力驱动，开创了电动跑车的先河。而且因为企业小，手工装配,无法量产,所以每年限定生产100台,但是目前预约者已经超过了180人。他本来是做销售的,但是在工作中发现了很多被忽视的市场。在汽车制造业走向国际化的当下,他却感觉到应该立足于当地,发挥当地技术长处和日本制造技术的优势,制造电动跑车。充分调动逆向思维,就会发现新的市场和商机。产量小却有价值的商品,必然会受到消费者的青睐,也能吸引到投资者。在众多投资者的支持下,他领衔创办了GLM株式会社。小间社长说,现在许多人认为制造业要国际化,企业应该追求大批量、低成本,但这并非一条易行之路,甚至会遭遇市场饱和的滑铁卢。技术开发需要尽快协调,假设在马来西亚和中国分别生产的零部件之间出了问题,协调起来就很费时间。相反,如果所有生产过程都在一个地方进行,那么协调起来不仅快而且方便。京都有多家世界一流的企业,还有研发尖端技术的大学,把公司设在这里很合适。他还说,在汽车研发的过程中,不仅要注重现代高端技术,也要积极利用传统技术。比如,这台新研发的电动跑车就采用了很多京都传统技术,如著名的西阵织布、传统烧瓷等。当然,立足于当地,并不意味着拒绝国际化,公司将在技术成熟后,提供一个产品平台,可以对外出口,也可以在外国生产。这样,根据他们提供的电动跑车底盘,其他国家的相关企业就可以按照自己国家消费者的喜好,设计开发本土化的产品。目前,他们正在研发电动跑车的专用音响。无声当然是好事,但是在路上不容易引起人们的注意,容易出事故,为此他们打算研制一种专用音响,既可以让车主享受音乐,又能预防发生事故。

逆向思维越来越受到企业重视,为拓展新市场、开发新产品带来巨大商机。网上还可以看到《逆向思考市场》的电子杂志,还有与逆向思维相关的研究论文、逆向思维商业战略报告等。对于缺少发展新途径的日本经济来说,逆向思维或许会成为日本经济复苏的新动力。

4. 御用都是高级品

日本皇族生活在深宅大院里,生活状态神秘而封闭,几乎不为人知。所以，皇族的生活日用品、皇室举办大型活动时使用的食品及用品也让人充满好奇。在日本，皇室所使用的东西都被冠以"御用"之名。有"御用"头衔的物品自然身价倍增，为普通人所向往。

赤坂商店街上，有一家瓷货漆器店很是特殊。这家店十分古朴典雅，门上挂着一个很大的牌匾，上书"皇室御用"的字样。路过的我本来对店内的商品并不感兴趣，可是因为看到了"皇室御用"的字样便立刻好奇起来，不由自主地走了进去。走进店内一看，不觉倒吸一口凉气，里面的瓷器都非常昂贵。茶壶的价格从 2 万日元到 10 万日元不等。整套的器具就更贵了。店家听到有人来了才从里屋出来，穿着日本职人传统的工作服，态度不卑不亢，根本没有急着卖货的样子，只是客气地说"请慢慢欣赏"。转了一圈，我竟然被店内的商品所打动，作为纪念，买了一个特价的木质汤勺。汤勺的做工、木纹和色彩都无可挑剔。和在中国相同，"特价"在日本就是特别减价，有店家酬宾的意思。一个特价木勺在普通的店里，原价也就 600 日元左右，而在这个皇室御用的店里，"特价"也要 1500 日元。当然，这些商品是物有所值的，皇室御用的东西就是比其他店里的同类商品质量好，是普通大路货无法比拟的，即使贵些，也让人愿意掏腰包，这也许就是皇室御用品的魅力吧。

京都有一家御用点心店叫"松屋常盘"。这家店的门口挂着一块白色的门帘，上书"御果子调达所"。"果子"就是点心的意思，这家店是专门为皇室制作点心的。过去只有给皇室制作点心的店才被允许使用白色的帘子，其他的店是不能随便使用的。松屋常盘的拳头产品是一种叫"味噌松风"的蒸糕，据说，当年明治天皇和昭和天皇都非常爱吃，因此十分有名。这种点心需要提前两个多月预订才能买到，是食客们垂涎的极品。

江户时代，日本宫内有个特殊的官职叫"御用达"，就是专门为皇室采购物品的官员，同时也指为宫廷、官厅等提供物品的商家。被指定为"御用达"的店便成为高端店铺。到了明治时代，给皇室提供物品，要根据《大日本帝国宪法》获得政府的正式批准。经过严格审查，并被批准的店或作坊才能自称"宫内省御用达"。进入 19 世纪，日本新制定了宪法，取消了"宫内省御用达"认证制度。而且宫内厅也不再对外公开提供物品的店名名单。于是那些为皇室提供物品的店只能自我宣传,并以此为自家产品贴金。外界也只能通过皇室大型活动上使用的物品来猜测御用品来自哪里。比如皇室大婚时,通过客人带回的礼物,人们就能猜测到御用品的供应商。于是那家店铺的声望便立刻提高,并受到民众追捧。

为日本宫内厅提供物品有两种方式,一种是献上,一种是纳入。"献上品"是指商家免费为皇室送上礼品。虽然"献上品"是免费赠送,但是也并非任何人想送就能送,必须经过严格的审查。日本的《皇室经济法》还规定,向皇室献上礼品必须经过国会的批准。很多不知道规则的商家,在皇室举行庆典或者有喜事的时候,自作主张地寄去贺礼,这些没经过审查批准的礼品就会被皇室退回去。

"纳入品"就是指由皇室出钱购买的物品。一般要经过严格的审查,同时允许众商家公平竞争,皇室通过招标确定使用哪一家的产品。一旦被选定为"纳入品",厂家就会受到警方的严格监控。为了防止投毒,警视厅警备局公安课会定期对其职员进行思想调查,审查其是否有反皇思想。而为了保证食品安全,职员被要求定期到保健机构检查身体,严格防止传染病菌混入"纳入品"。为了防止不正当竞争,皇室"纳入品"的名单是不对外公布的,因此,人们只能凭借流传在民间的猜测来判断。我去岩手县采访的时候,当地人说日本皇太子最爱喝一种叫"鸳尾"的酒,可是那种酒的商标上却看不到任何和皇家有关的说明和标志。

现在,日本皇室御用品都很神秘,除了真正的百年老店之外,那些打着皇室招牌的"名品"并没有确凿证据证明自己,其宣传的依据只是一些民间猜测或者媒体报道,至于真伪,无可查证,信不信由你。

5. 洗屋工匠很敬业

日本是个推崇木制建筑的国家。很多古迹,如古代神社、古老住宅等都是木头建造的。无论时间多么久远,日本的木制建筑看上去总是那么干净整洁。这并非因为木制建筑不会被自然侵蚀、不会在日常生活中受到污损,而是因为有一群工匠在悉心维护它们。这些工匠就是专门清洗木头的工人,在日本被称为"洗屋"。

洗屋"春"的代表叫山下正春。他介绍说,"洗木头"的活儿很复杂,光是学徒就要 5 到 10 年。洗屋不同于普通的打扫屋子,它是通过药物,把日积月累深藏在木纹中的污垢清洗干净。不同的木头要使用不同的药水,还要根据木质选择不同的刷子。山下正春还介绍说,洗木头的药水是秘不示人的,属于商业机密,只传弟子,不传外人。对于洗屋工匠来说,配药水是个有生命危险活儿——清洗木头的药水是有毒的,但是,为了掌握药水的浓度,工匠必须用自己的口舌去品尝。据了解,洗屋药水的主要原料是植物灰、烈性苏打等。工匠要根据木头的质地、产地等因素,调配浓度适宜的清洗液。浓度调配失误很可能毁掉建筑,因此,工匠的味觉十分重要。工作之前不能乱吃东西,更不能吃味道过重的食品。有些工匠为了保证清洗液质量,早饭时只好放弃最爱喝的大酱汤。品尝药水之后,为了防止中毒,他们必须好好漱口,否则就会有生命危险。

今江青造是洗屋中的名匠。经过他清洗过的木制房屋,美得炫目。为了表彰他精湛的技艺,1991 年京都涂装组合授予他"现代名工"的称号。他 25 岁开始学徒,是为了继承叔父的家业。因为出道较晚,他每天到达现场都比其他人早。由于一起工作的人都比他年轻,他也不好意思让人家教,只是默默地眼观、耳听,把学会的活计反复练习,认真做好每一道工序。为了掌握更加精深的技术,他总是带着疑问去干活,不断积累职人的经验。经过长年的实践,他最终精通了清洗各种木头的方法。

京都的木制房屋种类很多,有寺院、神社、豪华住宅、茶屋、普通民家等。不同的房屋有不同的脏法,因此清洗的方法也不同。清洗的好坏全凭工匠的经验,工匠必须很好地掌握木材的质地和结构等要素。比如,中国台湾产的扁柏本身就不是纯白的,所以用多强浓度的药水也不能将其漂白。扁柏和杉树就像女性的皮肤一样纤细,所以要用浓度较淡的药水,而松木等像男性那样坚硬的木材,就要用浓一些的药水。洗木头的工具很重要,所以洗屋的刷子都是手工精心制作而成的。要想把隐藏在木纹深处的污垢清洗出来,必须使用一种用嫩竹皮制作的细毛刷子。清洗时适当的力度也十分重要，软木材就要轻轻地用特制竹刷慢慢地"挠"；硬木则必须用力刷，刷毛也要粗壮才行。对于新建的松木房屋，入住之前用日本酒清洗一下就会更耐用。总之，工匠们对洗屋技术的探索是没有穷尽的。今江老人是在他50岁左右，才对自己的工作有了自信。那时，他已经工作了大约25个年头。

洗屋既是一门技术，也是一种文化。尽管时代在变迁，但是只要木制建筑存在，洗屋就不会消失。遗憾的是，目前洗屋也存在人才不足的现象。山下代表说，他的师匠（师傅）告诉他，洗屋的工种起源于大阪，并由大阪传至全日本。本来并没有这个工种。农闲时期，农民们为了贴补家用，作为副业，开始为人家清洗房屋中的木质部分，从此出现了专业的洗屋。这个工种的技术都是靠口头传授的，就这样代代相传下来，至今没有详细的文献和资料，学徒们全凭现场学习摸索掌握技术。虽然目前人才短缺，但是通过电视、网络等媒体宣传，常常有年轻人慕名而来，希望学习洗屋的技术。一般的木制房屋最好是两年清洗一次，这样既可以保护木材，也可以延续房屋的寿命。今江这位洗屋达人最大的愿望，就是将洗屋技术传承下去。因为木屋只要经过洗屋工匠的巧手清洗，就会亮丽如新。

洗屋在日本是个很不起眼的行业。由于大厦数量的增加，木制建筑的数量在大幅减少。因此，洗屋工匠主要活跃在有神社、寺院等古建筑的地区。但是，在传统文化逐渐受到重视的现代，洗屋这个行业也受到了关注，它被当作一种重要的日本文化，正在受到有效的保护并被传承。

6. 驾校教你生命最重要

不管是否拥有一辆属于自己的车，很多日本人都爱在高中毕业或者大学毕业那一年前往驾校学习，考取驾驶证。日本的驾校很多，遍布各地。日本的驾校一般都有专用练车场，还有很多改装的练习专用车。这些车上都写着驾校的名字，非常显眼，开在路上不仅可以起到宣传作用，还起到警示作用，让周围的车给练习者一些照顾，减少事故的发生。

在千叶县境内，有一所驾校名叫"印西中央自动车学校"。我去报名的时候，看到学校的校舍就在一条大马路边上，一座黄色的小楼并不大，但是校内练习场地却很不错，练习场地的道路和设施都很齐全，还有红绿灯，几乎和外面的马路完全一样。日本驾校的学费很高，入学的时候要携带身份证明、照片等相关材料。办入学手续的时候，一般要一次性交纳大约20万日元，此外，如果没有按时学成，还要另外缴纳补课费、考试费等费用。一直到考取执照，大约需要花费25万日元，这个数额根据个人的能力增减，但是变化不会太大。日本的驾校教学很严格，必须修完两个阶段的开车技能与文化课。每个阶段都要通过考试。和中国不同的是，只要是经过日本政府部门批准的驾校，就有考试权。学员在驾校学完并考试通过之后，就不必再到警署考技能了。在驾校领取毕业证之后，只要在规定的时间内，去警署参加交通规则考试就行了。补一次课的费用是4000日元，一次毕业考试的费用是6300日元。大家为了避免补课，学习都十分认真。

在学习交通规则的时候，教练称参与交通最重要的是以人为本，生命高于一切。所以车辆必须给行人让路。交通规则规定，如果在没有信号灯的人行道前有行人正在通过，那么司机必须停车，不能妨碍行人通行。若有行人要通过，还没通过，车辆也要停下来，等行人通过后才能继续前行。在没到驾校学习交通规则之前，我过马路时常常看到有车来了，就停下来，可是开车的日本人总是停下来，用手示意让我先走。当时我感到非常奇怪，现在总算明白了，这是交通规则的规定。如果没按照规定停车，造成了交通事故，那么责任就要由司机来负。教练反复强调，行人是弱者，而司机是强者，所以强者必须保护弱者，谦让弱者。关于保护行人的规则还有很多，也是考试的重点。比如，看到公共巴士或者有轨电车等正在上下车，那么车辆必须和巴士、行人保持安全距离，同时要慢行。下雨的时候，如果车辆把雨水溅到了行人身上，过错也在司机。遇到救护车必须让路。学员开车上路之后，教练也要强调保护弱者，若是看到行人没有按照规则停车或采取保护措施，教练会严厉训斥，反复告诫。如果在毕业考试的时候，学员无视了"弱者保护"规则，那么考试立即停止，此次考试就算没有通过，还得再考。就这样，司机在驾校就被灌输了要保护行人的观念，也让他们在学习中形成习惯，所以当学员拿到驾照，真正上路的时候，就会自然而然地为行人让路了。

我在"印西中央自动车学校"学习时发现，这里不存在"走后门"的问题。教练和学员在上课的时候很少交谈，而且几乎是一堂课就换一个教练，考官也基本上是没教过你的。为了公正起见，考试的时候，必须让一名学员坐在车的后排，起到监督作用，也可以在考官与考生之间发生纠纷时充当证人。在平时的教学中，如果学员认为教练有问题可以据理力争，所以教练教学时如果没让学员通过，都会给出一个合理的理由。如果没有理由却不让学员通过，学员可以上诉校方，驾校会认真对待并调查。让我印象深刻的是，第一次毕业考试时，因为我自己的失误，中止了考试。没想到教练和校长听说我没通过考试，都说了一句"对不起"，好像他们也有责任似的，让我十分感动。遇到问题，教练们不是推诿责任，而是认为自己没有教好，这样的驾校自然让人感到安心。驾校是个让人学习遵守规则的地方。街上的日本人，无论是司机还是行人，都非常遵守交通规则。遵守交通规则，道路才能畅通无阻。

7. 花样翻新话公厕

日本爱干净，这不仅体现在街道、公共场所以及家庭起居室等处的清洁上，更体现对厕所清洁度的重视上。在日本人看来，无论是公共设施还是家庭，只要看厕所，就能知道管理者或者主人是否爱干净。

日本的公共厕所数量很多，不管公园还是商店，厕所随处可见。有些住宅区内的小公园里，也设有公共厕所，而大型公园的公厕数量更多。位于东京的都立光之丘公园里就有11个公共厕所遍布园内。所以，在日本上厕所很方便。最为拥挤、常常有人排队的厕所，当属高速公路服务站的厕所。但是服务站的厕所一般都非常大，蹲位多，还有为小孩子们准备的专用空间，避免了孩子们要和大人一起排队的不便。为小孩子准备的厕所专用空间在日本很普遍。千叶印西市内的一家大型购物中心有多个厕所，每个厕所中，都有一个为孩子换尿布的小床。小床用红色的人造革包着，干净耐用。床旁边放着大盒厚纸巾等清洁用品,而在小床旁边,还设有低矮的便器和低矮的洗手池。这样,当孩子有需要却又遇到厕所排队时,也能及时如厕,不受排队的影响。在新建的大型商业或公共设施中,在男女厕所旁边给孩子专设的厕所也在增多。横滨等地还有儿童专用厕所。儿童专用厕所修建得非常可爱,不仅色彩鲜艳,还有很多可爱的卡通人物、动物形象,这让厕所显得很温馨,孩子们也十分喜欢。在有限的空间内,专门给小孩子修建厕所,也并非日本传统,而是社会文明进步的结果。

在日本,公共厕所不仅是便民设施,也是一个城市的象征。日本很多地方为了增强当地的知名度,打起了公共厕所的主意。通过建造别出心裁的厕所,表明当地对厕所卫生的重视,并通过个性化厕所吸引眼球,制造话题。大分市若草公园有一个厕所,外墙是液晶屏幕,白天可以作为镜子映出周围绿树和天空,晚上则播放视频,广受好评,吸引了各地的游客前来看新鲜。该市还改建了市内另外 15 个公共厕所,让艺术家设计并重新装修,使厕所变成了艺术展示的场所。该市还有一个厕所成为媒体竞相报道的新闻热点。在市中心的商店街内,居然设立了一个透明厕所。从外面看里面,可以看得一清二楚,但是人进去后,玻璃窗会自动变乌,35 秒后再自动变亮。这个特殊的厕所虽然只有一个蹲位,但是也有给孩子换尿布的平台。玻璃窗 35 秒后自动恢复明亮,是出于安全的考虑,如果有人因病等倒在厕所内,就能够被及时发现。

京都更是有趣,为了提高厕所的清洁度、节省市政经费,该市政府决定出售厕所的命名权。购得命名权的企业,为了提高自身形象,就变着花样地改装厕所,提高厕所内部装修的设计感。还有的企业长期为厕所提供洗手液、除味清香剂、便座消毒剂等清洁用品,以此改善厕所的环境,在保持厕所清洁的同时,还提高了企业的知名度。厕所虽是人们排污的地方,但只要利用合理,也能成为企业宣传自己的理想场所。

8.探秘特别高度救助部队

一队身穿橘黄色制服的"军人"排成一字队形,挺拔地站在蓝天之下。背后是最先进的红色消防车,还有训练用的模拟地震废墟和高高的脚手架。行了标准的军礼之后,这些"军人"立刻矫捷地爬到悬在半空中的脚手架上,开始了一场紧张的孤岛救人训练。之所以将"军人"一词打上了引号,是因为这些人并非真正的军人,而是从消防队员中严格挑选出来的日本"特别高度救助部队"的成员。这个特殊的"军队"被冠上一个非常响亮的名字,叫"SupperRanger"。

◎横滨特别高度救助部队部分队员

虽然是孤岛救人训练,这些超级队员们却做得一丝不苟,一招一式都很训练有素。攀援绳索敏捷灵活,每行进一步都要高声报告。横滨特别高度救助部队佐久间队长介绍说,日本的特别高度救助部队创立于1964年,创始地就是横滨,旨在发生大规模灾害时救助灾区。目前,这个组织遍及日本。"部队"设立之初,连续5年接受自卫队特殊作战部队的真传。日本特殊作战部队由两个组织构成,一个是特殊作战群,一个是西部方面科普连队。这两个组织的队员统称"Ranger部队",是日本自卫队精锐中的精锐。想要成为

◎横滨特别高度救助部队正在训练高空救人

"Ranger"必须经过严格的专门训练和考试,获得代表着具有钢铁意志象征的合格徽章。因此,横滨的"特别高度救助部队"也采取同样严格的训练考试方式。要想成为特别高度救助部队成员,首先要经过5年的艰苦训练,组成300人的普通救助队。然后每年再在300人中进行特别选拔。通过腹肌、背肌、攀援绳索等体力测试后,再通过潜水,以及各种高难度仪器设备、车辆等的操作考试。其中操作考试的前15名,才能成为特别高度救助部队的成员,获得"SupperRanger"的称号和徽章。由于对体能的要求过于严格,考核虽然没有性别限制,但是目前还没有女性能够通过考试成为"SupperRanger"。只有"特别高度救助部队"的队员,才有参加国际灾难救助的资格。这些百里挑一的"超级队员"分布在日本各地,救助部队几乎每天都由不同的人值班,随时做好救灾准备。横滨的超级队员是每个月的6日、7日、8日、9日值班,一旦发生灾害,立即出发前往灾区。

在一处模拟地震废墟上,特别高度救助部队的队员们正在进行废墟下搜救幸存者的训练。队员组成一个搜救小组,到达震灾地点后,首先要立一个告示排,写清楚几日、几点、哪个小队在此进行了搜救。这样是为了防止搜救过的地方被再次搜救,提高效率。接下来是进入废墟呼唤。如果没有发现应答,就进入下一个程序,用感应器确认废墟下面是否有人存活。感应器的探头能够穿透废墟,大致确定生存者所在的范围。然后再通过心脏和呼吸感知器,确定生存者的具体地点,最深可感知到 4 米半以下的呼吸和心脏跳动。确定了具体位置后,再用绑在铁棒上的微型探头,确定废墟下面被埋者的情况。看到图像后,两名超级队员立刻拿着一个薄而柔软的塑料担架先后潜入残垣断壁之下。很快,他们就把固定在柔软塑料担架上的幸存者救出了废墟。整个过程都有严格规定,循序有秩,显示出高超的专业技能。特别高度救助部队要设想到各种可能的灾害。除了找人的高精度技术工具之外,还要携带特殊防护服装、特别气体识别仪器等器具用于防止化学武器灾害。此外,他们还拥有辐射线测量仪等精密仪器,搭载强烈吹风机的消防车、搭载吊车的消防车等特殊车辆也都具备。

在横滨消防指令中心,我看到了最新的紧急救护通报系统。日本政府规定,紧急救护中心必须有专业医生 24 小时值班,对事故现场的医疗行为提供正确指导。同时,该指令中心还建立了一套新的判断事故紧急程度的系统,在接到 119 报警电话后,接话员可以通过电脑画面大致确认事故发生位置,如果是来电者用的是固定电话,就可以马上显示来电者家庭住址,即使来电者用的是手机,也可通过 GPS 确认大体位置;在询问伤情时,同步将请情况输入电脑,系统就会作出紧急度的判断。据此,接线员可以发出正确的救护出动指令,通过消防救护器材的资源优化调整,发挥人力和物力的最大作用。

日本政府规定,为了在发生灾害和事故时,迅速且高效地展开救援,政府在全国的政令指定城市和东京都必须设立特别高度救助部队。目前,全日本大约共有 21 个特别高度救助部队。每个队的队员必须超过 5 人。这些特别高度救助部队曾经在日本的 3·11 大地震、核电站泄漏事故、海啸等重大灾害中发挥过作用,中国四川汶川地震的救灾现场也有他们的身影。

9. "便利屋"名不虚传

日本有很多"便利屋",顾名思义,它几乎是无所不能的,只要你肯花钱,打一个电话,便利屋就会按照你的要求提供生活所需的服务,而且包你满意。

走在日本的大街上，偶尔可见车身写着"某某便利屋"字样的车辆，再看车窗里面，一般都坐着一个戴着帽子的大叔或者小伙子，车里装的是各种工具，有时还能看到里面装着从客户那里回收的各种"废品"。中国人只要自己能做的事就不爱麻烦别人，但是日本人却不同，家里的天井太高、梯子够不着的时候，想要换电灯泡的时候，他们都会叫便利屋的人来解决，特别是人口老龄化现象严重的今天，独居老人越来越多，这种登高换灯泡的事情就更要指望别人了。在中国人看来，换个灯泡也要花钱雇人，太不划算，日本人却不那么想。他们宁可花点儿钱，请人家上门服务，也不愿意欠人情，求认识的人帮忙干家务，这非常符合日本人不愿给人添麻烦的性格，也是"便利屋"生意兴隆的原因之一。

便利屋有按活计收费的，也有按小时收费的。"LACOO"就是一家按小时收费的便利屋，一件杂事先收费 2100 日元，每工作一个小时再收费 3150 日元，此外，需要按照实际情况加收技术费和材料费等。除了帮助顾客做大扫除、回收废品等杂事之外，他们还提供扫落叶、换灯泡等业务。他们提供 24 小时服务，只要有需求就可以随叫随到。一家叫"新鲜汉子"的公司打出的广告就是"无论多小的事情都可以协商，我们很高兴为您提供帮助，我们是老年人和主妇的好帮手。""新鲜汉子"除了其他"便利屋"都有的业务之外，还提供代理扫墓、侦探调查等比较特殊的服务。如果想要更换房间的布置，他们还提供搬动室内家具的服务。就连买东西也可以让他们代为跑腿。

其实便利屋最常见也是最重要的业务之一就是遗物整理和回收。家里的人去世后，一般都留下大量遗物。哪些遗物需要保留，怎样分类等，都是处理起来费时费力的问题。如果交给便利屋去做就方便多了。一般提供遗物整理的便利屋都设有至少一名"遗物整理士"。不要小看"遗物整理士"，这可是非常专业的职业，需要通过考试获得职称和证书，才能从事这项服务。

日本有个社团法人就叫"遗物整理士认定协会"。在日本，整理遗物是受法律约束的，整理过程中必须遵守相关法律，所以该协会要求遗物整理士必须具有相关法律知识。此外，遗物整理不同于遗物处理，要把故人生前爱用的东西，从供奉的角度去对待，并据此决定取舍，这就要求遗物整理士还必须具备佛教或者其他宗教的知识，并学习从宗教的角度去整理遗物。该协会还要求想要成为遗物整理士的人不但能掌握业务，而要以此为契机，认真思考生命的尊严和崇高。所以，经过遗物整理士整理过的遗物，一般都可分成需要日后供奉的物品、可以让废品中心回收的物品、可再利用的物品等种类。该协会除了考试并颁发证书外，还举办讲座，任何人都可以参加学习。遗物整理士的一般课程大约需要两个月，考试合格后，获得证书。听课费25000日元，会费5000日元。对老龄化社会来说，遗物整理应该属于朝阳产业，比较容易找工作。学员学成之后既可以独立开店，也可以受雇于便利屋。

10. "家属"也能用钱租

日本社会老龄化问题十分严重，独居老人数量之多屡创历史新高。据媒体报道，其数量已经高达600多万。这些独居老人过得十分孤独，却不甘于孤独。于是，很多新鲜的服务便应运而生，"租赁家属"就是其中一种。这项服务让老年人在感到家庭温暖的同时，也增添了生活的乐趣和活下去的勇气。

一位82岁的老人，非常想念自己的妻子。于是他电话给租赁家属公司，提出要租赁一位妻子。租赁公司在了解了老人的爱好、和妻子对话的方式、吃饭的口味之后，就派了两位女性前往。这两位女性都按照老人的要求，用他妻子生前的口吻和他聊天，并用他妻子的口吻呼唤他的小名。两位女性在老人家里先帮忙收拾房间，然后做饭，再陪着他一起吃饭。看上去就像和乐融融的一家人，犹如夫妻在和女儿一起吃饭一般。老人说，自己一个人生活，非常孤单，有时候一个星期都没人说一句话。租赁家属让他感觉到自己还活着，还是个男人。他说，既然让人家来了，自己就要很像样地穿衣，像个男人那样做事，否则自己就会自暴自弃，活着也没有意思了。外人走进家里，对独居老人就是一种最好的生活刺激。

目前，这种租赁家属公司的生意很兴旺，一般是按照小时收费。最初的一个小时5900日元，之后每个小时加收3900日元。这样的价格对老年人来说并不算贵。很多老年人缺少的是温暖，而并非钱。租赁公司拒绝提供色情服务。一名主妇了解到独居老人悲凉晚年的实际情况，就创立了这家公司。其主要业务是以自家人的身份为老年人打扫卫生、做饭，还可以按照他们的要求代理扫墓、购物。本着这样的宗旨，他们接到委托电话后，服务公司必须详细了解顾客的要求，比如希望以怎样的身份出现，所扮演的妻子或者丈夫的各种生活细节和习惯等，尽量为老年顾客营造出如见故人的氛围。

日本的家属租赁公司很多，顾客不只限于老年人，年轻人也会租赁"父母"或者"爷爷""奶奶"。也有租赁其他亲属参加自己婚礼的顾客。一家经营了 10 年的家属租赁公司，最初开业的时候，每个月只有 5 到 6 件委托，现在每个月至少 20 多件。据说，其中最多的是租赁父母去会亲家。这些人大多数都父母早亡，也有和父母断绝了关系或者因为种种原因失去联络的。该公司承接的最大一项业务是代替新娘的父母和亲属参加婚礼，被租赁的人数多达 34 人。其中原因很让人同情：新娘违背父母之命和自己心爱的男人结婚，结果亲生父母和其他亲友都拒绝参加婚礼。于是新娘租赁了 34 个人扮演自己的亲属，举行了盛大的婚礼。和老年人租赁家属服务不同的是，类似这种为婚礼等仪式租赁家属的费用较高。最初的一个小时价格为 15750 日元，之后延长一个小时加收 10500 日元。此外，如果在外地还要另外支付交通费。如果预定之后又想取消的话，也要交纳一定的"罚金"。提前一天取消，罚款是委托金额的一半；当日的话，就要支付预订业务的全额费用。此类租赁公司还提供替孩子父母参加入学面试、替学生参加学校的各种集会等业务。日本私立和公立的贵族学校入学竞争都很激烈，为了给学校留下好印象，很多家长愿意出钱租赁训练有素的"父母"代替自己去面试。此外，单亲家长也有为了孩子，租赁另一半参加学校面试的，但是这种情况并不多见。

我查了一下网站，发现家属租赁公司非常多，收费也高低不同，但是每家招揽生意的宣传语都有类似这样的话："寻找家庭的温暖"或者"你不再是孤独一人"。这是日本家属租赁公司兴盛的主要原因，也反映出日本现代社会人际关系的淡薄冷漠。

· 第六章 ·

宇宙、巨奖及其他

日本社会是多样化的，也是处于不断变化之中的。尽管因为经济低迷而缺少活力，但是这个国家却总是在坚韧地前行着，而且充满生趣……

1. "宇宙女孩儿"热

很多人都知道日本有"历女"（喜欢历史的女孩），但是很少有人知道，日本还有"宙女"。日语原文写成"宙 Girl"，翻译成中文可写成"宙女"，但是我觉得写成"宇宙女孩儿"更为贴切可爱。"宇宙女孩儿"是指对宇宙感兴趣的女性，年轻女性居多。她们最具代表性的特征，就是喜欢拿着天体望远镜观测宇宙天体，对宇航充满兴趣。2014 年 12 月初，日本最小的卫星即将发射，但是因为天气等原因推迟了，这让很多"宇宙女孩儿"担心，有的人甚至因为没有在预定的日期看到发射而落泪。

由于"宇宙女孩儿"的出现，日本的天体观测活动因为有了女性参与而更加热闹，很多新产品也应运而生。过去的望远镜色彩单一，仅有绿色、黑色等男性化颜色。"宇宙女孩儿"出现后，望远镜等天体观测用品的色彩丰富起来，红黄蓝绿应有尽有，大大增加了销售量。此外，相关影视、动漫作品也热了起来。日本有一部动漫叫《宇宙兄弟》，过去知名度不是很高，后来在"宇宙女孩儿"的热情关注下掀起热潮。相关书籍、动漫被大量借阅，"宇宙女孩儿"们还会经常聚会、举办感想讨论会，相关的网络讨论也有所增多。日本航空宇宙研究开发机构也受到"宇宙女孩儿"的青睐。这个过去几乎和女性无缘的研究机构，知名度随"宇宙女孩儿"热的升温而增高。过去该机构费尽心思做广告，希望研究课题受到关注、被国民理解，但是效果不佳。可是"宇宙女孩儿"的出现，不仅让机构网站的访问量大增，卫星发射的相关报道和消息也受到广泛关注。很多"宇宙女孩儿"随时追踪卫星发射的消息，并在发射时携带相关工具前往观测。对这些"宇宙女孩儿"来说，观看卫星发射是必须亲自前往的，有的人还宁可为此而调休。她们说，因为喜欢就有爱，看到卫星发射的瞬间，仿佛自己也获得了无尽的力量。有些书店还设有"宇宙航天"专题角，一些宇航员也拥有了固定的女性粉丝。

旅游公司也把"宇宙女孩儿"的出现看成新商机，积极推出针对女性的登山观测星空旅行。他们考虑到女性的需求，专门组织游客到适合女性的地点去观星、体验天体特殊现象、看日出晨雾等活动。所到之处，山不能太高，路也不能太险，更要在安全上有所保证。"宇宙女孩儿"多数不缺钱，但是身为女性，想要独自登山观星就很危险。因此，旅行公司为"宇宙女孩儿"量身打造的团体旅行非常受欢迎。一些地区还借机推出"宇宙市场""宇宙音乐会"等，试图吸引更多的"宇宙女孩儿"。更有商家通过举办"宇宙节"，也就是以宇宙为主题的庙会为"宇宙女孩儿"热推波助澜。

当"宇宙女孩儿"不能徒有虚名，必须知道一些基本的宇宙常识。观看卫星发射、观星等行为只是成为"宇宙女孩儿"的前提，在此之上，具备一定的宇宙知识，才能成为真正的"宇宙女孩儿"。明石市立天文科学馆举办了培养"宇宙女孩儿"讲座。讲座每个月举行一次，在第三个周日下午三点半到五点，只要是16岁以上的对星座感兴趣的女性，都可以参加。期间还将举办"宇宙女孩儿"专场星座投影大会，每次讲座以及观看星座电影的费用只要300日元。因为这样的讲座属于公益性的，所以十分便宜。

"宇宙女孩儿"现象最早出现在2012年。当年出现巨大天体现象金环日食，即月亮和太阳重合，形成一个金色的环状。这使得全日本掀起观测热。以此为契机，很多女性成为天体观测迷，并有公司推出"宇宙女孩儿"产品，将其注册成商标，频繁出现于媒体报道中，名声大振。如今，"宇宙女孩儿"

们不仅天文知识素养有所提高,人数也在继续增加,由此带起的新市场也为日本商家带来无限商机。

2. "宇宙"也能做文章

一般人都认为宇宙属于科学家研究的范畴,很神秘也很深奥。但是现在,宇宙越来越贴近日本人的生活,并给经济带来活力,给人们带来新的希望。

2012 年 1 月 13 日,一种"宇宙烧酒"开始上市销售,为此厂家还举办了品尝试饮会。"宇宙烧酒"并非徒有其名,它是用一种特殊材料制作的酒。这种材料曾经乘坐宇宙飞船飞上太空,然后又回到地球。因此,酒厂将这种用去过太空的特殊材料酿成的酒,命名为"宇宙来鸿"。

鹿儿岛县不仅是烧酒的产地,也是宇宙飞船的发射基地。为了搞活地方经济,也为了让人们通过烧酒感受宇宙的浪漫,当地 12 家酒厂决定制造"宇宙烧酒"。12 家厂把自家酿酒的酵母菌装到了火箭上。火箭发射后载着这些酵母菌安全达到了设在太空的国际宇宙空间站。这些菌在宇宙空间站停留了 16 天之后,又被运回地面,在鹿儿岛大学继续培养。然后,这些厂家开始利用这些酵母菌酿酒,酿成新酒"宇宙来鸿"。每个厂家都以宇宙为主题设计了独特的商标。12 瓶为一套,摆在一起,所有的商标便组成了一幅完整的地球漂浮在宇宙之中的图案。这样一套酒价格 20400 日元,限定只销售 200 套。消费者可以提前在网上预约。这批"宇宙来鸿"部分销售额将捐献给日本东北地震灾区。

类似的宇宙食品并非鹿儿岛酒厂的独创。日本还有一种奶制品叫"宇宙酸奶"。这种宇宙酸奶和酿酒的原理相同,也是用在国际宇宙空间站培养了一段时间的酸奶菌制作的。人们最初只是想做个科学实验,看看酸奶菌在宇宙空间站是否会变质,如果发生变化会怎样。然而善于动脑筋的日本商人却把宇宙商品当作一种新的商机,并试图让宇宙品牌成为推动当地经济发展的催化剂。

日本华歌尔公司还推出一种"宇宙短裤",专为男性打造。这种男性宇宙短裤上印有宇宙航空研究开发机构人工卫星拍摄的富士山观测图像。华歌尔公司称,为了扩大品牌的知名度,产品本着追求宇宙航空所具有的巨大可能性,推出了印有人工卫星观测画像的男性内衣。该短裤以"宇宙使用"为目标,特意选用了除味、抗菌、防臭的材料。而在网络上也有"宇宙短裤"在限量销售。尽管一条"宇宙短裤"售价为 1 万日元,但是销量很好。一家网站还专门销售宇宙空间的图片。在什么都不稀奇的现代商品社会中,宇宙空间正成为一种新的视觉冲击元素,伴随着各种新开发的商品走入日本人的生活。

　　日本有一条电视广告,上面有一只可爱的狗坐在宇宙飞船上,在太空之上与地球人对话。这个广告是软银集团为宣传手机制作的,以宇宙和太空为主题的广告有好几个版本,很幽默也很好看。小狗在太空失重的有趣动作,体现了日本人对宇宙空间的向往。从 2011 年开始兴起的宇宙广告热现在仍在继续,类似的广告也开始多了起来。

　　宇宙这个特殊的空间成为商家宣传自家产品的一个独特的载体,其宣传效果非同一般。宇宙也常常出现在日本的文学作品中。2012 年 2 月 11 日,日本上映了一部电影,名字就叫《HAYABUSA》。"HAYABUSA"是日本宇宙航空研究开发机构研制的一个小惑星探查机。这个小行星探查机在宇宙飞行了 7 年,主机都已经烧化了,最终还是把要采样的数据送回到了日本。日本宇宙开发人员几经周折,几次面临放弃最终还是坚持跟踪,最后终于让它回到了地球上。这部电影就是以此为题材,并把"HAYABUSA"的成功,看成日本技术的骄傲。日本 NHK 电视台还推出了"HAYABUSA"的专题纪录片。

　　为了增进人们对宇宙空间技术和宇航的了解,日本宇宙航空研究开发机构还注重把宇宙知识融入教育。在日本的高知高冈郡佐川町,"宇宙樱"首次开花。这里所说的"宇宙樱"是这么来的:日本各地的小学生采集了樱花、百合等花卉种子,在 2008 年 11 月,由宇宙飞船带到了国际宇宙空间站。这些种子和宇宙飞行员若田光一,一起在宇宙空间停留了八个半月,然后又回到地球。这些种子共有 317 粒,除了部分留作科学研究之外,其余都分到采集种子的学校,由小学生们负责栽培。2010年,日本宇宙航空研究开发机构还推出了以学生为对象的宇宙向日葵种子试验,该实验就叫"让在宇宙旅行过的种子开遍日本各地"。主办方面向全日本招募学生栽培者。参加栽培的学生们还可以参加论文比赛,同时,参加日本宇宙航空研究开发机构还举办讲座,让参加的学生们了解宇宙开发的现状和未来,增进学生们对地球和生命的理解。筑波宇宙中心也是一家对外开放的科普机构。参观者在这里不仅可以看到火箭、人工卫星等宇航实物,还可以通过展览了解宇宙环境。宇航员还定期来中心和参观者面对面交流、举办各种活动。与其说是宇宙中心,不如说是一个普及宇宙科学知识的大型展馆。除了参观之外,人们还可以在这里买到各种宇宙纪念品和食品等。日本的家长很喜欢带孩子到这里参观游览,因为这里除了让孩子们感到新奇有趣之外,还能增长他们的知识。

"宇宙"这个关键词会在日本继续发酵。日本经济十多年不见起色,根源在于没有新的产业,而已有产业的社会需求已经接近饱和。宇宙是一个未知的世界,或许经过系统开发,和宇宙项关的产业可以成为振兴日本经济的新动力。

3. 新奇文具惹人爱

日本人喜欢精巧之物,倡导职人精神,喜欢精益求精,更讲究"手巧也要家什妙",做什么像什么。所以在做一件事情前,先要把自己从头到脚武装起来,就连锻炼身体也要先置办好行头。办公学习也不例外。在日本逛文具店是一种享受,种类繁多的文具制作精美,功能齐全,有些还非常先进。

银座最繁华的一条大街上,就有两家相距不远的文具店。店内不仅有先进的文具,还有各种各样的和纸制品,如生日贺卡、年节贺卡等。无论什么时候,这里都人头攒动,很多人与其说是去买文具,还不如说是去"看"文具。徜徉在文具之中,了解各种文具先进的功能本身就是一种享受。最受欢迎的一种自动铅笔,叫"COOLDOGA"(音译)。这种铅笔尤其为高中生所喜爱,是三菱铅笔公司生产的。这种自动铅能够一边写字一边慢慢自动回转,所以铅芯总能保持削尖的状态,很好用。一支价格在 500 日元到 600 日元之间,视种类和设计不同,价格略有浮动。此外,日本还有一种非常先进的糨糊,叫胶带糨糊。这种糨糊的形状看上去和胶带一样,但是刷出来的却是糨糊。这种像胶带似的糨糊不会开口老化,而且携带方便,具有锁住功能,装在包里也不会流出。每个价格只有 200 日元左右,是文具包里的必备物品之一。最具有革新意义的笔是一种叫 "FRIXION" 的圆珠笔。这种圆珠笔后面带有一块独特的橡皮,可以帮你擦掉写错的圆珠笔字。以前,只有铅笔字才能用橡皮擦掉更改,现在,圆珠笔字也可以用 "圆珠笔擦" 擦掉了。这种产品一上市便受到追捧,目前已出口 100 多个国家,总销售量超过了 4 亿支。

还有可以擦掉的马克笔。这种笔让使用者在想要记住的部分留下彩色记号,并在记住后将颜色擦掉,很神奇,也颇受欢迎。此外,外国人到日本的百元均一店都爱买一种 "间谍笔" 作为纪念品。这种 "间谍笔" 写出的字只有在灯光下或者水中等才能看到,类似过去间谍之间传递情报的手段,很是有趣。大阪一家公司推出一款新圆珠笔,叫 "便签笔"。这种笔的笔杆上缠着纸条便签,供使用者在想要记录电话号码,却找不到纪录用纸时使用。人们在外面接电话时,往往手头有笔,却找不到纸来记录需要紧急纪录的内容。这时,便签笔就可以大显身手了。这种笔上的便签卷也是可以更换的,不必用完就扔掉,不会影响笔的使用寿命。一支笔价格为 410 日元,两个一组的更换便签为 172 日元。

还有一种文具咖啡店,获得了意外的成功。日本的咖啡店已经处于饱和状态,竞争十分激烈。相反,文具热却方兴未艾。于是,坐落于日本表参道的一家文具咖啡店也很受欢迎。这家咖啡店的内部装修充分体现出文具的特点,没有多余的装饰,顾客进屋看到的首先是满墙的 "涂鸦"。这些画虽然看似涂鸦,其实是店家用心良苦画出的,为的是营造出的浓郁文化氛围,让顾客感到文具无处不在。各种彩笔在墙上的涂鸦也容易勾起人们购买文具的欲望。在文具咖啡店的柜台上,顾客不仅可以看到最新式样的文具,也能找到自己童年时的老式样文具。这里不仅提供进行餐饮和休息之处,顾客还可以端着饮料在文具柜台之间漫步,既有文化情调,又能满足人们的购买欲。文具咖啡店正在成为日本都市的一道崭新的文化风景。

4. 到处可见桃太郎

2014 年 3 月，美国某著名可乐公司在日本推出一个广告，非常吸引人。广告的主人公是在日本家喻户晓的桃太郎。著名演员小栗旬扮演的桃太郎勇武、英俊，他潇洒地打败了巨大的恶鬼。由于这个广告是根据桃太郎故事改编的，再加上现代影像技术的逼真再现，一经推出便受到瞩目，成为热门话题。可见桃太郎在日本的影响力非同一般。该可乐公司选择桃太郎为广告主角也正是迎合了日本大众对这个故事情有独钟的心理。

桃太郎在日本堪称最为著名的童话人物之一。桃太郎的故事内容生动，又以惩恶扬善为主题，因此被日本人代代相传。桃太郎对日本人的影响非常大，几乎每个日本孩子都是听这个故事长大的。儿童图书、影视节目中的反复出现，也让桃太郎深入人心。直到现在，桃太郎的故事仍在流传。很多地区为了增加自身的知名度，也用尽方法和桃太郎"套近乎"。

冈山县有一种黏米丸子，叫"吉备丸子"。因为"吉备"的日语发音和桃太郎要去打鬼时老奶奶给他的"黍团子"发音相同，于是当地人便声称冈山和桃太郎故事有关，举县进行宣传。尽管未被证明，冈山县还是被一些人当成了桃太郎的故乡。

冈山县每年夏季都要举办"冈山桃太郎祭"，期间要跳桃太郎舞，各种相关集市也很热闹。在冈山车站，还有一尊桃太郎与伙伴们的铜制塑像。香川县也有一家桃太郎神社。这家神社原本叫熊野权现神社，1988 年经过特别申请，增加了祭祀的"神灵"，经过神社本厅的批准，将名称定为"熊野权现桃太郎神社"。因为该神社地点位于鬼无町，有传说在这里长大的桃太郎，在女木岛击退了跨越濑户内海而来的海盗。此后，恶鬼残余又来攻击，逃太郎也将其讨伐殆尽。自那以后，这个岛上就再也没有鬼了，故名"鬼无岛"。

桃太郎善良和正义的形象深入人心，他不仅被很多著名作家当作创作题材，还常常成为文艺作品中鼓舞人们士气的主人公。

在 NHK 电视台播放的教育节目中,桃太郎的故事中加入了现代社会问题的元素。起初,桃太郎很懒惰,不知道帮助父母干活。当鬼来了,袭击了他的父母,桃太郎才醒悟,并改掉缺点,前往鬼岛制服了恶鬼。由于用武力击退恶鬼带有一定的暴力色彩,现在的部分儿童读物又把剧情加以改编——面对恶鬼来犯,桃太郎不是用武力驱除了恶鬼,而是通过协商的方式解决了问题。但是这种故事因为违反了现代人的经济成功主义,没有找回被恶鬼抢走的钱财,所以不太符合大众口味。因此,有的版本还说,经过协商,恶鬼又把抢走的财宝都归还给村民,村民为了感谢桃太郎,又把部分财宝送给了桃太郎一家。他们一家就用这些财宝过上了幸福的生活。但是,最近几年又出现了还原作品本来面目的倾向。不管怎样改编,桃太郎制服恶鬼的古老民间传说,会一直流传下去。

5. 中巨奖也低调

每年的 12 月中旬,银座地区的巨奖彩票销售点前就会排起长队。因为队伍过长,人数众多,所以会有大批保安、警察维持秩序,以免妨碍交通。日本人把年末买彩票看成是买梦想,因此,许多人都要买几张,当作一种对新年好运的期望。

巨奖彩票一般被称为"年末巨奖宝口","宝口"就是彩票的意思。每年11 月到 12 月开始销售,12 月 31 日晚上抽奖。如果中奖者所中奖金没超过

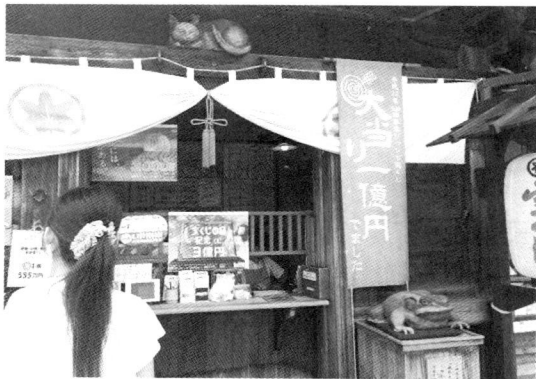

◎巨奖彩票销售站

1万日元,就可以直接在全国各地的销售亭换取现金;如果奖金超过1万日元就需要到日本各地指定的银行领取;也有部分销售亭被允许可以支付不超过5万日元的奖金。如果奖金超过50万日元,中奖者就需要出示身份证才能领取。高额中奖者去领取奖金之前,银行会把中奖者领到单独的房间,在表示祝贺的同时,给中奖者一本小册子,名为《从那一天开始必读》。上面写着领奖时的注意事项,还有如何保持精神镇定,提醒中奖者不要因为过度高兴而失常等。拥有这本小册子的人通常不愿意将其示人,总是将它藏起来。所以这本代表中奖了的小册子被看成"魔幻之书",为购买巨奖彩票者所渴望。友人说,日本人如果中了上亿日元奖金,一般都要拿出一部分钱赞助教育,或者按照自己的意愿募捐去搞慈善。这样既可以免除飞来横财可能带来的灾难,也能让中奖者更加心安理得。"读卖新闻"网站的调查显示,很多中奖者都表示,中奖后也不会辞去工作,并且严格保密。只是悄悄地招待家人或友人吃顿大餐、还清贷款。有的人因为害怕破坏目前家庭平和的生活,中奖的事情连配偶也不告诉,害怕对方大肆挥霍。总之,保持低调是日本高额中奖者的基本原则。巨奖彩票在开奖之后,还要针对那些没有中奖的人再抽一次,作为鼓励,幸运者可以获得一些生活日用品等。所以,巨奖开奖后,彩票也不能马上扔掉。

日本虽然禁止赌博,但是并不影响各种各样彩票的发行。高额巨奖彩票一年销售5次。其中12月31日开奖的巨额梦想彩票最受关注。日本的彩票发行由国家统一管理,筹集到的资金主要用于改善公共设施等公益事业。为此,每年都要公开募集"幸运女神"。这些幸运女神将在被选中后的一年内,从事彩票的宣传和抽奖活动。因为大奖的号码是由她们确定的,故被称为"彩票的幸运女神"。"幸运女神"每年公开招募,规定必须是普通女性,不能是专业人士,每年选出6名。2012年的"幸运女神"是从1400名报名者中选出的,她们从2012年4月到2013年3月作为"女神",走遍日本各地宣传彩票,并被印在宣传广告、彩票上,必要的时候还要出现在电视屏幕上。彩票抽奖会一般都要在大型剧场举行,"幸运女神"以及被邀请的嘉宾共同通过抽奖的方式确定中奖号码,此后还要邀请著名歌星、舞星表演。因此,抽奖会虽然原则上任何人都可以参加,但是由于人数众多,想参加的人只能提前报名申请,然后再通过抽选的方式确定参加者。"彩票幸运女神"起源于 1980 年,每年秋季由瑞穗银行发布招募启事,然后在报名者中挑选。彩票迷中的很多人是这些"幸运女神"的粉丝。她们的存在确实起到了很好的宣传作用,有效地提高了彩票的购买率和知名度。

6. 迎宾馆故事多

日本政府的国宾馆现有两处。一个是位于东京的迎宾馆,另外一是个位于京都的迎宾馆。位于东京的迎宾馆虽然拥有政府接待高级宾客的尊贵地位,却因为种种原因,"命途多舛"。再加上它虽然建在日本,但是从内到外的设计都借鉴了西洋建筑的风格,使住在里面的人很难感受到日本味儿。

东京迎宾馆坐落在闹市区,距离皇宫不远。说它是皇家的别宫一点儿都不奇怪,本来就是为皇家而建的。它建成于 1909 年,由于设计师片山东熊师从西方著名建筑家,所以建筑外表像白金汉宫,内部模仿了巴黎的凡尔赛宫,十分富丽堂皇。迎宾馆的内部虽然非常豪华,却并不适合居住。建成后,本该入住的皇太子嘉仁亲王几乎没有住过。因此,迎宾馆也徒有虚名,是个没有主人的太子宫殿。嘉仁亲王继位之后,迎宾馆变成皇家别宫,因为所在地为赤坂,因此被称为"赤坂离宫"。伴随着新王子的诞生,迎宾馆曾经再度变成皇太子宫殿、皇室别宫,直到第二次世界大战结束。

第二次世界大战结束后,高松宫宣仁曾经向天皇进言,希望天皇搬出皇居,住到赤坂离宫去,但是天皇认为那里居住不方便,且搬迁经费昂贵,便拒绝了。此后赤坂离宫的所有权由皇室移交给日本政府,1948 年到 1961 年,那里曾经是国立国会图书馆。随着日本战后经济的复苏,日本对外关系的发展也很迅速。本来日本政府一直把位于港区白金台的朝香宫邸作为迎宾馆招待外国宾客,但是随着外国要人来访人数的增加,朝香宫邸住不下了。1962 年,在时任首相池田勇人的提案下,日本政府决定设立一个新的迎宾馆。1967 年内阁通过决议,把整修后的赤坂离宫,正式变成日本政府招待外国贵宾的迎宾馆。经过 5 年的整修,108 亿日元的支出,日本政府终于有了一个富丽堂皇的迎宾馆。

改建后的迎宾馆占地面积 15000 多平方米,设有迎客室"彩鸾厅",主办政府晚餐会的"花鸟厅",首脑用于会谈的"朝日厅",此外还有可以举行舞会的"羽衣厅"等。这些房间完全采取西洋装饰,具有代表性的是"羽衣厅"内的水晶吊灯,重达 800 公斤,是该馆内最大的吊灯。由于主建筑过分西洋化,为了营造日本特色,日本政府只好在院内另外设立一个日本别馆,冠名"游心亭",主要用于为贵宾举办具有日本风情的招待活动,如茶会等。据说,当时的迎宾馆虽然安装了最先进的美国制造可自动调温的空调装置,却不能正常运转,曾经发生过多起室温突然上升下降的事故,只好弃置不用。

迎宾馆的大铁门缓缓打开,我们一行华人访客乘坐巴士长驱直入,下车后就被有序地引入迎宾馆内。只见宫殿内金碧辉煌、金色的浮雕、华美的吊灯、充满欧洲情调的壁画,让人目不暇接。合影留念后,大家鱼贯离开。在我看来,这里简直就是一座缩小的凡尔赛宫。

作为日本外交的最高级别建筑之一的迎宾馆,曾经接待过无数外国首脑。但是在强调民族特色和主张软实力的今天,迎宾馆十足的洋味儿也引起很多非议。东京知事外添要一就对迎宾馆发表了自己的看法。他说:"(迎宾馆)完全是西洋式的,说得难听点儿,那就是模仿凡尔赛宫建的。"为此,他提议建造一个具有日本风情的迎宾馆,在 2020 年东京奥运会开幕之前建成并投入使用,以招待外国贵宾。类似的声音民间也存在。毕竟,一个具有日本特色的迎宾馆更能代表日本向国外贵宾展示日本文化。

日本迎宾馆虽然壁垒森严,但是并非只可远观。每年 8 月左右,迎宾馆会在不影响接待外宾的情况下,向普通民众开放。届时迎宾馆会通过网站公布开放时间和申请参观的方法等。想要一睹迎宾馆庐山真面目的人,只要按照要求提出参观申请,一般都可以获得参观的机会。

7.红色遗迹汉阳楼

日本有许多红色遗迹,比如与中国著名领导人有关的建筑物和石碑。在红色遗迹中,最为日本友人津津乐道的当属与周恩来总理在日本时有关的各种建筑和纪念碑。雨中岚山诗碑、周恩来就读学校纪念碑等在此暂且不表,让我来说一说历史爱好者们至今仍经常前往凭吊的"汉阳楼"。

汉阳楼是一家百年中华老店,位于日本神田神保町旧书店街附近,是日本著名的历史名店。因为这家店与周恩来总理有着不解之缘,汉阳楼又成为日中友好人士举办活动常用的场所。"看中国之芽会"就选中"汉阳楼"为会场,为著名作家、日中文化交流协会会长迁井乔举办以中国为主题的讲演会。我也因此得以一睹其芳容。我按图索骥,找到了汉阳楼。只见门口灯光朦胧,映照着入口上方的一块木板招牌,上书"民国元年春汉阳楼"。"汉阳楼"创立于 1911 年。创立者是一位华人,名叫顾云海。现在的招牌,并不是创立之初所用的招牌。当时的招牌是一个竖在店门边的长木版,木板被涂成白色,上面用毛笔写着"华商汉阳楼"。走进店内,看到墙壁上挂着很多书法作品,有周恩来总理的诗作《大江歌罢掉头东》,还有《雨中岚山》等。收款处摆放着《周恩来总理日记》的日文版及其他相关书籍。店主还把这家店和周恩来总理相关的历史报道、资料、照片等都汇集在一起,贴在墙上,特意说明这里是 19 岁的周恩来非常喜欢、且载入了史册的名店。

汉阳楼和田总料理长介绍说,当时这个地区聚集了很多中国留学生。由于中餐馆非常少,留学生们虽然非常想念家乡的菜肴,却无处可觅,于是就自创了汉阳楼,主要制作上海菜。考虑到学生的经济状况,菜肴都很便宜。"汉阳楼"这个店名意味深长,寄托了当时中国留学生的希望。顾名思义,"汉"意指汉民族,"阳"表示太阳照耀,合起来就是太阳照耀汉民族之楼的意思。和田总料理长还说,虽然几经变迁,店主变成了日本人,但是这个店名的意义却不会改变。听到此处,我不禁肃然起敬,也被革命先辈们的爱国情怀所感动。问起周恩来总理爱吃的菜肴,他笑着说,狮子头,更多的是豆腐类菜肴。因为当时的留学生并不富裕,所以常常靠吃豆腐度日。周恩来总理当年 19

岁,正好在附近的明治大学读书,也自然地成了这家中华餐馆的常客。他来就餐的时候,"汉阳楼"已经建成 6 年了,因为物以稀为贵,"汉阳楼"在留学生中颇有名气。在周恩来之前,孙文也常常光顾这里。这座小小的汉阳楼上有很多中国名人留下的足迹。但是和田总料理长说,日本的店家有为客人保守秘密的传统,所以,虽然周恩来后来成为了总理,店主也并没有张扬,所以汉阳楼曾经是中国留学生的摇篮这一事实并不广为人知。直到有媒体根据周恩来的日记,发现了这家有重要历史意义的餐馆,来采访报道过之后,他们才开始公开有关历史,店内也才挂起了与周恩来总理有关的装饰。这也就是20 多年前的事情。从那以后,"汉阳楼"便因周恩来总理而名声大振,而周恩来与"汉阳楼"的不解之缘,也吸引了无数日中友好人士前来参观、用餐、缅怀。

现在的"汉阳楼"依然如故,店内菜肴以上海菜为主,且常推陈出新,把时令蔬菜引入菜谱。和其他已经日化了的中餐馆不同,"汉阳楼"的菜谱上写满了中国菜名。每道菜名都是中文汉字,后面括号里标注了日语。菜肴价格高低不同,一道点心 600 日元左右,炒菜和面点 900 日元左右,适合各个阶层的人前来用餐。这里既有昂贵的大菜,也有平民喜爱的日常佳肴,豆腐菜肴数量确实较多。普通的中餐馆一般只做众人皆知的麻婆豆腐,但是"汉阳楼"却还有其他中餐馆所没有的家常豆腐、上海豆腐等,这充分显示出这家百年老店的实力,也能看出日本店主不忘初代华侨店主初衷的苦心。

汉阳楼作为红色遗迹,凭借着百年老店的实力,默默地延续着它的历史,也是当代中国留学生寻找革命足迹的最佳去处。

8. 国际动漫节促新风

背靠青山、神殿,面对神社的红色鸟居门,一座巨大的动漫形象机器人伴随着音乐站立于大地之上,显得十分威武。这就是日本连续剧《THE NEXT GENERATION PATLABOR》中的动漫机器人。这部连续剧改编自日本著名动漫《机动警察 PATLABOR》。其中机器人 PATLABOR 的形象在日本家喻户晓。当他巨大的身躯出现在人们面前时,"京都国际漫画、动漫节2014"便正式拉开帷幕了。

"京都国际漫画、动漫节"已经连续举办了数届。在活动中,游客们不仅可以获得日本的最新动漫动态、即将上映的新作品等信息,还可以买到多家出版社出版的新旧漫画作品,掌握日本动漫发展趋势,看到各种动漫形象、亲自体验漫画的制作等。展会在展示作品的同时,也为作家和出版社提供了洽谈平台,以促进漫画新作的推广。在开幕式结束后,我与"手冢PRODUCTIONS株式会社"代表取缔役社长(总经理)松谷孝征进行了交谈。

松谷总经理还是京都国际动漫实行委员会委员长。他认为,过去日本的漫画是一种不被重视的文化,家长也不希望孩子看漫画。漫画家的地位和作家、导演无法相提并论。但是现在漫画却作为一种新的文化被认可,正在从亚洲走向世界。特别是亚洲各国漫迷,对日本动漫尤其喜爱。《铁臂阿童木》的作者手冢治虫相信动漫的力量,他之所以能够坚持创作并有今天的成就,是由于他体验过战争的残酷。他认为,动漫可以让孩子们懂得战争的危害、爱好和平。这样的理念是手冢式动漫得以持续发展的重要因素。也就是说,要想创作优秀的、具有长久生命力的动漫作品,必须具有普世价值观。遗憾的是,现在的人们整天盯着手机屏幕,远离了纸制书阅读,这是漫画、动漫界的危机。过去,漫画家总是考虑如何让读者翻开每一页,都能从

◎株式会社手冢PRODUCTIONS代表取缔役社长松谷孝征展示阿童木领带

◎国际动漫节开幕式

纸角边上能找到乐趣,读得津津有味。在当今电子阅读的挑战下,今后漫画和动漫要想取得长久的发展,还是要回归到过去创作的原点,回归纸张出版物兴盛时那种让读者感兴趣的创作态度,通过以读者阅读感受为重的细腻表现,容易引起各国漫迷共鸣的普世题材,以及有趣的故事情节,把读者留住。就像手冢大师那样,赋予作品永恒的魅力。松谷总经理说,包括"手冢PRODUCTIONS"在内,日本动漫界都非常重视中国读者和漫画家,也很希望有机会和中国漫画家合作,一起创作动漫作品。

近年来,在电子媒体的冲击下,日本的漫画、动漫业受到严重冲击。据日本出版科学研究所公布的数据,日本的漫画杂志和漫画单行本的销售量呈现下降趋势。2005 年,漫画单行本的销售额曾经达到 2602 亿日元,到了 2011 年下降到 2253 亿日元,而漫画杂志的销售额也从大约 2500 亿日元下降到 1650 亿日元。多家漫画杂志因为经营困难而被迫停刊。在京都国际漫画博物馆,我看到了为日本老字号漫画杂志《IKKI》休刊举办的纪念展,这本曾经推出多部热门漫画作品的杂志消失在了时代大潮中。为振兴日本的漫画和动漫文化,日本政府把发展寄希望于世界市场,并试图通过政府力量把漫画作为"酷日本"文化的重要载体推向世界。角川株式会社的一名高管对我说,日本政府制定了多项新政策,以推动日本动漫走向世界。比如,建立了"酷日本"战略推进事业。2012年就为此设立了843亿日元的预算,并连续邀请知名漫画、动漫作家,以及出版经营者举行恳谈会议。重点就是要推进动漫和食品、时装的融合,同时加强海外宣传,加强和海外作家的合作,共同制作动画和漫画作品等。角川株式会社在中国台湾建立了漫画学校,这也是日本推动漫画国际化的一个重要举措。为了推动漫画和动漫的发展与国际化,日本也非常注重培养漫画人才。京都不仅有培养漫画人才的精华大学,还有国际动漫博物馆,它是日本动漫文化的中心。同时,日本还十分注重漫画、动漫与其他产业结合,用漫画、动漫促进其他产业发展、培养人才,形成良性循环。重视文化旅游的宣传,促进漫画、动漫与旅游业的结合。

日本媒体面对动漫危机指出,过去支撑着漫画、动漫的消费模式正在被替代。要想重振漫画、动漫,要勇于挖掘人才和新作品,针对御宅族设计象征物,打造适合电子漫画的销售模式,制作网络漫画杂志,尝试打造读者参与型的新式漫画。

京都这个漫画之都也在尝试利用动漫延续传统工艺和文化。动漫节在当地政府的支持下,把漫画和传统工艺相结合,推出多种产品,让年轻人也更关注传统工艺。STUDIO370就是为了把传统京烧·清水烧瓷器与动漫文化相结合而设立的工作室。该工作室推出了以著名漫画家组合CLAMP作品为主题的瓷器,让拥有1200年的京烧·清水烧瓷器有了新的表现主题,与年轻人有了连接点。同样,马场染工业株式会社也是一家具有百年历史的传统染织企业。动漫节上,该公司推出了著名漫画《有顶天家族》和《弱虫PETARU》卡通形象的染织品,受到好评。动漫节还没有开始,就在网上受到关注,当日就有年轻人排起长队购买。动漫卡通人物让本来对瓷器、染织品并不关心的年轻人,也对传统工艺发生了兴趣。这种尝试,让濒临消失的传

◎京都国际漫画博物馆内漫画历史展说明

统工艺有了新的发展契机。

京都国际漫画博物馆设立于2006年。这里汇集了日本和世界各国的漫画资料30多万种,由精华大学漫画学部和当地政府共同经营管理。旅客在这里不仅可以自由阅读各种漫画杂志和漫画书,还可以看到著名漫画家的漫画手稿。在一个展览室内,陈列着绘制漫画的必备工具等物品,还能让来馆者体验漫画绘制、观看漫画家现场创作表演。巨大的资料室汇集了丰富的漫画资料,只要购买门票并事先登记,任何人都可以免费阅览。在漫画、动漫的历史展厅中,游客可以了解成为一个漫画家的全部过程。此外,漫画创作所需经费、最后收入等也都有详细说明。当然,还可以看到按照年代陈列的漫画杂志和漫画单行本。在这里有专门对动漫的展览和说明。日本漫画的种类非常多,有学习漫画、幼儿漫画、学生(小、中、大学)漫画、科学漫画、公司职员漫画、主妇漫画等。该馆负责宣传的人说,日本人的一生都离不开漫画,日本人在不同的人生阶段,都可以读到为其量身打造的漫画读物。

日本以漫画、动漫为载体向世界展示其软实力的发展战略,也值得中国参考借鉴。

9. 温泉名字很有趣

日本的温泉多如繁星,让人有数不过来的感觉。温泉多,名字也多。日本温泉的名字,有些很有趣,有些很朴素,有些很实际。

青森是日本东北较为偏僻的地区,有些神秘。这里很多的温泉被称为"秘境""秘汤",即秘密温泉之意。有的温泉名字很有趣,让人过目不忘;有的非常有特色,让人无比向往。"清荷温泉"被称为藏起来的"秘汤"。据说,日本著名歌手丹羽洋岳最先发现了此地,于是,有人在此建了一座特殊的旅馆。这个旅馆地处深山,为了增强秘境的效果,这里没有架设电线,馆内和温泉的照明用的都是煤油灯。"青荷温泉"共有4处可供洗浴的场所。最具有山野情趣的,是与旅馆一溪之隔的"龙神之汤"。只需数步,便可横跨小溪。因为在水一方,去"龙神之汤"便多了一层浪漫。身穿日式浴衣,脚踏木屐,悠然而过。等待客人的是一个石头围起的温泉浴槽,浴槽有露天和半露天的,露天温泉完全混浴,上面搭载竹帘凉棚,凉棚下垂着数盏煤油灯。傍晚,煤油灯发出柔和的光芒,泡在暖暖的温泉中,抬头可见对面日式民居、山野树木,让人忘却世间一切喧嚣。很多人到此,除了想一探"秘汤"之外,还想感受一下没有电的原始感觉,不接电话、没有电视、不用电脑,只与自然相伴。温泉水清澈透明,可以治疗神经痛、肌肉痛、关节痛,对慢性消化器官病症、痔疮等疾病也有一定疗效,还有助于健康者缓解疲劳。"青荷温泉"可以住宿,也可以仅仅到此洗浴。洗浴价格只需500日元,非常便宜。青森位于日本东北,因此冬季多雪。每到冬雪飘落的季节,"青荷温泉"的龙神温泉就会被白雪环绕,沐浴其中别有一番情趣。而点点煤油灯,则成为温泉的一大特色,很多人到此,就是为了一睹煤油灯亮满溪谷的景色,也为了摆脱现代化的生活,寻找一种回归古代的古朴情趣。"青荷"这个名字,给人超凡脱俗之感,倒也体现了该温泉卓尔不群的特质。

有些温泉的名字也非常有趣。在津轻国定公园的海岸上,有一处温泉,名为"不老不死"温泉。因为紧靠海岸,这里就成了边洗温泉边眺望海中落日的最佳场所。"不老不死"温泉含有铁、钠等多种化学元素,故泉色呈浑浊的黄白色。经营温泉的人说,这个名字包含了建造者的一种期望,希望到此洗温泉的人都能够"不老不死"。这当然也是所有人的愿望。此外,还有一处温泉名叫"醋汤"温泉。此温泉原名"鹿汤",据说是当年猎人追猎野鹿时,偶然发现的。因为"鹿"的日语发音和"醋"相同,便慢慢演变成了现在的"醋汤"，至今仍叫这个名字。此外，由于"醋汤"的主要成分是酸性硫磺泉，也使得它名副其实。"醋汤"温泉历史长达300年，位居八甲田主峰西侧，海拔900米，被称为"云上的灵泉"，泉水乳白，具有很好的保健功能。由于地势高、紫外线强、空气清新、泉质上乘，有"入浴十日，万病皆愈"之传说。古代人为了治病，不惜从各地赶来，踏雪入浴。"醋汤"温泉里面有两个10米见方的大浴槽，被命名为"千人风吕"，就是可以一起容纳很多人的意思，这里也是日本闻名的混浴秘汤之一。此外，还有名叫"大鳄""浅虫"等的温泉，都很具有乡野情怀，极少商业味。

到日本不仅要泡温泉，还可以通过温泉名字了解日本人乃至日本民族的性格，这也给旅途增添了另外一番情趣。

· 第七章 ·

不讳死的日本人

老龄化是世界各国都无法回避的问题。中国和日本也不例外。尽管我们还没有完善的措施来解决这个问题，但是老龄化已经切实地走进了中国人的生活，我们应该想办法提高老年人的生活质量。日本在解决老龄化问题上起步较早，也有很多经验值得我们借鉴。

1. "终活"旅行很盛行

中国人不愿意谈死,也忌讳提前安排后事。日本人却并非如此,他们认为死亡也是一件非常有尊严的事情,既然不可避免,那就坦然面对。

在日本,"终活"旅行很热门。顾名思义,"终活"就是临终活动,老年人不仅自己参加,还会邀请子女一起参加。在静冈县的热海市,一个奇特的老人旅行队伍很是惹人注目。他们在一家古老旅馆的展望台上拍照,乍看和普通纪念摄影没什么不同,实际上,这并非普通的旅行纪念照,而是在进行遗像摄影。这些老人希望葬礼照片上的自己能够有一个自然和蔼的笑脸。这个旅行团就是众多"终活"旅行团之一。"终活"旅行团成员除了在旅游的圣地照遗像之外,还要在旅游途中的巴士上进行关于死亡、遗书和遗产继承的知识问答,旅行团配备具有专业知识的律师进行现场解说,其实就是以问答形式进行的关于死亡前后必备知识的讲座。一般"终活"旅游团的价格从39000 到 50000 日元不等,视地点、所住宾馆不同,价格会出现差异,如果还要增加参观墓地的项目,就需要另外交费。

"终活"在日本已经是一个知名度很高的词汇,一家民间调查机构的调查显示，2014 年，在网络上有 27% 的 60 岁以上日本老人知道这个词。老人们对死亡的坦然态度使"终活"旅行受到欢迎。更多的老年人希望能够脱离日常生活，认真而平静地面对死亡。提供"终活"旅行的不仅仅是旅行社，一些殡仪馆也因为看好这一市场而积极参与其中，并与旅行社一起提出旅游方案。热门的终活旅行将植根于日本老人的生活中。由于"终活"十分盛行，所以为死亡做好准备的活动在老年人之中很是流行。作为"终活"的一个项目，人们可以直接躺在棺材里体验死亡的感觉。体验者还要穿上白色服装，让体验更加真实。有的人躺下之后感到了前所未有的孤独感，并产生强烈的求生愿望，不想去死；也有的人大声喊叫。此外，还可以参观遗体清洗的表演。很多人都表示体验"终活"旅行之后，人生观发生了变化，不再想早早死去。

"终活"这个词汇的出现和兴起，带动的不仅是旅游业，也给殡葬业和律师业带来很多新的机会。以"终活"为主题的讲座、社会活动日益增多，更重要的是，越来越多的老年人已经不仅仅满足于快乐地度过余生，还要选择有尊严的死亡，亲自为自己安排后事。这样做既可以减少后代的负担，也能让自己满意，同时还能让他们安心地度过余生，获得心理上的平静。

2. 临终之前找"墓友"

日本社会进入高度"少子老龄化"阶段，老年人的生活方式也日益丰富。不希望孤独地死去的强烈愿望唤起老年人让死前生活更加幸福的强烈愿望。在日本政府有关部门积极推出防止老年人孤独对策的同时，老年人自己也在积极行动，寻找"墓友"，共同度过死前的不安时光，并为死后选择好"邻居"。

"墓友"是购买了同一块墓地的人们之间的称呼。在日本，生前就为自己买好墓地的人很多，因为日本人不认为死是值得忌讳的事情，他们日常生活中常常会接到销售墓地的电话，而车站等公共场所也常常可以看到墓地或者葬礼的宣传广告。因此，在死之前就为自己买好墓地的老人非常多。有些老人因为死后能葬在同一墓地而成为好友，称为"墓友"。近年来，"墓友"聚会悄然流行,而且发展得很快。这些"墓友"们聚集在一起畅谈家庭、疾病,甚至葬礼。

东京就有一个这样的"墓友"会,成员有 15 人,每个月聚会一次。老年人们在聚会上畅所欲言。因为将来要死在一起,彼此便非常亲近。有人认为,死的时候不应该给孩子添麻烦。有人则说,临终是给孩子最后的教育机会,添点儿麻烦也无妨。如此坦率的话也只有对"墓友"才能倾诉。葬在同一个墓地,又有共同的"死亡价值观",这让"墓友"之间更加亲近,有时甚至超过了亲属。很多老年人在参加了"墓友"聚会后,不再感到孤独。"墓友"们聚会内容丰富,并非仅仅是聊天,还可以一起外出旅游、聚餐、唱歌、跳舞、打牌。很多老年人因为子女不在身边而感到孤独。可是有了"墓友"后,外出的机会、与人交流的机会明显增多。因葬在一起而产生的共鸣,让他们更加从容地面对即将到来的死亡。

日本人面对死亡越来越坦然。为了让自己死得文明,少给家人添麻烦,提前撰写"临终笔记"的人也在增多。"临终笔记"就是把自己对葬礼、墓地的要求、死前希望等内容,在神志还清醒的时候写入笔记本,留给家人。现代社会,虽然遗产分配可以依照法律进行,但是关于遗产的纠纷也一直存在。"临终笔记"可以解决一部分这样的问题。比如,在病危后,很多人不希望接受只为延长生命而进行的治疗,而是希望安乐地死去。还有人觉得,如果自己变成了植物人,就不需要再接受治疗,免得给家人添麻烦。写"临终笔记"起源 2011 年上映的同名纪录片。电影上映后,反响热烈,"临终笔记"也迅速在日本普及。现在很多年轻人也开始接受这样的观点,并加入撰写"临终笔记"的行列。神奈川县一家生活俱乐部还举办讲座,指导人们撰写"临终笔记"。浏览日本网站,也有多家提供关于撰写"临终笔记"知识的网站。最多的有 8 项必须纪录的问题,内容翔实。

死亡是每个人都必须面对的。既然如此,就没有必要忌讳,不如坦然面对,通过撰写"临终笔记"做好计划,再通过"终活"确定墓地,并和"墓友"快活相伴,愉快安心地走向死亡。

3. 葬仪有新风

随着人们对死亡观念的改变,再加上少子老龄化等社会问题的加剧,日本人的墓地也发生了很多变化。传统的墓地因为无人照看等问题而开始衰败,新式墓地的出现也让传统的代代相传的墓地数量越来越少。

弘前市新町就有一个新式墓园。这个墓地是以树为墓碑,将遗骨直接埋葬在树根下的坟区。由于很多人去世后没有人扫墓,或者逝者本人不希望给亲属造成负担,因此,树葬墓地很受欢迎。日本人普遍认为这样的墓地能够减少亲属对墓地的记挂。

日本最早的树葬墓地出现在 1999 年的岩手县,现在已经遍布日本各地。东京在 2012 年建成了都立树葬墓地。值得注意的是,并不是所有树林都可以作为树葬场所,树林必须经过有关部门批准,才能成为树葬的墓地。日本的树葬有一人一棵树的,也有一棵树周围埋葬多人的,一般低矮树木较为常用。目前,为了节省土地,很多寺庙还设立了电子墓地。说是电子墓地,还不如说是个现代化的楼内骨灰盒管理基地。平时,这些骨灰盒都被编号后集中存放在寺庙里,当家属来扫墓时,就要在专用的祭奠室内,用事先办好的电子卡把家人的骨灰找出来。只见电光闪闪,在非常具有祭奠和佛意的画面出现数秒后,亲人的骨灰盒就会自动出现。自动控制、全自动化管理的电子墓地,不仅节省了人力,也让存放价格大大降低。电子墓地中的骨灰,如果长期没有人祭奠,寺庙方便可以用佛教的方式将骨灰葬于地下。

社会在变化,人的意识也在变。墓地是人们生活中绕不开的话题,除了树葬、电子墓葬等新式墓葬之外,太空葬等更新颖的安葬方式也在逐渐走进人们的视野。

4. 晚年相亲很积极

日本的独居老人越来越多长寿者也越来越多,想在晚年找到伴侣共度余生的人也在增加。日前,我偶遇一名老人,他坦率地拜托我帮他找对象,并希望对方是中国女性。一问他的年龄，竟然已经 72 岁了，可是他说他的母亲已经 90 多岁了，还很健康，他自己也可以再活 20 多年，甚至更长，所以希望能有一段美好的黄昏恋。

日本国势调查表明，2010 年，在 65 岁以上的老年人中独居者占 15.6%。出于对生活的不安、担心孤独死等原因，越来越多的老年人希望能够找到共度余生的伴侣。一家叫 "Zwei" 的婚介所专门开设了面向 50 岁以上老年人的婚介服务。因为 10 年来，50 岁以上来此寻找伴侣的人数增加了 2.4 倍。目前，该婚介所 50 岁以上的男性会员共有 4680 人，女性会员也有 1440 人。这家婚介所通过举办药膳相亲晚会、卡拉 OK 比赛等适合老年人的活动，为很多老人成功牵线搭桥。

日本的电视台最近也常常播放老年相亲节目。在相亲晚会上，每个老人都精心打扮，首先自我介绍，然后记下心仪的人，在交换座位时可以直接找对方详细交谈。有的老人为了提高成功率，还专门带上能证明自己经济收入的年金本；有的老年人在确定相处之前，先彼此交换健康记录等。过去，很多老年人虽然也想找个老伴儿共度余生，但是碍于社会观念、孩子的阻拦等原因只好忍耐孤独，有求偶愿望也不敢说。现在，不仅媒体积极报道，儿女的看法也变得相对宽容。各种老年人婚介机构的诞生，也让老年人求偶变得方便且自然。尽管老年婚介服务价格不菲，但是参与人数却有增无减。位于新宿的老年婚介所 "茜会" 老年会员也出现激增的现象。一般会员需要交纳入会金、登记手续费等共 30000 多日元，此后每个月还要交纳 10300 日元的会费。除此之外，每次参加相亲活动还需要另外交纳费用。这对于老年人来说并不便宜，但是入会者仍然有增无减。

日本老年人积极参与相亲活动不仅可以提高自身生活质量，还能为社会减轻负担。为此，日本社会对老年人的结婚和再婚也较为支持。不能不说，媒体的积极报道对提高老年人的结婚率和再婚率也起到了推波助澜的作用。

5. 老年公寓新趋势

社会老龄化是困扰世界的难题,同时也促使人们思考怎样才能让老年人晚年生活更幸福。日本政府在 2000 年 4 月推出了全新的"介户保险"制度,日本老年人可以享受到专业人士的照顾,并拿到政府补助。与此同时,这项政策也促进了私营养老机构的发展。如今的日本养老院、老年人看护中心等机构日益增多。公立和私立养老院的并存,形成良性竞争,让养老院等养老机构的服务变得更加周到。

日本新式养老院于 2012 年推出。这种新型养老院入住费一律 380 万日元。房间全部是单间,目的是让老人在此有"家"的感觉。共用空间采用木质结构建造,极具日本情调。餐厅明亮,还有咖啡吧、家人团圆专用室等。这里 24 小时都有专门看护人员值班。这些看护人员都是拥有国家资格的专业人才。这里的职员虽然都是专业看护人员,但是他们并不是什么都帮助老人干,而是提供最小限度的必要服务,力争实现如下目标:用尿布的人数为零,需要特殊洗澡服务的人数为零,需要利用食管进餐的人数为零,需要坐轮椅的人数为零。这个养老院提供的食品全都是有机蔬菜,并保证食材的安全。目前,日本的养老院除了令老人感到安全、安心、舒适之外,还注重照顾老人的精神需求。有的机构内还饲养了小狗、鹦鹉等动物,帮入住老人消除孤独,愉悦身心。

建在居民住宅区的小规模养老中心也在增多。通常,每天早上 9 点多,养老中心的小车便从各家把老人接过去。我看到这些小车的后面都带着个小凳子,司机停好车后立即拿出小凳子放在打开的车门前,方便老人们下车。这种地域型日托式老人中心既减轻了每个家庭照顾老人的负担,也让老人们有外出交友、参加各种社会活动的机会。这种日托式老年人中心大多由当地政府管理,并享受国家看护保险的补助。

过去日本的养老院数量不够,很多老年人排队等着入住。现在随着保险制度的完善,养老院的数量也在迅速增加。日本的养老院共分三种类型,一种是健康老年人通用型养老院,一种是住宅式养老院,还有一种是看护式养老院。这些养老院有国营的,也有民营的。费用从十几万日元到上亿日元不等。据日本厚生劳动省公布的资料,目前日本共有养老院大约500多所,但是由于社会加速老龄化,很多老年人想进入养老院却不能如愿。特别是价格较为便宜的国营养老院,要排队一年到数年不等。民营养老院也人满为患。由于存在商机,很多民营企业都在积极参与这一事业。新的民营养老院都采用新的经营方式。比如把养老院与幼儿园建在一起,老人们在帮助幼儿园老师照顾孩子的同时,也获得精神上的安慰。还有的养老院注重为老年人提供自我服务的空间,比如让老年人自己盛饭、自己洗澡等,并通过专人指导让老年人保持适量运动,防止肌肉老化。过去的养老院通过和附近的医院、个人诊所合作,为入住的老年人提供医疗服务。而现在,把医院、诊所设在养老院内,已成为新趋势。而且,这些设立在养老院之中的医疗机构都是24小时提供服务的,随时可以为老年人提供必要的医疗帮助。就像日本的公寓住宅趋向高级宾馆化一样,日本的养老院在完善医疗条件的同时,也正在趋向高级化、人性化。随着时代的变迁,日本老年人的生活也正在变得越来越舒适。

6. 养老机构种类多

养老不仅是社会需要重视的问题,也是政府需要认真对待和解决的问题,日本政府通过《老人福祉法》来保护老年人应享有的合法权益。据日本总务省统计局公布的数据,目前日本大约有将近3千万65岁以上的老年人。老龄人口的增多让日本的养老问题日益严峻,日本政府不断通过新法并且修改已有的相关法律,改善老年人生活。

日本和中国一样,是个以孝为先的国家。因此,只要可能,大部分老人都希望能够晚年在家中养老。一般来说,应由长子承担赡养父母的义务。但是日本的老年人比较好强,只要自己还能活动就独自生活,尽量不给儿女增添负担。所以,日本政府设立了很多只在白天为老年人提供服务的养老服务中心。服务中心的职员开着小车到居民家中去接老人,也有自己家开车送老人来的。为了方便腿脚不便的老人下车,服务人员都事先准备好踏脚蹬,并搀扶着老人进屋。日托式养老服务机构是当地政府为老年人提供的免费养老场所。政府规定,年龄在65岁以上、身体上或者精神上有疾病、不能自理日常生活的老年人才可以享受这项福利。这里为老年人提供健康午餐、洗浴、身体机能训练等服务。这些老年人虽然有轻度疾病,却依然能够在家中和亲人一起生活。

日本的老年人服务机构多种多样。由政府设立的免费机构,除了有老人日托服务中心之外,还有老人短期入住院、养护老人院、特别养护老人院、少量收费老人院、老人福利中心、老人看护支援中心等。其中养护老人院、特别养护老人院、少量收费老人院,可供长期居住。其中只有特别养护老人院配备有专业的看护人员,照顾老人的日常生活。2000年,日本颁布了《看护保险法》,民间企业被允许经营养老院。此后,民营养老院发展非常快,据不完全统计,其数量已经达2千家以上。民营养老院与国营或者地方政府经营的免费养老院不同,完全商业化经营,费用昂贵,价格从每年数百万日元到数千万日元不等。东京驹达的一所民营养老院,入住时需要先缴纳900万到1千万日元的保证金,此外每个月还要再支付21万日元。尽管昂贵,很多单身贵族到了晚年,还是会卖掉全部房产住进来。日本的民营养老院大致分为三种类型:全陪护型、住宅型以及健康型。住宅型或者健康型的养老院费用相对低廉,适合生活能够自理的老夫妻或独居老人居住。这样的养老院并不提供饮食,却有相应的医疗条件,可以为入住的老人提供24小时服务,因此很受欢迎。养老院是否提供医疗服务很重要,但是随着在普通住宅区生活的老年人口数量的增加,医疗条件也成为衡量住宅环境优劣的一项标准。日本的开发商都在下力气提高住宅的吸引力,在住宅小区建设"医疗集中设施"成为一种新潮流。让各种各样的医院都集中在小区内,很受居民,特别是老年人的欢迎。有些大型购物中心也开辟出专用区,让各种各样的诊所集中一起,让人们在购物时可以顺便看病。

日本的养老机构多种多样,但是也存在很多问题。国家和地方政府的养老机构数量远远不够,据说,申请后需要排队数月到一年以上才能入住,而民营养老院虽然不用排队,费用却相当昂贵。此外,还有陪护人员严重不足等问题。为此,日本议员还在积极提案,要求政府增加补贴,改善陪护人员的待遇,通过立法改善日本的养老环境。

日本最早的养老院建立于 1895 年。一名英国人在东京设立了日本第一
所只接受女性的养老院。此后,日本政府将养老院纳入政府管辖范围,并通
过颁布《生活保护法》将养老院的改称为"老人施设"。1963 年,日本又制定
了《老人福祉法》,将"老人施设"改称"老人之家",一直沿用到现在。目前,
日本的老人们可以根据自己的身体状况、经济实力等条件选择养老院。日本
法律规定,老人福祉设施主要指老人日托服务中心,短期入住、养护老人之
家、特别养护老人中心、廉价老人之家、老人福利中心、老人看护支援中心。
这些机构针对老人的身体状况和需要帮助的程度提供不同的服务,比如,是
否需要全程看护,能否自己洗澡,以及本人的经济条件等。以老人日托服务
中心为例,申请入住的老人必须具备以下条件:

> 1、符合行政规定的入住条件者(如年龄在 65 岁以上,身体或者
> 精神不正常导致日常生活不能自理等)。
> 2、符合看《护保险法》以及其他行政法令的人员。

老人们需要根据自己的具体情况提出申请,经过当地政府审批后,符合
条件方能入住。由于老人数量过多,日本政府以福祉为目的设立的各种养老
机构无法满足需要,于是民营的收费养老机构也越来越多。民营的养老院大
致可分为"带全看护""住宅式"和"健康式"三种。入住收费老人公寓也可
以享受国家设立的看护保险,但是政府对个人支付的保险金直接由养老院
领取。全看护型的老人公寓费用非常高,一般入住金就要几百万日元甚至几
千万日元,还有收费一亿日元的养老机构。超豪华的老人公寓环境就像五星
级宾馆,属于有钱人的专利。

通过立法保障老年人晚年生活,有效地维护了老年人的合法权益,让民
营养老机构有章可循,有法可依,避免了养老机构以赚钱为目的的经营。有
些地方政府正在试图把养老机构设立在稍偏远、地价比较便宜、人口稀少的
地区,为养老事业的发展做出新的尝试。

7. 摸索高龄社会新模式

由于日本政府推迟了养老金支付的年龄,由过去 60 岁开始领养老金变成 65 岁才能领取。日本很多公司推迟了退休年龄,还有的公司实施了返聘制度,更有社区试图创建世界最先进的老龄社会模式。

东京近郊的柏市约有 40 万人口。随着退休人口的增加,预计每年大约有 4 千名高龄者返回此地居住。其中有个大型居民小区有 4700 户居民,老年人口占 40%。东京大学老龄社会综合研究机构在此设立老年人生活试验区,通过为老年人创造就业机会,提高老年人的生活质量。该研究机构特任教授秋山弘子已经开始实行一项新试验,她把农业、食品、保育等领域的相关工作整合起来,为老年人创造良好的就业、生活环境,并在此基础上提供适当的生活帮助与社会服务。此实验具体操作为,在居民区内开设一个特别护理老人院,这个老人院的工作都由退休后还有工作能力的老人承担,并充分考虑到老年人外出旅游、照顾子孙等生活需求,一项工作由 5 名老年人承担。这样一来,5 个人可以通过协商合理串休。同样,院内还有一家咖啡店也采取同样的工作方式,做饭、倒茶、销售、清洁卫生等工作,由 30 名老年人轮流完成。这种工作模式让大家都可以得到充分的休息,又能领取适当的工资,同时又能感觉到为社会发挥余热的满足。他们还充分利用 iPad 等工具制作并共享工作时间表,即使有人需要紧急变更工作时间也十分方便。日本的幼儿园存在教师不足问题,为此,该居民区的幼儿园也专门招募老年人,让他们作为辅助人员帮忙看孩子。老人们既可以为孩子们读书,也可以看护孩子们防止其在玩耍时发生危险,减轻了幼儿园老师的工作负担。此外,当地政府还打算让招募老年人工作的企业与东京大学老龄社会综合研究机构联合起来,定期为当地老年人举办招聘会,帮助想工作的老人尽快找到工作。目前,已经有 200 多名老人登记在册,希望能够在退休后继续工作。这项计划还将研究老年人工作与健康之间的关系,并试图将这种工作生活方式模式化,向全国推广。

日本政府还制定了《高龄者雇佣安定法》,确保老年人可以延长退休年龄,保证他们在领取养老金之前能有稳定的收入来源。此外,还有部分公司干脆取消了退休制度。这些公司认为,老年人虽然到了退休年龄,但是他们丰富的经验和精湛的技术是非常宝贵的。所以,只要本人身体状况良好,并希望继续工作,企业就会一直聘用下去。

8.年轻人与老年人合住很时髦

在日本,大多数独居老人的生活都比较宽裕,住房也很大,只有一个人或者只有夫妻俩居住便显得空荡荡的。年轻人收入少,又不想在住房上花费太多。为此,日本有些NPO组织以及一些商家开展了让年轻人和老年人共同居住的业务,颇受好评。

目前,与年轻人同住一个屋檐下正在成为高龄者的新选择。对于独居老人来说,可以不离开自己常年生活的老屋,又能增加一些收入、消除孤独和独居的不安。对于年轻人来说,与老人同住不仅房租低,也相对自由,不用准备很多家具。如果入住后感觉不适应,也容易搬走。独居老人把空房子租住给年轻人可谓一举两得。神奈川县伊势原市的"共居屋榉"就是这样一所住宅。主要有女大学生和独身的七八十岁独身女性共同居住。在此居住的老人说,和年轻人一起居住能够感到年轻人的朝气,精神上很愉快。而且,很多大学生毕业后也会常常回来看望老人,或者帮助照看生病的老人。老人与年轻人一起居住好处多多。网上还有一个NPO组织在募集入住者。一套三室一厅的房子,通常招募一名老年人与两名年轻人前来居住。

神田的神明神社是日本著名的观光胜地,每年都要举行古代的传统节日的庆贺仪式。可是近年来,老龄化问题严重,街上的年轻人越来越少,过节时,没有年轻人抬"神兴"了。"神兴"就是"神"的轿子。和中国的"神"不同,日本神社里的"神"每年都要被抬出来,在大街上转转,为民"消灾祈福"。由于人手短缺,古老的节日面临危机。为此,神田区专门建立了面向学生的公寓,以低于市场20%左右的价格招募年轻人入住,条件是必须参加当地的节日并抬"神兴",参加防灾训练,年末为地区居民进行防火巡逻等。

9. 特殊的招工广告

一则新奇的招工广告在日本网络成为热门话题，其他各种媒体也纷纷报道。这主要因为招工广告的应聘要求前所未有，十分新奇。这则广告是京都一家腌咸菜的老店"又寅"刊登的。招募临时工的广告上写着如下内容：

> 工作：只要坐着就行。
>
> 年龄：80 岁以上。
>
> 备注：精力不充沛的人可睡午觉。
>
> 工资：1000 日元 / 小时。

这则广告被一名居住在大阪的主妇看到，觉得十分新鲜，于是将广告拍照，并传到推特上，还发表了自己的感想。她说，我要是再多活 40 年就好了。她的推特因此走红，大约 5 千多人发表了类似的感想。事实上，这个新奇的广告早就被朝日电视台作为奇闻轶事报道过。原先，店主的母亲一直穿着当地的民族服装，在店门口坐着。老人和蔼的形象，成为店里的招牌，效果胜过年轻姑娘。可是老人在 89 岁时去世了。店里就缺少了可爱的老人，于是，店主在母亲病重期间就贴出了招募广告。之所以希望招募 80 岁以上的老人，是因为现在的许多老人都看起来比实际年龄年轻，穿上民族服装后像艺妓似的，显得很滑稽。店主说，还是老人好，可以让客人感到回家般的亲切，所以特别要求高龄人士。他还说，别看只是坐着，这对老人的体力消耗也是很大的，这个工作并不像想象的那么容易。目前，店主还没有招募到满意的人，只好在门口放了三个假人，并同时播放招牌大娘的录像，据说，这样与老人亲自坐在门口有类似的效果。

10. 老年人讲座花样多

在日本生活，每周都能收到当地政府发行的免费报纸。这种当地政府发行的报纸旨在让民众了解政府的工作内容,当地的各种通知,加强市民之间的交流等。其中有个栏目很吸引我,那就是免费为各种公益活动乃至讲座刊登的广告,还有个栏目专门刊登当地政府为老年人举办的各种讲座,都是比较实用的小知识和技能。

当地政府为老年人举办的各种讲座包括电脑使用方法、手机活用方法等内容,重点在帮助老年人学会用电脑上网、发邮件等。此外,还有知识讲座,如插花讲座、为退休男性举办的男士料理讲座等。费用基本为零,最多收取一点材料费。当地的废物再利用中心也举办各种面向老年人的讲座和活动。比如废物再生技术、旧服装再加工技术等。这些讲座都是不定期的,比如电脑讲座分几个课时,限制听讲人数。老年人可以根据自己的需要报名,主办方会根据具体情况适当增减讲座的次数。另外,很多保健所还为老年人举办保护牙齿、健身、防止生活习惯病等与身体有关的讲座,帮助老年人认识到健康的重要性,旨在提高老年人的健康意识,减少医疗费,益寿延年。

此外,日本还有一种民办的类似老年大学的机构,统称为"文化中心"。"朝日文化中心"举办各种面向老年人的兴趣讲座,俳句、书法、手工制作等无所不有。70多岁的西田大娘参加了一种"水引"手工编织的日本传统工艺讲座。"水引"就是一种特殊的线绳,有红色、金色等颜色,日本人赠送红包、商品券等礼品用的信封一定要用这种水引编织的装饰,表示庆贺。西田女士非常喜欢水引编织,她说学习用水引编织不仅可以预防老年痴呆症,还能通过活动,接触到很多同龄人,让她感到非常愉快,而且学会了这种技术有时候还能换些零花钱。有些公司会向她所在班级的老师订货,那么她们这些成手就可以分到一些活儿,既能丰富生活又能有点儿收入。日本类似西田这样的老人很多,他们把参加各种讲座看成是预防老年痴呆症的有效手段。因此,老年讲座在日本总是很受欢迎。

11. 老年人市场受重视

日本的老年人生活很丰富。他们有的爱上了游戏厅,有的爱上了园艺。而许多行业也将银发经济看作新的发展点,为老年人提供各种休闲娱乐活动。

千叶县船桥市有一家面向老年人的购物中心。大约1600平方米的购物中心集中了众多面向老年人的商店。为了满足老年人的需要,这里的超市以小包装售卖蔬菜、熟食等食品,同时还以健康、制作简便为原则,为老年人提供半成品小包装蔬菜。医疗、化妆品销售柜台则配备专属的化妆师,为老年人提供美容健康咨询。此外,考虑到老年人的兴趣,还设有钓鱼用品店,老年人专用鞋店等。为了满足老年人的特殊要求,购物中心的咖啡店还播放古典音乐,并定期举办爵士乐现场表演等。很多老年人来此后感到非常舒适。有人说,过去,许多饭店一份饭的量都很大,买了吃不了很浪费。咖啡店里也总是播放流行歌曲,老年人听不懂。现在好了,来到这个购物中心待上一整天也不会腻烦。ERON公司还打算在全日本开设专门针对老年人的连锁咖啡店,除了店内装修注重舒适典雅之外,他们还考虑到老年人的习惯,放置多种报刊和杂志,且注重咖啡等饮品质量,以满足老年人的需求。过去游戏中心只是年轻人的天堂,现在一些老年人也从中找到了乐趣,成为游戏中心的常客。他们到那里一待就是一天,既可以和年轻人或者其他老年人聊天,也可以动脑动手玩一些适合他们的游戏。这令他们很开心。

《每日新闻》报道,一所大学的园艺学课程本来是为年轻学生开设的课,现在也对老年人开放,并招收了27名"老学生"。这些学生学时为两年。为了纪念毕业,这27名老人决定用学来的技术为一所学校免费修剪树木。这些老人不仅仅是因为喜欢园艺,更是为了愉快地度过退休后的生活。有人想重温校园梦,也有人是因为年轻时没有上过大学,所以想利用晚年大量的闲暇时间,寻找当一名大学生的感觉。现在,对老年人敞开大门的正规大学越来越多,特别是在语言学的课堂上,黑发青年与白发老人同坐一桌的场景并不稀奇。这些语言专业课程对老年人入学没有严格的标准,也不设置考试,大大方便了老年人入学。而为老年人开设的如园艺这样的专业课不仅缓解了少子老龄化造成的学生短缺危机,也为老年人提供了新的活动场所和新的生活内容。

千叶县的地方政府还为老年人举办了解当地历史文化的活动。组织老年人步行了解当地的景区、建筑等。有专门的讲解员讲解，老人们自由参加。这样的活动在日本比较普遍，很多地方都有。活动很受当地老年人欢迎，他们常常自愿报名参加，并自带饮用水、食物等。这样的漫步既可以锻炼身体，也可以了解他们所居住地区的人文历史，有的老人还成为志愿者式的讲解员，不仅为其他老人讲解，也为年轻人讲解，成为当地历史地理人文知识的传播者，不仅丰富了老年生活，也让他们感到自己老有所用。

12. 创下世界纪录的 105 岁

一位 105 岁高龄的老人成了新闻人物，引来众多记者采访。他就是百岁之后，前往海外旅行次数最多，并因此申请吉尼斯纪录的老人。虽然 105 岁了，但他仍然红光满面，身板硬朗。至今还坚持工作。还常去海外进行讲演，传播他保持健康的秘诀。

这位长寿老人名叫升地三郎，2011 年正好 105 岁。他居住在福冈市南区，是一家残障儿童福利院的院长，还是一位经验丰富的教育家。他说，自己这么一把年纪，还能如此健康，主要靠以下几条经验：一是保持微笑和幽默，保持乐观。既要自娱，也要娱乐他人。二是吃饭时坚持细嚼慢咽，一口饭菜至少咀嚼 30 次才下咽。三是每天坚持写日记，保持旺盛的生命力。

日本是长寿大国，长寿研究也十分兴盛。著名脑科学画像诊断分析家、医学博士加藤俊德是通过人脑图像进行诊断的开创者。他看过升地三郎 104 岁时的脑部图像，说那简直是惊人的。加藤博士在过去 20 年间，共搜集了 1 万多人的人脑图像，并加以分析。他说，从升地三郎的大脑图像上，不仅看不到因为年龄大而出现的轻微脑梗塞，而且思考、视觉以及记忆脑区都非常发达，没有任何衰老迹象。目前，日本医学界认为，老年人的身体疾病会对大脑造成不良影响，导致痴呆症甚至死亡。由此推断，身体健康的老年人头脑也一定健康。人的大脑中也隐藏着长寿的密码。

13. 老人如何排遣烦恼

老年人的增多自然带来很多社会问题,寂寞孤独就是严重的社会问题之一。老龄化的日本,常常发生孤独死,很多人老年人病死多日甚至一年后才被发现。此类事件让日本社会开始重视老年人孤独的生活。于是各种各样的志愿者组织、服务应运而生。部分日本地方政府开始派专人负责对老年个人住户进行家访。他们基本上每天都要敲敲独居老人的门,并和他们简单地聊聊家常。秋季是日本的小学举办运动会的季节,每个学校的运动会都要给老年人设专用的敬老席,有的学校还搭起帐篷供当地老人和来宾就座。这样做当然是为了表示对老年人的尊敬,更重要的是为了教育孩子们敬老。2011年夏天,由于遭遇核电站灾害,全日本都在提倡节电,很多老年人因为独自在家没有开空调而中暑。于是,京都市政府把公民馆等政府机构对外开放,室内开空调并备有矿泉水等解暑饮品,由专人领着前来消暑的老年人做集体游戏。这样的活动很受老年人的欢迎。他们说,把消暑和排遣寂寞结合起来让他们非常高兴。日本的地方政府的作用也在于此,并非只是做行政指导,而是要随时解决居民的切实问题。

科技领域也在积极开发新产品来解决老人孤独寂寞的问题。目前有一种叫"安慰式机器人"的产品已经投放市场,主要功能是与老年人聊天。这些机器人外表看上去就像毛绒动物玩具。比如,有一种做成可爱海豚形象的聊天机器人。这个机器人海豚可以陪老人说话,并把老年人的生活情况及时发给监控中心。此外,一些做盒饭的公司也教育职员,不能仅仅给老人送饭,还要积极和老人说话、询问其健康情况等。虽然和老人说话的时间并不长,却可以让老人精神放松,体验到和他人交流的快乐。售卖盒饭的公司通过这样的方式提高了服务的附加值,把老人们变成了长期用户,可谓一举两得。

对于经济基础较好、夫妻双方都健在的老人来说,参加各种社团活动、主动和他人交流,也成为排遣寂寞的好办法。健身中心可以说是老年人排解寂寞的乐园。一位82岁的老太太几乎每天都去健身房。她说,自己来这里不是为了健身,而是为了消除寂寞,找人说话。年龄大了,她已经不能运动了,但是仍然每天都去，就是为了在澡堂里和人说话。这让很多人都认识了她。日本人认为，常常聊天还可以预防老年痴呆症，因此呼吁家人多和老年人说话，当然也应该提高老年人自我参与意识，让他们主动走向社会，参加如卡拉OK、跳舞等活动。主动与他人交流，有利于排遣老年人内心的寂寞。

·第八章·

环境保护有新风

日本是个环保大国，有很多先进的技术和经验，但这也是用沉痛代价换来的。很多人感叹中国的环保发展速度跟不上经济发展速度。这很正常。日本也曾经有过环境欠佳的时代。现在干净整洁的日本，也经历过长期的环境治理，其经验极具参考价值。

1. 怎样处理"地沟油"

日本菜肴中常见油炸食品,以油炸食品天妇罗为主打菜的饭店也非常多,废油处理在日本是一件大事。日本是个很注意废物利用的国家,对"地沟油"的处理也不例外,管理很严格。

在日本最大食用油公司之一的日清食品公司的网页上,有一个专门说明如何扔掉食用油的栏目。说明上首先警告,严禁把废油直接倒入下水道,这样不仅会破坏水质,还会造成下水道堵塞。接下来告诉人们几种废油的处理方法。一种是把用过的牛奶瓶当作废油容器,将冷却的食用废油倒入牛奶瓶内,然后用胶带封口后直接作为可燃垃圾扔掉。为了防止自燃,一定要在其中混入一些水,或者把废弃报纸等吸油性废纸放入不漏的塑料袋中,把凉油倒入,再混入少量水,这样就可以将其当成可燃垃圾扔掉。日本的超市还销售一种废油凝固剂,只要把凝固剂放入废油中,废油就会变成一块硬饼。那凝固的废油饼,就可以直接扔进垃圾袋了。这是日本大多数家庭较为常用的废油处理方法。随着环保意识的增强,由当地政府统一回收废油的地区也在增加。广岛县甘日市银发人才中心就开展过回收家庭废油的活动。具体活动方法如下：把废油中的食物渣滓除去，冷却后倒入喝完的大饮料瓶中，盖紧盖子后连瓶带油一起送到该中心的回收箱中。静冈市清水区在全区开展家庭食用废油的回收活动。具体方法是在各个地区设置回收箱，再由当地政府出车统一收集后处理。

日本有很多天妇罗专卖店，还有油炸食品小摊和店铺，这些地方常有大量的废油要处理。很多民间企业由此看到商机，纷纷开展回收废油的业务。REVO INTERNATIONAL 株式会社从 1995 年就开始回收饭店的废油。该公司业务遍布日本，不管店铺在哪里，只要装满一斗的容器，打个电话，该公司就会上门收废油，而且不收取任何费用。目前该公司已经和 17000 家店铺有业务往来。此外，该公司还可以根据客户的情况，按照对方约定的时间，定期前往回收，如每周一次、隔周一次、一个月一次等，这样就免去了顾客每次都要打电话预约的麻烦。但这种回收方式不能混入大量食物和水分。否则就无法进行精炼了。该公司还可以根据店铺的情况，提供装废油的容器。原则上该公司只回收用金属桶装的废油，所以如果保管废油用的是塑料容器，公司就会将油倒入自带容器中，只回收废油。

REVO INTERNATIONAL 株式会社还用获得了专利的技术对回收的废油进行加工处理，首先要去除杂质和水分，然后加入触媒，加工成可代替汽油的燃料。其产品被京都交通株式会社等重视环保的公司购买，价格视地区不同而有一定差异。此外，还有的公司把废油加工成饲料、涂料、制作轮胎的添加剂、制造脂肪酸的原料、工业肥皂等，还有一种技术把废油恢复到石油的状态，然后用其生产制造各种塑料制品。

日本的食用油种类繁多，走进任何一家超市都可以看到食用油的专柜。这些专柜通常占地面积大，位置也比较醒目。随着人们对健康的要求不断提高，健康食用油日渐受到人们的青睐。

日本早在绳文时代（公元前 12000 年～公元前 300 年）就有了栽培芝麻的纪录。此后，大山崎离宫的八幡宫的神职人员首次榨取了芝麻油。公元 645 年以后，日本皇宫让民众缴纳芝麻油和麻子油代替税金。之后，菜籽油被发现，榨油技术得到普及。但是，用油炸制食品，还是向中国学来的经验。在奈良时代(公元 710 年～公元 794 年),寺院的和尚如果只吃蔬菜会脂肪不足,因此,和尚模仿中国人,开始用油炸食物吃,此后油炸食品逐渐传播到民间。最初的食用油还仅仅限于芝麻油和菜籽油,到大正时代(1912 年～1926 年)末期,出现了色拉油。起初,日本人手工榨油,将菜籽晾干之后,磨成粉末,再用油镖榨油。现代则主要使用大型机械榨油。日本从 1886 年开始用机械榨油,制油公司也开始出现,制油发展成一项重要的产业。目前,日本的食用油几乎都是菜籽油或豆油。以这样的油为主,日本的制油厂还推出了多种健康食用油。以日清食品公司为例,该厂生产了一种不容易在人体内蓄积的油,可以起到辅助减肥的作用。此外,还有一种油能够减少血稠的发生。这种健康油已经获得了日本消费厅的认证,成为特定保健食品。该厂拥有独创的制油技术,可以把制油过程产生的酸化减少 30%。比起传统的菜籽油或者豆油,日本的健康食用油更受消费者的青睐,新开发的健康食用油尽管价格稍微高一些,但是仍然有着广阔的发展前景。

金城学院大学药学部奥山治美教授研究小组,主要研究食用油与健康的关系,他们发现以植物为原料的食用油对人体健康的益处有限,而且容易引起脑梗阻、高血压等疾病,相反,动物性油脂却比植物性油脂更益于人体健康。

2. 日本人爱用环保袋

日本人是比较节俭的。随着环保逐渐受到重视,人们的节俭意识、废物回收再利用的意识也越来越强,人们想出很多既节俭又环保的方法。环保袋就是其中之一。

日本的环保袋多种多样,外观也越来越漂亮适用。一家服装店举办的新年促销活动就很新颖。和往年不同,店家给顾客的优惠并不仅仅是减价,而是让顾客花上 500 日元买一个环保袋,凭环保袋就可以享受店内商品减价 30% 的优惠。环保袋漂亮且实用,用结实的帆布做成,成本远超过 500 日元。这样,店家既推销了自己的商品,提高了店铺形象,还普及了"少使用塑料袋"的环保理念。走在日本街头,特别是在超市买东西时,可以发现自带环保袋的人越来越多,而超市也在积极推广使用环保袋。一家叫成田屋的超市,从去年开始,为自带环保袋的顾客提供优惠。自带环保袋的顾客可以获得减少2日元的优惠。2日元在日本微不足道,就像中国的2分钱,但是这表现了一种环保的生活态度。目前这种超市越来越多,遍布日本。但是超市并不因此而不提供超市专用塑料袋,有些超市实行了收费塑料袋制度,按照袋子的大小收费。

据日本环境省公布的资料,日本每年最多使用大约300亿个超市塑料袋。制造这些塑料袋需要60万公升的原油,排出垃圾量达60万吨。为此,日本环境省呼吁人们减少使用超市塑料袋,而尽量使用传统的"包袱皮"。古代的日本人觉得,制作和服后剩下的布料扔掉可惜了,于是就用剩下的布料当包袱皮。奈良时代,人们主要用包袱皮来包衣服,随着时代的变迁,包袱皮成为一种文化,也被用来包礼物。后来,由于现代技术的发展,包袱皮逐渐被塑料袋等制品代替,几乎从生活中消失了。现在,随着环保意识的增强,可以反复使用且具有传统文化内涵的包袱皮重新受到瞩目。节省包装、简洁包装渐成风气。超市购物专用的可长期使用的环保袋也应运而生。

目前,日本的环保袋样式越来越多,也成为超市的一道特殊风景。各超市为了突出自己的特色,一般都设计带有自家商标的环保袋,并一直放在超市一角,供人们自由挑选购买。有的厂家还推出各种颜色、各种图案的环保袋,比如北海道的"白色恋人"也设计了带有自家公司产品宣传画的环保袋。还有一种可折叠的环保袋,因为便于携带,也很受欢迎。人们去超市常会购买生鲜食品,因此具有保温作用的环保袋也已经上市。

最近,日本的食品流行新式包装,力争既保鲜又方便,还要环保。豆浆是人们生活中常见的食品。某品牌豆浆的包装,让我成了这个品牌的粉丝。豆浆盒外面贴着一个小口袋,口袋里面装着一个小塑料管状的"瓶口",喝的时候只要把这个"瓶口"往盒子上面的标记处一插就行了。使用完毕再把"瓶口"取下。这样一来,盒子就可以直接扔进可燃烧垃圾袋,瓶口扔进塑料垃圾袋就行了,既方便实用,又便于垃圾分类。豆苗虽然好吃,但是为了保鲜,日本人总是把豆苗的根部也一起装进塑料袋运到超市。为此，商家为了方便顾客切除豆苗根部，在包装袋上留出切割线，需要保留的部分是透明的，不需要的部分就用带颜色的非透明塑料遮掩起来，这样一来，不仅看上去美观，也让消费者不必费心考虑该从哪里切断，顺着透明与非透明的分界线切开就行了。而且一袋豆苗可以连续吃两次。包装袋的根部还有很多种子，只要将其泡在水里，就会再长出豆苗来，和买的时候一样多。类似的包装十分常见，金针菇等需要切除根部的蔬菜也都是这样包装的。

饮料瓶也有多种便民环保包装。比如，有的塑料瓶饮料的瓶盖拧开后不会完全与瓶子分离，而是与瓶子连在一起，这样当你喝不完饮料的时候，可以随时盖上盖子。以前的瓶盖都是和瓶子完全分离的，消费者反映那样常常丢失瓶盖，饮料没有喝完，可想要盖上盖子的时候却找不到盖子了。于是厂家便根据消费者的意见发明了不会丢失瓶盖的塑料饮料瓶，也让饮料的销量大增。日本还流行立体包装的新鲜蔬菜，如色拉菜等。立体包装就是把普通塑料袋的形状变成立体三角形，并在里面充上空气。这样既减少了蔬菜之间的挤压，避免损坏鲜度，也便于撕开，更减少了硬质包装，让垃圾减量。过去，日本人只注重包装外观的华丽，而现在，既保鲜又环保的立体包装正逐渐成为包装行业的新潮流。

随着环保意识的提高，尽量回收再利用各种容器成为一种趋势。而简易包装已经得到普及。

从 2013 年 8 月起，东京为了减少包装容器废弃物的量，减轻环境负担，开始了一项新的实验，那就是在销售食品时鼓励人们自带容器，或者使用可以反复使用的容器。过去寿司等食品都使用一次性容器包装销售，现在则使用可以反复使用的容器包装，即顾客购买食品后可在下次来店时把容器带给店家，或者洗干净后继续使用，店家更欢迎顾客自带碗、盆、盒子等容器。这样的实验销售模式可以减少垃圾，有利于环保。日本人曾经喜欢豪华的包装，但是过于繁杂豪华的包装会导致垃圾增多，破坏环境。因此，全日本开始普及简易包装。目前，除了赠送礼品，各家点心铺的点心就用最简单的纸盒子包装，服饰店的服装则直接装入塑料袋。现在还提倡自己带兜子，所以，顾客买东西后,店员一般都会询问是否需要店家的袋子,这已经成为一种风尚。即使是礼品包装也提倡简易包装。我在一家大型百货店购买了一条围巾,提出希望作为礼品来包装。店员只用了彩色的纸袋子和一条缎带包装。如果要求豪华,那就要另外付费。即使要求用纸盒包装,也要另外支付 50 日元到 100 日元的费用,具体根据纸盒的大小定价。

3. 垃圾收费成趋势

在日本生活,扔垃圾很讲究,不仅因为规则多、分类细,还因为日本从垃圾的回收到处理都很科学、很环保,收费垃圾的规则更多。

日前,我因为搬家,需要扔掉很多大型家具。这让旅居日本的我第一次有了扔收费垃圾的体验。首先,在网上找到当地政府的收费垃圾热线。打通电话之后,一位热情的女接线员详细询问要扔垃圾的形状、大小和尺寸。因为收费垃圾是按照尺寸收费的,主要根据长、宽、高收费。家里要扔掉的书桌按照尺寸,需要交纳 800 日元。确定了价格之后,对方就会告知回收的日期。然后,我要去附近的 24 小时便利店购买 800 日元的"粗大垃圾券"。这些券都是带不干胶的。把券贴在要扔掉的书桌上,并在回收日之前放在自己家门口,到时候就会被取走了。如果想自己把这个书桌送到"粗大垃圾回收站"的话,费用可以减半。如果不喜欢打电话预约,也可以直接通过网络预约。

除了政府的有偿回收之外,日本还有一些个人和公司专门回收一些家用电器类垃圾,这些个人或公司每天开着车在住宅区里转。一台电视机从 500 日元到 1200 日元不等,有的公司不讲价,有的公司可以讲价。基本上价格要比政府的稍微贵一些。还有的公司打着免费回收的牌子,但是实际上到客人家后,会再找各种理由收费。因此,大部分人为了避免麻烦,还是喜欢用政府的回收站。

人们的生活越来越富裕,生活垃圾也越来越多。因此,生活垃圾的收费也成为现实问题。1993 年到 1994 年期间,日本厚生省和环境厅为了减少垃圾的数量,提高人们的环保意识,增进垃圾的再利用,便参照世界环保技术先进国家的经验,在国会上提出了生活垃圾收费的提案。事实证明,北海道伊达市在实施回收垃圾收费的两年后,垃圾总量减少了30%。以此为契机,日本各城市都逐渐建立了垃圾有偿回收制度。

4.没有垃圾可扔的小镇

德岛县的上胜町是个风光秀丽的小镇。这里有美丽的自然风光和怡人的温泉。小镇最具特色的,是这里的垃圾处理方式。小镇的居民在2002年发出的"零垃圾"宣言,彻底改变了当地人的生活方式,也引起日本其他地区的关注和效仿。

"零垃圾"宣言并非仅仅是要实现合理处理和重新利用垃圾,而是从根本上改进人类扔垃圾的方式,尽可能不扔垃圾。因为燃烧处理、掩埋处理,以及垃圾的再生都需要使用很多其他资源,如果处理不慎还会产生有害物质,污染水质。因此,上胜町自主设立了"零WASTE"宣言目标,到2020年为止,逐渐实现不扔垃圾。为了减少垃圾,该镇居民尽可能购买不含有害物质、用可回收原料制成的日用品,也尽量避免使用一次性容器。上胜町的垃圾站管理非常严格。居民要在专家的指导下,把垃圾细分成34种,如果有居民不知道如何分类,除了可以看指南之外,还可以咨询专家。垃圾箱上都写着这些东西将被送往何处,最终变成怎样的商品。了解这些,能促使人们主动给垃圾分类,减少乱扔垃圾的现象。比如,玻璃瓶虽然都是玻璃的,但有的却有金属瓶盖,有的没有金属瓶盖。这两种瓶子就不能一起扔掉,而应该放在不同的垃圾箱中。金属也有可回收和不可回收之分。如铝合金的易拉罐和一般铁就要区分对待。在上胜町,仅仅是回收金属的分类就有四种,而玻璃瓶也按照颜色用途等分为四种。纸类也分成报纸、纸盒箱子、杂志、复印纸。但是如此细分很容易让人感到麻烦,于是垃圾场会尽量把有关的垃圾箱放在一起,避免人们为了垃圾分类而到处走动。一般人在扔报纸的时候,都习惯用尼龙绳捆绑,但是上胜町的人们却使用纸绳捆绑,而这些纸绳都是用废弃的牛奶盒制作的。纸绳比用其他材质的绳子更容易加工,可以省掉很多工序。

和日本其他地区不同，上胜町的居民每天都可以扔垃圾，而其他地区则只有在规定的日期才可以扔。此外，上胜町的垃圾分类场旁边还设有旧物商店，这里专门替居民销售闲置物品或提供免费的二手货，同时垃圾分类场内还设有一个老年人看护预防活动中心。这里的老人们会用废弃布料等闲置物品制作各种日用品，如兜子、布艺工艺品等。这样既可以预防老年痴呆症，也有利于资源的再利用，还可以创收。

2020 年，上胜町将变成一个没有垃圾燃烧炉、没有垃圾处理厂的生活区。这样做不仅可以减轻处理垃圾给居民造成的经济负担，还会因为资源回收、加工、再利用而增加劳动机会。目前，"零垃圾"活动正在向日本各地推广，很多地区都在摸索减少或者不产生垃圾的新生活方式。

5. 自带水壶成文化

日本人很喜欢带水壶外出活动，如参加郊游、运动会等。但是随着瓶装饮料的普及，水壶的使用有减少趋势。近年来，随着环保意识的提高，水壶又成为人们关注的对象，使用水壶渐成风尚。

日本"关注地球计划"机构推广了一项自带水壶的活动。这项活动主要是让人们外出上街时自带水壶，而不是去买瓶装饮料。为了给自带水壶的人们提供方便，该机构联合大约 30 多家店铺，免费为自带水壶外出者加水。这项活动自 2004 年开始，已经连续举办了数年。该活动的组织者在接受日本媒体采访时表示，这项活动主要是希望人们能通过自带水壶，去思考人与水的关系，建立一种新的生活方式。由于这项活动本身既可以减少垃圾，有利于环境，又经济实惠，所以参与者连年增加。与此同时，一些水壶制造厂还纷纷推出新设计的水壶，并将其称为"我的水壶"。水壶设计追求实用新颖，让人们感到这水壶就是自己想要的，是独一无二的。

目前，日本的 11 个都、道、府、县的 70% 以上的小学都允许学生带水壶上学。《朝日新闻》报道，日本各地的茶叶店也向自带水壶的顾客免费提供新沏的绿茶。这主要是因为瓶装饮料导致茶叶的销量减少，因此，日本的茶商试图通过这种方式强调绿茶的好处：自己沏茶不仅味道好，也不用一次性容器，非常环保。茶商的这一做法是顺应社会发展趋势的。瓶装饮料品种繁多，新品不断上市，人们在享受这些新商品的同时，也注意到垃圾在增多，给地球造成了严重负担。于是，日本人开始对一次性容器的过度使用进行反思，外出自带水壶得到了越来越多人的认可。

6. 核废料处理是难题

福岛核电站发生重大事故，导致大量污染水排入大海，让全世界为之焦虑。同时，人们也开始关心，日本究竟是如何处理核废物的？日本的核废物处理技术是否安全？除了把核废物排向大海之外，是不是还有其他更好的处理方法？

日本这次向大海排放污染水也是迫不得已。按照正常的处理方法是，这些水应该在原子炉设备内重复循环，部分废水是需要过滤至达到排放标准才能流入大海的。可是，由于意外天灾，原子反应炉受到损害，大量的污染水积蓄，冷却系统被破坏，被污染的冷却水已经不能正常过滤了。同时，原子炉内部又囤积了大量的高度污染水，这些污染水如果不尽快排出，工作人员就无法正常抢修，那么核电站的事故将无法收拾，也就无法阻止核放射污染水继续"上天入地"。《日本经济新闻》报道，为了摆脱这种困境，政府必须把高度污染水尽快回收到封闭容器中去，可是，容器容量有限，所以只好把轻度污染水排入大海，腾出空间回收高度污染水。专家称，被回收的高度污染水必须经过浓缩，然后再把放射性物质提炼出来，以便深埋或者保存。

放射线废弃物一般包括放射能废弃物、核关联废弃物、核废弃物、核垃圾，目前只有芬兰才有高放射性废弃物的最终处理厂。日本原子能发电站的核废弃物处理主要由"原子力发电环境整备机构"负责。使用后的核燃料废弃物中，一般含有铀238和铀235、还有钚等放射性物质，此外还有少量微量元素、稀土元素等。这些废弃燃料一般可以通过进一步加工处理，变成新燃料。比如把铀235等物质抽出，再加入非核分裂性铀238，使之生成新的核燃料。到 2000 年为止,日本一直采取这样的方法处理核废弃物。但是被提炼出的铀 235 和铀 238 的生成物还需要进行固化,放入地下冷却 30 年,保管期需要数万年才能将其弃之于自然界。为此,日本正在开发一种新的核废弃燃料处理方法。经过这样处理的核废弃物就是把提炼出铀 238 和铀 235 之后的核废弃物继续处理,使之进一步通过化学反应变成无害物。通过加速器驱动未临界炉的照射,让这些废弃物进行核分裂,进行核放射半减期处理,并从中回收高价稀土等元素。这样形成的废弃物残渣就变成了低发热、短半减期核分裂生成物了。把这些残渣固化之后,再保存 100 年到 500 年就能达到和天然铀同样的放射线浓度了。这时,便可以重新利用或者是简单废弃于自然界了。

　　一般低污染核废弃物都采取埋藏的方式,这些低污染废弃物主要指原子能发电站炉心周边的设备等。有关设备的处理和埋设主要由日本原燃株式会社负责。高放射性废弃物则指使用后的核燃料等。这些核废弃物在经过一定时间的保存之后,进行地下深埋。保存一段时间的目的主要是为了让废弃物的核放射线量随着时间的推移自然消减。到 2050 年为止,日本将需要容纳大约 5000 吨核废弃燃料的中间储藏设施。

· 第九章 ·

健康管理学问多

现代社会，人们对健康管理和疾病治疗的重视程度相差无几。比起实际寿命，日本人更注重健康寿命。所谓健康寿命，就是在生活能自理的情况下生存的时间。因此，如何延长健康寿命成为当代社会的重要课题。健康管理是延长健康寿命的有效手段。日本人从这一点入手，摸索出多种方法，让现代人的生活变得更健康。

1. 公司对职员很关爱

日本很重视职员的健康管理,因为职员的健康不仅代表着一个公司的形象,也影响工作效率。因此,日本政府不仅通过制定《劳动安全卫生法》《劳动法》等法律法规保护职员的健康和权益,每个公司还有很多自己的"高招",让职员更加健康地工作。

资生堂公司历史悠久,加上自身是生产化妆品的公司,就更加重视职员的健康管理。资生堂以"保持健康是育人的基础"为原则,制定了针对每位职员的健康管理基本方案,向每个职员提供《为了实现心灵与身体健康》的手册,并为他们举办健康知识咨询和各种讲座。公司还制定了生活习惯病对策,在公司内部全面禁烟,并举办科普活动增进职员对吸烟危害健康的认识。公司内部还设立了心理健康咨询窗口,公司外部设有健康咨询处。由于资生堂 77% 的职员都是女性,所以公司还为她们开设了"女性健康讲座",针对女性身体的特点,进行健康知识普及,并要求全体职员定期进行健康检查。对于在派往海外工作的职员,资生堂还会在其出发前赠送《预防传染病手册》,同时在自社网站随时发布海外各国传染病情况等。为了保持社员的精神健康,该公司引进了网络自我检测压力程度的系统,让职员在家里就可以检测自己精神健康的情况。他们对职员工作之外的生活烦恼和压力也提供咨询服务,目前已经建立了专业医师、保健师咨询的 24 小时咨询服务体系。

资生堂总部大楼位于东京闹市区,楼内窗明几净,办公室很宽敞,装修也比较时尚,体现着资生堂追求"美丽生活"的理念。令作为访客的我印象最深的是,休息大厅里的红色沙发之间,点缀着绿色植物,职员可以在此放松精神。食堂更像是优雅的咖啡厅,椅子设计得非常舒适,在这里吃饭会让职员因为工作而紧张起来的神经得到充分放松。资生堂还参加了"Table for two"的活动,通过向职员提供美味且有益于健康的低卡路里食品,使职员更健康,同时还把每餐价格中的 20 日元捐赠给慈善机构,为慈善事业作出贡献。公关人员介绍说,他也每天都在职员食堂里就餐,食堂的每份菜都标明了卡路里含量,高低不同,可以自由选择。自 2011 年起,资生堂就开展了全公司禁烟的活动,目的是增进职员健康,同时提高职员在顾客眼中的形象。考虑到突然禁烟可能会给职员带来一定的精神压力,禁烟活动规定,中午午休时可以在固定的吸烟室内吸烟,最终达到完全禁烟的目的。为了增强职员的健康意识,资生堂还在人事部内设立了健康增进小组,定期为职员提供心理健康自检,大家可以通过表格进行自我检测,发现异常及时应对。

日本职员的健康管理正在向预防疾病方向转化。和"早发现早治疗"相比,注重日常健康才是保持良好身体状态的关键,也更利于减少医疗费用的支出。为此,很多企业注重通过调整职员食堂菜谱来增进职员的健康。大日本印刷与日本女子营养大学联合起来,为职员食堂制定菜谱,要求菜肴不仅要有营养,还能预防肥胖等生活习惯性疾病。东京千代田区一家医疗销售公司还通过开展职员减肥比赛,提高职员的健康意识。减肥比赛在专业人士的指导下进行,优胜者可以获得一天的有薪休假。24 小时店 Lawson 制定规章制度,如果有职员一年之内没有接受公司提供的定期健康检查、基础体检的话,该职员的直属上司就会受到扣工资的处罚。他们还为有肥胖倾向的职员配备专业保健师,提供单独指导。

日本一家叫"AM 之家"的建筑公司不仅定期组织职员做瑜伽,还为职员提供补助金,指导他们参加健身活动,每年为职员提供两次断食的机会。这样既可预防肥胖,还能通过科学断食增强体质。断食期为 6 天,期间只能喝含酶饮料,以获取身体必需的营养素。喝含酶饮料断食 6 天的费用每人大约20000 日元,其中 15000 日元由公司补助。进入断食期,职员需要听营养师讲授关于食物的知识,转变意识,懂得吃饭不仅是为了填饱肚子,更是为了身体的健康,应当食用能保持身体营养平衡的低热量食品。该公司有人因此成功减肥 7 公斤,却并没有在平时节制饮食。公司认为,做瑜伽可以舒缓职员的精神压力,断食则能让职员注重改善饮食结构,吃得更加健康。

除了瑜伽等集体健身运动之外,有的公司还与健身俱乐部签约,聘请专业教练定期带领公司职员做健身操,为他们创造锻炼身体的机会。有的公司还推出补助措施,鼓励职员成为健身俱乐部的会员。东京的一家公司还颁布新政策,鼓励职员骑自行车上班。只要职员每天坚持骑着自行车上班,每个月可获得 2 万日元的补贴。这样的政策既环保又能增强职员体质,可谓一举两得,在日本的各大城市很受推崇。《日本劳动安全卫生法》规定,企业有义务配备一名产业医生为职员进行健康管理。由于企业的健康管理受到重视,日本出现了一种新健康管理业务,那就是把各企业中产业医生电脑内的数据与人事部门的数据同步起来,建立大数据库,让企业职员健康管理数据得到更充分有效的利用。通过对职员健康管理数据实施统筹管理,使职员的健康管理变得更加科学。

2. 健康管理 APP 很有人气

和"得了病再去治疗"相比,通过健康管理、健身等积极措施预防疾病更为重要。因此,除了要经常体检之外,把日常健康指数进行记录,并统一管理也很必要。日本的中老年人也积极利用免费的健康 APP,管理自身健康。这等于建立了自己的健康管理小数据库,不仅利于防病,也为生病后的治疗提供了更好的诊断依据。

智能手机的普及,使各种健康管理的 APP 也受到人们的关注。日本健康测定机器制造厂就与软件公司联合推出了一种健康管理软件,名为"健康探查"。在手机上装好这种 APP 之后,就可以把健康秤上的体重、脂肪度等指标都转送到手机上,并储存起来。还有一种 APP 叫"健康玩主",安装好后,只要拿着走动,就可以通过身体的动作计算出运动量,自动计算出所消耗的卡路里。还有一种 APP 只要通过拍摄手指尖的血流变化,就可以测量心跳。如果血压计也具有和上述软件联动功能的话,血压也可以长久记录保存。"Noom 减肥教练"软件全球下载量已经达到了 1800 万次,日本的中老年人也非常爱用,这个 APP 可以把每天吃饭的情况和数据记录下来,并根据"教练"的忠告进行改善。对日本的中老年人来说,健康管理 APP 不仅是一种健康管理软件,还是一种消除寂寞的游戏。

除了管理健康外,还有的 APP 可以帮助用户强健体魄,增强身体机能。如 Situp 这种软件。将其下载后,把手机放在腹部,就可以记录腹肌状况。类似的还有锻炼腕力、背部肌肉的 APP。更有趣的是一种预防老年痴呆症的 APP,叫"脑年龄测定器",下载后通过解题得分就可以知道自己的脑年龄是多少。最实用的健康 APP 当属"感冒报警计"。这种 APP 会根据气象厅发布的数据,按照时间单位进行分析,最后得出空气中的湿度指数,通过 5 个阶段给出患感冒的危险度,同时还可以告诉用户气温和湿度,便于加减衣服等。当你感到身体有点儿不舒服的时候,还有一种 APP 可以告诉你,按哪个穴位会让你感到舒服一些。上述 APP 都是免费的,因此能够迅速普及。

日本 NTTDOCOMO 公司和日本和歌山县,共同开发了一种 APP,它能够大大缩短紧急抢救晕倒病人的时间。APP 名为"MYSOS",使用方法很简单,当发现有人突然倒下,需要紧急抢救时,只要身边的人手机上下载了这个APP 软件,就能马上通知周围也下载有这个软件的人。通知方式为电话发出"有人需要抢救"的声音,并在屏幕上显示出事地点、放有自动体外心脏去颤器 AED 的地点,以及相关医疗机构的信息。通知半径为事发地点 500 米以内。这样在等待救护车期间,附近的人就能以最快的速度,拿到自动体外心脏去颤器 AED,而医务人员如果在附近,也可以尽快赶到。据日本消防厅的统计,在日本,从拨通急救电话到救护车到达现场的平均时间大约为 8 分 30

秒。据参与开发这个 APP 的东京慈惠会医科大学的武田聪副教授称,在心跳暂停的情况下,耽误一分钟抢救时间,获救率就会降低 10%,因此,能否立即进行适当正确的紧急抢救,将决定病人的生死。这个 APP 若能够被广泛下载使用,就能提高急救的成功率。目前该 APP 已经在和歌山县开始使用。NTTDOCOMO 公司将继续向全日本推广。目前,这种 APP 可以免费下载。

全日本目前大约有 40 万台的 AED,如果能够尽快普及"MYSOS",将会大大提高 AED 的利用率,让更多垂危的生命得到及时抢救。在交通不是很方便的山区,这个 APP 将发挥更大的作用。

目前,因日本心跳暂停而晕倒者每年高达 7 万多人,其中大约 6 万多人因为没有及时抢救而死亡。虽然 AED 的普及率很高,但是利用率只有 3.7%。每年有大约 335 万人参加急救讲座,掌握了急救、使用 AED 的知识和方法。因为没有有效的迅速通知方法,很多人即使掌握了救护知识,也无用武之地。因此,"MYSOS"亟待开发和普及。此外,还有新式的健康管理软件不断面市。除了多种健康管理 APP 之外,让用户在最佳状态下进行体育锻炼的 APP 也在纷纷上线。比如,有帮助用户在最佳心跳状态下进行跑步的 APP,这个 APP 能够通过画面表示不同的心跳数,并说明在怎样的心跳速率下运动最有利于减肥。它还能有效地指导有氧运动,帮助用户科学地进行体育锻炼。

3. 药店可免费检查糖尿病

从 2014 年 4 月开始,日本厚生劳动省批准的药店免费进行糖尿病检查制度正式开始实施。由于糖尿病早期症状不明显,患者也没有什么特别的感觉,只能通过验血才能发现并确诊,所以,因早期未发现而导致病情严重,难以治愈的状况较为普遍。如果能够早预防,早发现,早治疗,便可以大大减少糖尿病患者的数量。

日本的很多药房不仅根据医生的药方开药,也零售一些非处方药,有的药房就在药妆店里面设有柜台,方便人们购药。新糖尿病健诊制度实施后,药房、药店就可以在店头设置一个小型仪器,供顾客自行采血并进行检测。

如果看不懂使用说明,可以请店里的药剂师进行指导。但根据规定,药剂师不能帮助顾客采血。检查方法非常简单。想要进行检查的人在店头填写一个自己采血同意书,然后只要按照说明操作即可。先给手指消毒,然后用专用工具在指尖扎出血,将手指上的血液挤到备用的小试管瓶中,放入分析仪器,6分钟左右即可知道结果。由于此项制度刚刚开始实施,有检测仪器的店铺还不多,今后将在全日本普及。

利用日本药店密布在居民区和商业区内的特点,厚生劳动省还准备开展一项新的健康管理事业,目前正在进行试点。这项新事业是让药房、药店的药剂师成为患者的健康指导和咨询员。根据这项制度,药剂师可以为顾客测量血压,提供健康咨询。对吸烟者,药剂师还可以提供戒烟指导。此外,还能让药房、药店变成健康咨询所,让近邻的医疗机构的护士、管理营养师等前来,提供咨询服务。例如有人得了感冒之类的常见病,他们就可以指导患者服用非处方药,并提供正确的身体健康管理方法。对在家治疗的患者也提供类似服务,让当地的药剂师前往患者家,确认患者的服药量是否合适,有没有服用过量或服用量不足量。如果发现目前服用的药物无效,或者有副作用,药剂师会转告主治医生考虑更换药物。

4. 全职主妇注重精神健康

日本有一种很特殊的职业,那就是"全职主妇"。和中国不同,日本人不会将结婚后没有工作的女性称为"家庭妇女",而是称之为"全职主妇",并将"全职主妇"看成是一个正式的职业。在日本做一名主妇是很光荣的事情,证明自己的家庭很有经济实力。所以,日本很多女性把成为全职主妇作为自己的人生目标,并以能够在家相夫教子为幸福。她们不仅过着优雅的生活,还非常注重家人和自己的健康。因为保持乐观并有个健康的身体,是做好家务的前提。

日本目前大约有全职主妇134万人。她们虽然全职在家,生活也很忙碌。由于这个群体人数众多,自然也是社会福利重点关注人群之一。日本媒体曾经曝光过多起孤独且缺乏育儿知识的主妇出现育儿精神障碍,从而虐待孩子的事件。这让社会各界开始关注主妇的育儿压力,很多福利制度也纷纷出炉。《日本经济新闻》报道,现在日本流行面向全职主妇的托儿制度,并给这种制度起了一个好听的名字,称为"重新振作保育(refresh 保育)"。原先,日本全职主妇是没有资格把孩子送到幼儿园的,但是重新振作保育让主妇也有了短时托付孩子的场所,有助于减轻主妇的育儿压力。东京港区利用已经倒闭的幼儿园校舍开设了育儿广场,专门帮助需要外出购物、看病、会友的主妇带孩子。这样的机构不仅可以帮助主妇获得精神和身体上的暂时解脱,还能为主妇们提供交流育儿经验的场所。早在 20 世纪 80 年代,日本就设立了育儿咨询制度。各个地区都设有政府部门主办的"儿童相谈所"。儿童相谈所提供养育 18 岁以下孩子遇到的各种问题的咨询,如儿童性格发展、培养孩子养成好习惯等问题。儿童相谈所的工作人员必须具有保健师、临床心理咨询师等专业资格。此外,根据地区不同,日本的儿童医院、公立幼儿园也会接受当地政府委托,提供育儿服务。此外,日本住宅密集地区一般都设有儿童馆,每天免费开放。家长可以随时带着孩子去游玩,里面有儿童图书、玩具等,供孩子和家长免费使用。儿童馆还会举办妈妈和孩子一起做体操等活动,免费帮助妈妈们锻炼身体,消除育儿疲劳。类似机构还有育儿中心等。这些机构除了提供咨询、举办定期讲座等之外,还会把常见问题印制成小册子,免费发放给家长。政府还通过上述机构,提供资金援助、技术指导,帮助妈妈们组成育儿活动小组。此外,他们还会为有需要的妈妈们介绍保姆、提供育儿资讯。这都大大减轻了育儿妈妈们的负担,有效避免了育儿母亲产生严重的精神压力和身体疾病。

精神健康固然重要,全职主妇们的身体健康也不能忽视。各个地区的健康福利机构除了定期举办女性健康知识讲座、牙齿保健等活动外,还会提供免费的健康检查。东京板桥区设立了女性健康服务中心,该机构的宗旨是为女性提供终身的健康服务。他们开展女性健康咨询,如妊娠、排泄、乳腺癌、两性健康等较为难以启齿的健康问题在这里都会得到解答。此外,他们还为女性提供健康书籍的免费借阅,设立乳腺癌、子宫癌等女性特有疾病的体验会等。定期举办女性健康讲座、癌症知识讲座等。类似机构在日本各地都有。许多日本人认为"治病不如防病"，所以主妇们也非常注重身体锻炼。她们不仅按照居住区自发组成各种球队，还积极参加健身俱乐部。许多专门以女性为服务对象的健身俱乐部也非常受欢迎。

随着健康意识加强，人们越来越注重运动。我到超市去买菜，看到一位女性在派发广告宣传单。出于好奇，我要了一张，只见上面写着"30分钟女性限用健身房"。原来就在超市不远处，开了一家只为女性服务的健身房。

我走进这家健身房，只见一间大约30多平方米的大房间内，摆了各种各样的健身器材，里面有几位女性在运动。有人在跑步机上跑步，有人在锻炼臂力，还有人在教练的指导下做体操。经过了解知道，这是一种新的健身场所，因为仅限女性入内，价格便宜，来去自由方便，很受工作较忙的女性欢迎。和一般的健身俱乐部相比，在这种女性专用的健身房内健身不必在意其他男性的目光，这里也不像一般的体育俱乐部有很多附加设施，如洗澡房、美容院等。这里就是一个大房间，只为健身而设置。这让女性专用健身房的费用比一般的体育俱乐部价格便宜一半以上。教练、工作人员也都是女性，可以为每一位会员量身设计运动方案，让顾客在30分钟之内，达到最佳锻炼效果。说是会员，这里也不像一般体育俱乐部那样需要交纳入会金，只需填写住址、电话等基本信息即可入会，也没有年龄限制。条件只有一个，那就是必须是女性。每个月锻炼的费用，按照每次来的时间不同分为5252日元、5900日元、6900日元。每个月交纳这些钱后，随时可以来锻炼。来的时候也不用预约。健身屋内共设有12种健身器具，12套运动程序。教练也随时按照个人需要提供必要的指导。一般的健身俱乐部，都是按照既定时间进行健美操的课程，如果来晚了就无法参加，还必须是来参加的人一起做同样的动作，而30分女性限用健身房则不必这样。这里独自开发的健身运动可以帮助女性形成易于脂肪燃烧的体质，所用器械也是按照女性特征设计的，可以轻松操作。再加上时间短，让锻炼者不会感到过分疲劳。所以这种健身房一出现，便受到女性的欢迎，发展很快。全日本共有800家女性专用健身房为女性提供服务，让她们保持健康和美丽。

5. 电视台领着国民做体操

虽然日本人生活节奏很快,但是也不会因此忽视健身。电视台、电台每天都会播放体操节目,让国民跟着一起做,这样不仅助于提高全体国民的身体素质,也有助于提高全民健康意识。

日本 NHK 电视台是日本唯一一家不播放广告的电视台,类似于中国的央视。这家电视台有三个频道,每天都在不同的时间里播放体操节目,还有专门的领操员做示范。想做操,只要在特定的时间打开电视就行了。根据季节不同,体操的播放时间也不同。以去年夏季为例,教育台是每天早上 6 点 25 分到 6 点 35 分播放,而综合频道则是从周一到周五的上午 9 点 55 分到 10 点,还有在周一、周二、周四、周五的下午 2 点 55 分到 15 点播放。此外,每天还有广播体操时间。该台称,做电视体操和广播体操可以伸展全身肌肉,防止肌肉萎缩,促进血液循环。因此,部分公司为了让职员适当活动一下筋骨,只要时间合适,也会组织职员一起做。当然,更多的公司是组织职员在上班之前集体做早操。

日本人很重视体操活动。每到夏季,日本的 NHK 电视台、"全国广播体操" 联盟就会联合一些公司共同举办夏季巡回体操大会。该台还免费提供体操图解、伴奏音乐等,想要的人只要提出申请并支付邮费即可,一般一套仅需要 80 日元。如果需要反复播放,还可以购买 DVD 等音像制品,十分方便。这样的努力让体操很普及。我所居住的板桥区,每到暑假,家家都会收到通知,早上 6 点 25 分到某个广场集合,集体做广播体操,自由参加。参加者多为小学生和老人。考虑到很多主妇常在家里,NHK 电视台在上午 10 点左右还播放健美操,动作简单,节奏轻快,很容易学。

据日本 "全国广播体操联盟" 的资料,日本在 1928 年为增进国民健康制定了 "国民保险体操",并通过广播普及。广播体操本着 "让全身都得到运动,但是又不过量运动" 的原则而设计。每天坚持做广播体操的话,可以延缓衰老,保持身体健康。

6. 护眼市场新品多

现在许多日本白领女性都会在挎包中放上一种新式护眼产品。那是一个小纸盒,里面放着可以产生热蒸汽的眼罩。眼睛疲劳的时候,就可以拿出来直接戴在眼睛上,享受即时蒸汽眼浴。寥寥数分钟就可以解除疲劳,让眼睛舒服起来。这种商品对于用电脑工作的人来说,更是不可或缺的保健品。

这种新产品一上市,就受到了消费者的青睐,不仅女性爱用,IT、证券等行业的男士也非常喜欢。这种蒸气眼罩平时放在包里只要不接触空气就不会发热,也不会有蒸汽。但是一旦打开包装就会自动发热,但是温度绝对适宜,不会伤到眼睛。这种商品被命名为"蒸汽眼罩"。一盒有 5 枚或者 14 枚,一枚大约可持续发热 10 分钟,温度保持在 40 摄氏度左右。"蒸汽眼罩"分为无香味和有香味两种类型,顾客可以根据自己的喜好选择。5 枚装的价格大约 400 日元左右,很便宜。

除了这种使用方便的蒸汽眼罩之外,日本还有电脑使用者专用的护目镜。这种眼镜可以遮断来自电脑的强烈青色光线,减少眼睛的疲劳。因为这种青色光线最容易刺激眼睛,造成视疲劳。这种眼镜外观设计和普通眼镜几乎没有差别,也有极具设计感的款式,很时尚。每副价格大约 3990 日元,比佩戴近视镜便宜很多,非常适合长时间使用电脑的人。此外,日本一商家还推出一种奇妙的新型眼镜。这种眼镜带有自动调节度数的功能,一副眼镜既可以当近视镜使用,也可以当老花镜使用。由于镜片内封有液体,所以使用者可以按照自己的具体情况调节焦距,十分方便。眼睛有时会因疲劳而发生视力变化。而这种新款眼镜可自动调节度数,起到减缓眼睛疲劳的作用,这个被誉为"有史以来重大发明之一"的液体眼镜,虽然具有划时代的意义,但是价格并不贵,一副大约 7980 日元。

日本是一个过劳大国,所以眼睛疲劳现象普遍存在。日本厚生劳动省经过调查得知,90.8% 的劳动者容易感到疲劳的部位是眼睛。因此,保护眼睛的商品花样繁多。日本的部分电视台经常播放一种药物广告,其广告词就是,眼睛和肩部感到疲劳了,请喝 NEO 维生素 EX。这种药物一瓶 240 粒,含有

B12等多种维生素,有益于缓解眼睛疲劳。一瓶最低价格为1980日元。类似的药物种类很多,但是原理差不多。此外,还有中药研制而成的缓解眼睛疲劳的各种药物。顾客可以根据自己的情况去选择。

有益于保护眼睛的健康食品也很受欢迎,日本人把 β–胡萝卜素、叶黄素、花青素称为有益于眼睛的三大营养元素,因此,从天然食品中提取出的这三种元素的健康食品种类很多。比如蓝莓凝缩药丸,就经常出现在电视广告里,价格也不是很贵。

近年来,日本出现近视眼低龄化。文部省公布的调查数据表明,一年级小学生的近视率高达18%。全日本近视眼人数大约6000万到6500万人,因此护眼商品的市场巨大。对于护眼商品,日本政府并没有专门的规定,但是普通眼镜等护眼商品都要遵守保护消费者的相关法律,而护眼药物则要符合厚生劳动省制定的药物标准,护眼健康食品也同样必须符合健康食品的有关规定。一旦被发现产品广告有夸大,该产品便会立即下架。

7. AED 及救护知识很普及

"AED"的全称是"自动体外心脏除颤器",主要用于紧急抢救危重病人。目前,AED 等紧急抢救设备不仅在公共场所很常见,在居民区乃至学校举行的紧急救护知识讲座上也经常出现。

日本红十字会的主要业务之一就是向大众普及紧急救护知识,他们有专门的指导员和教材器具,定期到日本的各大学以及高中开展紧急救护知识讲座,一般一次讲座4个小时,主要进行 AED 的实际操作指导、讲授受伤时的绷带捆绑方法、伤者的移动搬运等紧急抢救方法。讲座考试合格者将获得红十字会颁发的合格证书。讲课现场有塑胶的人体模型,同时让每个参加者实际操作,切实掌握 AED 等抢救伤亡人员的实际技能。这样的讲座几乎是各大学学生每年必须参加的活动。千叶大学每年都为学生举办紧急救护知识讲座,有的大学一年举办两次。很多高中也同样,而小学则要求教师必须掌握包括使用 AED 在内的紧急救护基础知识。此外,各个居民区每年也会进行防灾训练，也有紧急救护训练项目。就连驾校也一样。我曾经上过千叶印西中央驾校的紧急抢救课。这门课是包含在驾校课程中的，如果不上满规定的救护知识课时，就没有获得驾照的资格。我按照预约的时间走进教室，只见教室内躺着两个塑胶人，旁边还摆放着 AED。老师在讲述完必要的知识后，就让学生分成两人一组，轮流练习如何使用 AED 抢救危重病人。AED 启动后，必须按照规定连续对塑胶人进行人工呼吸，直到表示塑胶人恢复心跳和知觉的灯亮起。除了 AED 之外，还要学习没有 AED 时的急救方法。激烈的胸部压迫和连续的人工呼吸练习，还真让人累得呼哧呼哧直喘。不练习真不知道急救也是需要体力的。指导老师还不断提醒学生，不要害怕，呼吸和按压胸部时都要尽最大的力气，这样才有效。我的学习体会是，虽然到处可见 AED 机器，但是不经过实际操作练习，即使遇到紧急情况也不知道怎么使用。所以平时的训练十分重要，我也理解了为何日本的救急知识讲座那么多、那么受重视。我也第一次懂得了为何遇到紧急伤病患者不能急于移动，而是要在保持安定安全后，再采取包括心肺复苏等在内的急救措施。

日本是 AED 设置数量较多的国家，大街上、商店内、电车站上一般都可以看到 AED 的标志。紧急救护知识也比较普及。这主要归功于各类讲座，以及社会各界的重视。除红十字会之外，日本消防署也定期举办一般急救知识讲座，每年大约有 100 万人参加。此外，每年还有大约 35 万人参加红十字会更加专业的培训，经过 2 天讲座后，可以获得救急员资格证书，目前大约有 12 万人获得了证书。部分日本商店还被要求至少一名店员必须掌握 AED 的使用以及抢救方法。由于大多数人掌握了急救的基础知识，日本大街上一旦有人摔倒，一般都会有人主动施救。

8.减盐食品种类多

科学研究发现，少吃盐可以降低高血压、脑出血等疾病的发病率，日本的减盐食品越来越多，逐渐成为调味品的主流。走进日本任何一家超市，在柜台上都可以发现"减盐"商品。超市中，减盐酱油的柜台十分醒目，其数量也多如一般酱油,此外还有减盐大酱、减盐速食酱汤等。这些调味品虽然重量和一般同类商品相同,但是含盐量却只有原来的一半儿。还有一种面条汤调料,用量和原来商品相同,而含盐量却比过去少很多,且可以做到味道不变,所以很受欢迎。这些减盐商品都是通过特殊加工方法,尽量保持其原有风味不变,否则减盐食品就失去了意义。日本网络上还销售一种减盐盐,这种盐咸味儿没变,但是含盐量削减了50%,最适合高血压和心脏病患者食用。此外,这种盐除了减少有害盐成分之外,还添加了对人体有益的盐分,比如苹果和香蕉内含有的有效盐分,所以,盐味不变,还更利于人体健康。

除了各种减盐调味料之外,日本人在腌菜方面也下了很多功夫,日本人特别爱吃腌制食品,却忌讳把菜腌得很咸。因此,日本超市就出售一种腌菜专用调料,叫"一夜腌之素"。把切好的白菜、萝卜等自己喜欢的蔬菜放在塑料袋内,再倒上"一夜腌之素",用手揉搓一下,放在冰箱中,30分钟后腌菜就可以吃了,清淡可口,还很新鲜。日本人把咸菜称为"新香",所以很少见到中国式的老咸菜,一般的咸菜也不能超过数日,可谓把减盐贯彻到了日常生活中。"医疗法人锦秀会"还公布了减盐食品三条基本原则:第一是要控制盐分;第二是食品要保证适量,不能因为减盐就少吃;第三是要保证营养均衡。遵照这样的原则,很多日本网站都公布了减盐食谱,岐阜县一家公司还面向全国销售减盐套餐。这种套餐经过瞬间冷冻加工,腌菜的营养不受影响,而且公司直接送货上门,顾客只需要用微波炉将其加热,就可以吃了。

健康食品在日本越来越受欢迎,这不仅体现在一日三餐之中,还体现在零食上。为了赢得消费者的青睐,各零食厂家纷纷推出健康零食,受到消费者特别是女性消费者的欢迎。

日本人喜欢吃零食,许多人把每天下午3点当作零食时间。除此之外,外出、上下班,他们也爱带着零食。但是,传统的零食因为缺乏科学观念,只注重量多,其味道虽好,卡路里却很高。这些传统零食已经不符合低卡路里的健康饮食理念了。很多女性表示虽然想在工作或做家务时吃点甜食,可是担心卡路里太高、没有营养,也不敢多吃。针对这样的观点,日本很多厂家竞相开发健康零食。资生堂开发出一种健康果冻,不仅具有美容效果,还含有食物纤维、冰酸等 17 种有益成分,卡路里低,最适合想要减肥的人。还有厂家开发出用燕麦、椰子等 4 种食材制作并配有葡萄干等干果的甜点,也属于低卡路里的食品。日本类似产品越来越多,传统零食受到了严峻的挑战。

9. 买烟容易吸烟难

在日本买烟很方便,遍布各地的 24 小时便利店、站台上的小卖部、大小超市等店铺都销售香烟,同时还配有供吸烟者点火的打火机。但是买了烟之后,想要吸烟却很不方便。早在 20 世纪 70 年代,日本的公共交通机构和医疗机构就开始禁烟。因此,电车、地铁内全部禁烟,新干线上也是禁烟车厢多于吸烟车厢,而日本全日空公司的飞机则规定全席禁烟。

在日本,无论走进饭店还是咖啡店,首先会被服务员询问想坐禁烟席还是吸烟席,而且店内的禁烟席总是多于吸烟席。能吸烟的席位不仅位置不好,还配有分烟机,让坐在那里的人显得很另类,所以很多烟民为了形象也只好忍着。日本《未成年者吸烟禁止法》还规定,20 岁以下不许吸烟。因此,买烟的时候必须出示身份证。日本各地还设有很多自动售烟机,为了防止不到法定吸烟年龄者在自动售烟机上买烟,买烟者必须出示表明身份的特制卡,经过机械识别确认年龄符合规定后,才能从自动售烟机上买烟。法律还规定,如果未成年人的监护人、售烟者向未成年提供或者销售了烟草,就会受到惩罚。未制止未成年人吸烟的监护人和监督者将被处于 1 万日元以下的罚款,向未成年人销售烟草或者有关器具的人将受到 50 万日元以下的罚款,如果是公司经营法人也要受到同样惩罚。此外,日本各地方政府还颁布了所辖地区禁烟规定,如果在该地区的街道上吸烟、投掷烟头,将受到最低 2 千日元的罚款。日本住房都比较小,考虑到孩子的健康,爸爸抽烟也受到限制。多数父亲只好在阳台上抽烟,因此,这些烟民被称为"萤火虫族"。由于吸二手烟也会对人体造成危害,日本设置分烟机的公共场所越来越多,而且政府还通过电视广告宣传设置分烟机的好处。日本厚生省等部门还通过公益广告宣传吸烟的危害。政府会提供补助金帮助烟民戒烟。在任何电视频道甚至平面广告都看不到香烟制造厂家的广告。关于禁烟的法律也多达十几种,如《路上吸烟禁止条例》《健康增进法》(防止被动吸烟)《铁道营业法》(可以规定禁烟车厢)《交通机关吸烟规则》等等,烟民在日本会有过街老鼠般的感觉。

在日本,想要当一个烟民越来越不容易。除了电车、飞机等公共场所禁烟外,商场、饭店等全面禁烟的场所也在增加。各种咖啡店会把吸烟席和禁烟席严格分开,而公司内部、车站等处的吸烟专用小屋也很普遍。日本烟民的人数越来越少。据厚生劳动省的调查,2012年日本人的吸烟率为19.5%,这是从有吸烟调查以来吸烟率首次低于20%。其中,男性吸烟率为32.3%,女性为8.4%。日本烟草产业株式会社的调查表明,1989年,日本的男性吸烟率高达61.1%,女性也为12.7%。调查表明吸烟率连年下降。到了2012年,男性吸烟率下降到32%,女性下降到10.4%,但是依然有大约2216万人还在吸烟。日本政府考虑到吸烟对人体的危害,不仅制定了《戒烟指南》,还决定逐步在全国各地的癌症诊疗合作医院安排"烟草相谈员"和"戒烟咨询师"。这是首次由官方配备戒烟咨询师。此举旨在通过支持戒烟来延长国民可健康生活的"健康寿命"。厚生劳动省称,目前全日本共有397家癌症诊疗合作医院,今后将对在上述医院工作的保健师、药剂师、护士和营养管理师等人员进行戒烟咨询师的培训。不仅同医院的患者可以接受戒烟咨询服务,周围的居民也可以接受同样服务。烟民也可以通过电话,向戒烟咨询师咨询。

早在2006年,日本就把戒烟纳入到医疗保险范围,想戒烟的人可以去医院,在医生的帮助下戒烟。有关法律规定,有戒烟的愿望、尼古丁依存症诊断检测值达到政府规定的标准、抽烟年数和每天抽烟的平均值较高的人可以使用医疗保险进行戒烟。有了保险,医生不仅可以根据烟民本人的症状帮助其戒烟,大部分费用还可以由政府埋单。目前,除了呼吸科医院之外,耳鼻咽喉科医院、齿科医院也可以在满足要求的条件下,向政府提出申请开设"禁烟治疗科",日本称为"禁烟外来"。《读卖新闻》报道,日赤和歌山医疗中心呼吸器内科也有一个"禁烟外来"。该科2000年开始接诊,到目前为止已经治疗了大约1100人。其中8%的烟民患有深度的慢性呼吸疾病。"禁烟外来"

除了提供帮助烟民缓解、摆脱尼古丁依存症的药物之外，还提供咨询，帮助患者采用"行动疗法"改掉吸烟习惯。比如，想要吸烟时就喝水、吃口香糖、深呼吸，或者通过运动来抑制吸烟的欲望。

日本还有很多日常使用的戒烟药，类似口香糖之类的戒烟药常见于电视广告中。每年的 5 月 31 日是国际禁烟日，这一天厚生劳动省都要举行相关活动，提高民众对吸烟危害的认识，增进健康。

10. 重视预防生活习惯病

相对于都市病，生活习惯病的包含的疾病种类更广一些，主要指现代人因不良生活习惯导致的多种疾病。肥胖症就是最有代表性的疾病之一。《朝日新闻》报道，鸟取县米子市山阴劳灾医院循环器科医生水田荣之助通过调查得知，对甜味感受度低的人更容易肥胖。高血压患者主要因为味觉迟钝，所以在不知不觉中越吃越咸，容易比他人摄取更多的盐分。通过各种调查，永田医生得出结论，味觉感觉低下容易导致糖分摄取增加，助长肥胖。因此，味觉感觉低下可能成为生活习惯病的新危险因子。针对患者的味觉，进行不同的食物疗法，对治疗生活习惯病很重要。日本国立癌症中心发表最新研究成果表明，不吸烟，不醉酒，少吃腌制食品，体重适中等类似的健康生活习惯每增加一个，男性得癌症的平均几率就减少 14%，女性减少 9%。另有调查表明，低收入者中生活习惯不好的人数量较多。

日本人十分重视生活习惯病的防治。由东京大学国际保健政策学部教授组成的特殊研究小组，经过分析推算，2007 年一年内，日本人大约有 10.4 万人因高血压导致的脑出血而死亡。大约有 12.9 万人因吸烟导致的癌症而死亡。还有 5.2 万人因为运动不足而死亡。他们认为如肥胖、饮酒、运动不足、多盐饮食等都属于造成生活习惯病的危险因素，而这些因素原则上可以通过改善生活习惯或者服药得到消除。

大阪府立健康科学中心为了提高人们防治生活习惯病的意识，设立了一个网站，专门预测 10 年后患脑出血以及心脏病的概率。按照网站设计的问题,填写好自己的真实健康情况,就可以知道自己 10 年后的患病概率,同时他们还会告诉参加预测者如何改进现在的生活习惯,减少患病的概率。测试对象为 40 到 75 岁的人。按照要求填写好性别、年龄、身高、体重,以及是否有喝酒吸烟习惯等 12 个项目,他们就会给出其 1 年后、5 年后、10 年后患病的概率,还会给出其与同龄人平均水平相比较的结果。

日本还设立有生活习惯病预防协会。该协会把每年 2 月定为全国生活习惯病预防月,每年都制定一个目标和一个口号,并举办讲座和宣传活动,目的是提高国民预防生活习惯病的意识。例如,有一年的口号是"少酒",健康月的主题是"酒精和健康生活"。该会还提倡"一无,二少,三多"的健康生活。"一无"是要求大家不吸烟,"二少"是劝大家少食,少喝酒。"三多"是要求人们多运动,多休息,多接触人和事。

·第十章·

医疗领域人性化

人性化是日本医疗领域的关键词，也是今后发展的新趋势。过去医院建筑的外部造型和内部设计较为单调，院方只重视看病治疗，却忽视了温馨的环境、合理的内部设计带给病人的正面效应。随着观念的转变，日本的医疗环境不断革新和改进，人们去医院时的抵触感减少了，还有了旅行度假的感觉。

1. 日本药店很温馨

国内朋友让我从日本代购止痛剂，于是我拿着药盒去药店，告诉店员我要买某种药。她马上把我领到一位白衣男士那里，他胸前挂着一个小牌子，上面写着"药剂师"。药剂师虽然看到我拿着药盒子，也知道我是代购药品，他还是问，你朋友吃过这种药吗？我回答说不清楚。药剂师说，如果没有吃过需要注意是否过敏，有没有过敏史。然后他详细说明了这种药物的特点，并告知一定不要过量。然后才开始给我拿药、收款。我替人家代买，不需要知道那么详细，听着很烦，但是药剂师本人却做得那么理所当然，一点儿都不嫌麻烦。

这样的事情在日本很常见。日本的药店被要求至少配有一名药剂师，为顾客解答关于要购买药物的各种问题，兼提供咨询。一次，我为家中老人购买治腰腿痛的药，由于药品种类繁多，一时不知买哪一种好，就询问了药剂师。药剂师告诉我，价格最贵的药物因为是最先研制出来的，且申请了专利，因此价格相对高些，另外一种虽然价格便宜一些，但是成分和最贵的那种基本相同，药效也没有明显区别，因此推荐买这种价格便宜的。药剂师虽然是药店工作人员，但是并不唯利是图，他们总是站在顾客的角度提建议，很值得信赖。

日本的药剂师必须经过国家资格考试，合格者才能从事药剂师的工作，因此药剂师的专业知识相当丰富。日本的药店并非医疗部门，不能提供处方药物，只能卖市场销售专供药物，也有药店设有医院处方接收窗口。

日本的大多数医院和药房也是分离的。由于日本社区医院比较多，因此往往一处药房会和一家或者几家小医院签约，只接受签约医院的处方。药房的门口设有清晰标志，写着可以接受哪家医院的处方。但是这并不意味着医院和药房离得很远，两者一般都相距十米到数十米，往来很方便。医院附近的药房一般都很温馨，很多药房考虑到顾客等待的时间比较空闲，都设有电视机、儿童玩具、图书等消遣物品。

在药房取药要有医生处方，还要携带保险证。没有处方就不能取药，有钱也不能随便买处方药。药房如果把处方药销售给没有处方的人就算违法。药剂师接过处方和保险证后会让取药者稍等。这期间病人可以看电视，也可以看书或杂志。小孩子也能找到儿童读物或玩具。孩子和大人在此乐得其所，不会因为等待而感到无聊。药配好后，工作人员就会呼唤患者的名字，交给患者一张打着药物名称、用量、疗效的清单。为了不让患者搞混，清单上还有复印的药物图片，便于不识字或者眼睛不方便的老人使用药物。此外，还有一本《药物手册》，这是为了帮助患者进行长期纪录而准备的。药剂师会对上述清单一一作出说明，并对照确认每一种药物的效用。这样做的目的是为了避免拿错药。因为患者最知道自己的症况，如果有不对症的药物就可以当场提出异议。医生也会在开药的时候作出说明。药剂师必须完全遵照处方拿药，不能多也不能少。在确认没有拿错药之后，药剂师就会一包一包地拿着药告诉取药者药物的服用量。药包上也有用量等说明，十分清晰明了。最后，药剂师会把各种药装在一个袋子里，全部交给取药者，并祝其早日康复。在日本的药房取药程序虽然烦琐，却令人感到温馨。

2. 谈病情避免使用难懂术语

日本的医院不仅医疗环境舒适,医生对患者的态度也十分值得赞赏。他们虽然是攸关病人生死的专业人员,但是对待病人却从不居高临下,尽量用简洁易懂的语言描述病情,避免使用意义含混的词句,以免给患者造成不必要的误解。

在日本做完体检,一般先由一名值班医生告知体检者大致结果,如果有哪些地方需要进一步检查,这名值班医生也不会先下结论,而是让体检者确认图像后再请专业医生给出意见。我在一家医院体检后,就遇到了这样的情况。医生非常细心,指着各种体检结果的数据和图片,逐一讲解。我做的是胃镜检查,医生不仅和我一起仔细看图片,还会指着图片说:"你看,你喝下的药物均匀附在胃壁上,没有任何阴影,所以胃部没查出问题。"体检如此,看病也如此,即使是感冒等小病也毫不含糊。前阵子,我的眼睛很痒,多日不见好转。于是我前往眼科医院就医。医生检查后,指着电子屏幕上的照片逐一讲解病情。在照片上可以清晰地看到左眼球有轻微的白色划痕。医生告诉我眼睛不适的原因在此,需要药物治疗。从说明病情和治疗方法到使用药物,我没有听到任何生僻的词汇,治疗需要使用 3 种药物,医生告诉了我每一种药水的效用,有帮助愈合的、有消炎的、还有止痒的。尽管药名听起来很难懂,但是医生一说其效用,我就明白了,拿着药欣然离去。

原来,日本法律规定,医生有对患者的说明义务。札幌医生白崎修一在论文中指出,医生必须就病因和病情作出说明,内容包括医生所要采取的治疗方法和内容,以及预期能够达到的治疗效果,还要说明治疗的危险性,可能使用的治疗方法及其利害得失,以及疾病在不治疗的情况下会怎样发展。医生必须尽量让患者了解病情,使用简洁明了的词汇与患者沟通。日本厚生劳动省还制定了《诊疗情报提供指南》。在此基础上,各地区的医师会还制定了各自的规定,来要求医生不能用生僻词汇向患者说明病情。比如佐世保中央病院就规定,医生在向患者说明病情的时候要"尽量避免使用专业用语,努力做出让患者明白的说明"。该医院还特别在网站上指出:如果您觉得医生的用语复杂,听不明白,请随时向我院提出。日本国立国语研究所还公布了让医疗用语易懂说明提案。提案规定,应该把"重笃""生检""予后"等生僻词汇置换成日常用语。如把"重笃"说成"病情非常严重",把"予后"换成"今后病情"等。同时要注意表达明确,不用含混语句和词汇。遇到淤血、恶性肿瘤等疾病要详细说明,如说成"细胞异常增殖导致肿块加大,需要立即治疗"等,这样可以避免把恶性肿瘤等疾病混同于其他疾病。此外,提案还建议医生注意说话方式,尽量使用减轻患者心理负担的说明方法和词汇。

一名医生说,他们从学校毕业,开始正式从医的时候,前辈医生会告诉他们,对患者述说病情的时候,要尽量避免使用生涩难懂的医疗用语,特别是那些自己进入医学院、当了医生之后才接触到的专业词汇,能不用就不用。只有这样才能让患者正确了解自己的病情。我曾经因为劳累而身体不适,突然感觉天旋地转。到了医院,医生说那是因为我的耳石位置偏高造成的。看我有些听不懂,医生马上拿起手边的便签,边画图边讲解,直到我完全听懂为止。然后他告诉我开了哪些药,每种药都有怎样的疗效,就连服药的方法都一一讲解。我从医生细心的讲解中获得了安慰,也感到安心。

日本的医学院在学生快要毕业的时候,都要进行与患者进行交流的模拟训练,这种训练让学生轮流当病人和医生,互相看病,然后由教授评分,直到过关为止。训练中如果学生只顾看病,用公事公办的态度对待患者,忽视了患者的感受,就要减分。比如,设定场景中有一个场面,就是患者说自己的女儿几个月前刚刚去世,这时如果学生只是例行公事地说,"这种事情会对你的身体造成不良影响",就要减分;但是如果学生说,"女儿突然走了,现在还是无法相信吧?"类似这样的话语,通过不同的方式反复说,就能让患者感受到医生很理解他的心情,并与其一样悲伤,这样的回答才算合格。除了照顾病人的感受之外,医生还要注意不能使用含糊的词语。以抗癌治疗为例,类似于"治疗没有效果"是不允许说的,而是要说成"抗癌剂没有发挥作用"。比如"癌症病情比以前好多了"也不能随便说,这样会让患者产生错觉,以为很快就能治好。这时应该说"癌肿变小了"。因为癌肿变小与可以治好或者能够活下去没有直接的关系。

日本国立国语研究所还专门设立一个研究小组,专门研究如何让医生在与患者沟通时使用简洁明了的词语。研究小组经过调查,把医生看病使用的语言进行汇总,并分类进行分析,最终提出一个《医院用语》。这样的《医院用语》既具有专业性又经过了语言专家的简化,非常实用。当然《医院用语》并不强制使用,而是作为一种参考普及推广。依照他们编选的《医院用语》进行医疗说明,不仅简洁明了,还能增强了患者对医生的信任,避免了很多不必要的医患纠纷。

3. 不需水服的药物

在日本的电视节目中,常常播放一个广告,说的是一名男子在电车上突然感到肚子痛,需要上厕所,于是他赶紧拿出一片药放进嘴里,表情马上就放松了。这时广告词出现:"不用喝水吃一片,速效止痢。"

在日本,服用不需用水服的药物渐成趋势。除了痢疾等紧急时需要服用的药物之外,有些感冒药和鼻炎药也不需水服用,把药片直接嚼碎吞咽,特别适合不愿意吃药的孩子们。这种药对成人来说,也有诸多益处。在外出或者因灾害缺水时,也可以按时服药了。人们服药时通常需要喝大约一杯的开水。这样才能保证药物被小肠吸收,并进入血液、淋巴液,循环到全身,从而实现对患部的治疗。如果吃药时没喝足量的水,可能会导致药物吸收较慢,或者部分药物没有被吸收就被排出体外。因此,口服传统药物喝水是必需的。但是,日本部分医药公司研制的不用水服的新药则避免了上述问题。

不用喝水服用的药物主要有两种类型。一种是口腔内崩溃药剂,就是只要一放入口中,仅用唾液就可以让药物融化,进而咽到胃里,通过胃液让药物充分被人体吸收。还有一种就是嚼碎型药片,患者服药时必须把药片嚼碎才能吞咽。这种药物不仅便于喝水困难的人服药,也便于被限制喝水的患者服用。需要注意的是,这种药物不能通过口腔黏膜被吸收,所以必须吞咽到胃中。由于药片具有吸湿性,所以不能放置在空气中保存,需要密封包装。

此外,日本还积极推广不苦的药物,便于孩子们服用。药厂也通过广告宣传自家的药物不苦,在广告中,小患者吃了药片之后竖起大拇指。孩子家长普遍头疼给孩子喂药,在没有不用水服药物之前,很多妈妈只能把药物放在冰激凌、酸奶、果汁等食物中让孩子吃。但是医生认为,这样服药可能会让药物更苦,所以主张推广使用不苦药物。糖衣片、糖浆、粉剂等药物,由于使用了添加剂,而变得不苦或者苦味大大降低。

4. 打针不痛讲究多

日本的大小医院不仅干净整洁,各种服务也很人性化,就是打针也让人很舒服。以前,日本的护士虽然可以根据医生的指示打针和抽血,却不能进行静脉注射。直到几年前,日本厚生省修改了有关法律,护士终于可以进行静脉注射了。

在日本医院,给孩子打预防针的场景很温馨。护士先和孩子说话,转移他的注意力,再用酒精棉球在孩子手臂上消毒,用一只手抓起肌肉后,快速下针。孩子没感到很痛,咧咧嘴就过去了。注射结束后,护士还用棉球轻揉下针处很长时间,最后贴上一个创可贴。而当患者要验血的时候,他们还会在创可贴下面垫上一个棉球,并告诉你,等血不流了才能把创可贴摘下来。日本抽血的针头都是一次性的,让人感到很安心。

女性去医院进行肌肉注射的时候,如果赶上生理期会很不好意思。如果这时候患者将情况告诉医生,而且患者本人也同意,就可以改变注射的部位,由臀部移到肩膀等部位。为了减轻肌肉注射时的疼痛,医护人员在打针的时候会尽量选用细针。我在网络上还看到有护士询问如何打针才能减轻患者痛苦,可见日本护士十分敬业。为了减轻患者的痛苦,日本的一些医疗公司还根据蚊子叮人的原理,研制出无痛注射针头,很受欢迎。

5. 护理机器人很得力

日本是少子老龄化情况严重的国家。日本总务省发布的调查结果表明,

2013 年日本的老龄化率（老龄人口与总人口的比率）高达 25.1%。如此严重的老龄化现状，不仅让政府医疗费用支出增加，照顾老年人的看护人员负担也非常重。东京的一所老人日托所，每天都有 10 多名老人前来，但是看护人员只有 3 名，而且年龄也都在 50 岁以上。看护人员中 60% 以上的人认为工作中负担最重的是腰部。由于护理老人的工作过于繁重，给看护人员造成了巨大的精神压力，埼玉县的一所特别看护老人院的职员居然虐待老人，导致 4 名老人在短期内连续死亡。这一事件再次说明了看护老人工作繁重。

看护人员的重体力劳动受到社会普遍重视，日本政府除了设置"介护保险制度"（为需要他人照顾的老人提供保险金的制度），提高照顾老人工作人员的工资之外，还积极鼓励企业开发有关器械、机器人等，减轻看护人员的工作。日本经济产业省开展了开发"看护机器人"促进事业，设立专项基金为研发提供专项经费，重点用于开发帮助瘫痪老人移动、排泄，以及看护老年痴呆症患者的技术。他们还举办了看护机器人展览会。其中就有 Smart 株式会社赞助开发的"SmartSuit"（酷套装）。这种套装穿在身上后，可以让穿着者变得更有力气，搬运重物时会觉得自己像大力士，非常适合看护老人者使用。该产品目前已经开始对外销售，价格也不贵，一套 39900 日元。有 90%以上的使用者感到腰部的疲劳感大大减轻。此外，还有能和老人聊天的机器人玩偶。这种玩偶外形可爱，被称为"点头小南瓜"，能进行相当于 1 岁到 3 岁孩子的简单会话。目前它仅仅能与老年人聊天，今后将继续增加无线通信等功能，使其达到看护痴呆症患者的水平。《日本经济新闻》报道，丰田公司已经决定和横滨市综合康复训练中心联合开发看护机器人，并着手开发抑制手抖动的器具，以及可以帮助老人吃药、带领老人外出、帮助老人打扫卫生、洗澡的机器人。

老龄人口的增加，让日本的看护市场的潜力巨大。日本政府已经把发展看护机器人及相关器械看作促进日本经济增长的战略支柱之一，市场规模在 2020 年将达到 543 亿日元，2030 年将达到 2641 亿日元。中国也将迎来老龄化时代，开发看护机器人、增设看护机构时不我待。

6. 医院注重管理患者心情

在静冈的癌症中心，我看到一个特别的房间。房间布置得很温馨，还有很多孩子们喜爱的摆设和玩具。原来这里是患者及其家属的心理咨询室。每周定期有专业心理咨询师倾听患者及其家人对癌症的恐惧和担忧，帮助他们缓解心理压力。与此同时，该院还注重帮助年幼的孩子们理解父亲或者母亲的病情，尽量通过科学的心理疏导减少孩子们的精神压力。

日本的医生非常重视患者的心理状态。为了解除患者对疾病的恐惧，医生总是不厌其烦地讲解病情，直到患者完全理解。我曾到千叶的一家眼科医院看眼睛。我的眼睛有些红肿疼痛，医生通过最先进的医疗器械拍下眼部照片，并比对着照片详细向我讲解不适的原因，我完全理解后，他又问是否有不懂的问题，并告诉我不用过分担心，按时用药就会好起来。

癌症患者本人和其家属的最大问题之一就是心理上的恐慌。为此，日本富山县建立了多处综合癌症服务中心，专门为癌症患者及其家属提供精神上的服务。与此同时，还积极培养癌症心理咨询师，每年 20 人左右。在综合癌症中心常设保健师和看护师，备有专业书籍 200 多册，还经常举办患者家属交流沙龙等活动。这样的机构在日本正逐渐增多。即将建成的埼玉县立癌症中心，考虑到为患者及其家属提供心灵上所需要的安慰，专门设置了讲演厅和沙龙，患者可以在那里听讲座、进行音乐演奏，或者在沙龙上展示自己的手工作品和照片等。埼玉医科大学国际医疗中心还首次开设了专门为癌症患者提供心灵帮助的"精神肿瘤科"，拥有为患者家属提供精神帮助的"家庭门诊"和"遗属门诊"，以全面解除癌症患者及其家属的精神危机。"遗属门诊"主要针对那些因为失去亲人而患上抑郁症等精神疾病的人提供医疗和心理上的治疗。目前，日本的医院还与保育师、临床心理咨询师联合，为病童提供综合治疗服务，通过安抚其精神，让医疗方案能够顺利进行。

日本宫城县立儿童医院非常勤讲师田中恭子认为："只靠治疗，医生和护士是无法消除孩子的担心和苦恼的，必须有专业人员为病童解除精神上的压力。"对于孩子们来说，治疗和住院生活往往会导致他们精神上的不安、恐惧与寂寞。为此,除了提供医学上的治疗之外,为孩子们提供精神上的帮助,并增强他们对治疗的信心也十分重要。

7. 企业配设产业医生

日本政府要求企业为职员配备健康管理的专职医生。这让日本诞生了一个很特殊的职业,那就是"产业医生"。按照《日本劳动卫生法》的规定,一定规模的工厂或企业必须配备专职的产业医生,以保障职员的身体健康。

产业医生就是在管理企业职员健康的医生,除了必须有正式的医师执照外,还必须具备以下条件:第一,要通过研修掌握职员健康管理所必要的医学知识,考试合格并得到后生劳动大臣的批准。第二,在产业医科大学或者其他大学学习过以培养产业医生为目的的正规课程,并通过实习正式毕业。第三,必须具有劳动厚生咨询者考试合格证,且合格的领域为保健卫生。第四,《学校教育法》规定,担任劳动卫生相关课程的教授、副教授或者讲师(不包括后勤)。日本相关法律规定,一个拥有 50 人以上正式职员的企业必须聘任一名以上的产业医生,超过 300 人的企业必须聘用 2 名以上的产业医生。企业在达到上述人数标准的 14 天之内必须聘用完毕。如果没能按时选聘,必须向厚生劳动基准监督署长提交选聘延迟报告,并说明理由。一旦确定人选后必须立即向当地所管劳动基准监督署长提交报告书。对于超过 1 千人的企业,必须聘用专属产业医生。从事多量、高温、化学、病原体、矿井等工作危险的企业,如果人数超过 500 名也必须聘用专属产业医生。法律还规定,人数低于 50 人的小企业可以不聘用专属产业医生,但是企业管理者也必须利用当地产业保健中心,尽可能为职员提供良好的健康管理。企业产业医生可以对职员进行健康诊断和指导,并维持、改善作业环境。产业医一个月至少到现场巡视一次,检查职员的工作方式和卫生状态是否对健康有害,发现问题必须立即采取防止造成劳动者健康损害的措施。此外,还要兼任所有与劳动者健康管理相关的工作,比如进行健康教育、健康咨询以及采取保持和增进劳动者健康的各种措施,进行卫生教育,调查影响劳动者健康的原因,去除再次发生不良影响的原因。如果产业医生认为需要采取确保劳动者健康的措施时,可以对企业管理者提出采取相应措施的劝告,企业管理者必须听从并给予尊重。企业管理者不得因此而解聘或者报复产业医生。为保护个人隐私起见,法律也规定,如果产业医生在无正当理由下泄漏了职员的个人秘密时,将被判处 6 个月以下徒刑或者 10 万日元的罚款。

8. 医院指南很齐全

在日本看病很方便,大小医院数量多,而且配置比较合理。小病的话在住宅附近的个人诊所看就可以了,大病再去大医院。值得一提的是,即使是小医院,也都布置得很温馨、舒适,各种指南齐全,大医院的指南就更加详细了。

日本医科大学千叶北总病院是一家大型医院,我不知道这家医院周日是否营业,就直接前往,结果医院休息。但是我在入口处拿到一份《医院指南》,上面详细写着营业时间、休息日、诊疗科目、来院交通方式以及咨询电话,看病需要的信息一应俱全。在该院的网站,可以看到更详细的信息,有《本院指南》《看病指南》《住院探视指南》《医疗合作机构指南》等。在《看病指南》中,写着就诊方法、受理时间、医师出诊时间表、夜间及节假日急诊患者须知、如何获得诊断书以及其他各种证明书等,很是详细。在《看病指南》中,从来院一直到看完病回家,整个过程被制定成一个表格,一目了然。此外,还有补充说明,解释初诊和再诊的不同。一般大医院在医院的入口处还有一个咨询处,如果患者不愿意自己看书面材料,可以直接到咨询处咨询。千叶北总病院的大厅很宽敞,就像宾馆的大堂,椅子占据了大厅的大部分空间,以供患者候诊时使用。

近几年,日本的大医院从人性化的角度出发,注重减少患者的等待时间,尽量让患者有个美好的候诊环境,许多医院还有宾馆化趋向。在佐仓市的一家医院,我也看到宽敞的大厅布置得就像高级宾馆的大堂,让人感受不到医院的氛围。厅内除了饮料自动售货机外,还有口罩自动售货机。大家都很轻松地坐在椅子上等待看病,轻松的氛围让人几乎忘记了这里是医院。

· 第十一章 ·

孩童教育有特色

对一个国家来说，最重要的当属教育。没有良好的教育就没有出色的人才，科技和文化都难以发展进步。日本就是以教育立国，人才培养模式多样化，并拥有其独特的教育模式。日本民间教育的飞速发展，为人们提供了更多受教育的选择，为孩童营造了多样化的学习环境。这大概也是日本人屡获诺贝尔奖的原因之一吧。

1. 裸保育在争议中普及

冬季,我在千叶县的一家保育园内,看到这样一个令人惊奇的场景,孩子们光着上半身,只穿着一条短裤在院内玩耍。大人们穿着棉衣还感到寒冷,可是这些光着身子的孩子们却满面笑容,丝毫不在乎。这家幼儿园叫"走向明天保育园",是一家即使在冬天也要求孩子们光着上半身在院内活动的幼儿园。这种教育方式被称为"裸保育"。日本多家保育园实行"裸保育",颇受争议。

"走向明天保育园"的教育方针中有一项写着:"裸身、赤脚保育的日常化可以增强人体与生俱来的免疫力,同时还可以培养孩子的忍耐力。裸保育并非强制实施,而是制定了专业的实施计划,一点点让孩子们习惯,并不为难。"这所保育园还强调,为了制作适合孩子们的裸保育计划,他们还时常聘请顺天堂大学的体育专家前来指导。这样做旨在强调裸保育教育是以科学的方式进行的,而并非"虐待"教育。早上的自由活动,孩子们基本上是光着上身在院内玩耍。9点50分开始,3岁孩子进行400米到800米跑步,4岁孩子进行800米到1200米跑步,5岁孩子进行1200米到2000米跑步。中班和大班的孩子一周还有一次游泳课。下午基本上以学习文化课、读书为主。

裸保育的创始人叫平井谦次。他在中学时患上了心脏病，为了治好心脏病，他采取了少穿衣服、洗冷水浴、练瑜伽等方法进行治疗，疗效显著。因此，他创立了一个新式的幼儿园，在冬季，让孩子们进行裸体锻炼，培养其耐寒能力。他给这个新式的幼儿园起名为"太阳保育园"。幼儿园规定，家长必须理解裸体教育；除了感冒、哮喘、38 摄氏度以上高烧之外，即使孩子身体不适也不能休息，要坚持接受裸体保育等。此外，还要求家长同意对孩子进行严格锻炼，接受体罚等。这样严厉的保育方针虽然让很多家长望而却步，但是平井却坚持不懈，并出版了多部著作，说明裸体保育的好处，阐述了自己的教育方针。他的坚持增进了社会对裸体保育的理解，类似的保育园也开始增加，遍布日本。也有家长认为，这样的教育方式简直是虐待儿童，因此拒绝送孩子去这样的幼儿园。

2. 亲历公立幼儿园的一天

日本的幼儿教育很特别，也有很多地方值得借鉴。和中国不同，日本的幼儿园有两种，一种叫"幼稚园"，一种叫"保育园"。这两种幼儿园可谓各有特色，而且都有私立公立之分。国内对日本"幼稚园"的介绍很多，但是对"保

◎白井市立樱台保育园的孩子们排队收拾碗筷

育园”的宣传却很少。为此，我专程深入白井市立樱台保育园一探究竟。

白井市立樱台保育园是一家有 20 多年历史的公立幼儿园，有从 1 岁到 5 岁之间的幼儿共 111 名。上午 10 点多，前来参观的我看到幼儿园的孩子们正在老师的带领下进行运动会的彩排。大班的孩子手里拿着各色小旗在明媚的阳光下跳舞。随着音乐和口令，孩子们努力做好规定的动作，但是也有些孩子不合拍。其中还有一个孩子根本就跟不上，该移动了，他还在发愣。这时，他旁边的女孩儿很友好地伸出手拉住他，这才保证彩排顺利进行。老师没有因此而训斥孩子。教学楼旁边有操场、小滑梯和秋千。五个孩子在老师的带领下玩秋千，虽然这些孩子还口齿不清，却能在按照老师的指导排队等候。因为只有两个秋千，所以两个孩子荡秋千的时候，必须有三个孩子排队等待。其中一个孩子想要插队，被老师抱回到队伍最后，老师还口中念念有词地教导孩子要排队。这名小淘气虽然心有不甘，还是乖乖地和老师一起站在了末尾。也许良好的习惯就是从小养成的。秋千旁边还有一个滑梯，一个孩子跑过来，突然摔倒了。老师虽然站着旁边，小人儿居然没哭，很利索地站了起来，没事儿似的继续爬梯子。该园院长大塚茂美对我说，原则上，当孩子摔倒的时候，老师希望孩子能够自己站起来。老师会过去看看是否有摔伤，如果没有摔伤，会让孩子自己起来；如果有伤，老师会进行应急处理。如果孩子哭了，老师会和孩子一起找原因，边安慰边问孩子为什么摔伤了。大塚园长说，这样可以让孩子养成独立思考的习惯。当孩子打架时，也会进行类似处理。老师会让打架双方都自己寻找原因，并体会对方的疼痛和感受。当然如果孩子受了伤，幼儿园也会如实向双方家长道歉，坦诚没有拦住，并向双方家长说明实情。

孩子们经过一上午的紧张练习，就到了吃午饭的时间。我在走廊上就听到了孩子们用日语大声说“我要开动了”。日本人在吃饭前都爱说这句话，意在表示对成为食材的动植物们的感谢，因为吃掉它们就等于夺取了这些食材的生命。据说，如此生活习惯起源于神道，因此孩子们在说这句话的时候是合掌的。5 岁大班的孩子吃饭大约 40 分钟。我看到他们围坐在小桌子周围，每个人的前面摆着大小四五个碗和盘。快吃完的时候，老师会说最后一次添饭菜,还想吃的自己去取。几个孩子立刻站起来走到旁边的台子旁,有的拿水果,有的添菜或者汤。12点45分,孩子们都吃饱了。老师告诉大家坐好。两名值日的孩子高声说,"请大家保持正确的姿势"。孩子们立刻挺胸正坐。值班的再喊"让我们一起说",所有孩子都双手合十高声说"多谢款待"。这句和吃饭前说的感谢语相呼应,既表达了对动植物的感谢,也表示午餐结束。令人惊奇的是,除了少数几名孩子之外,大多数孩子都已经把自己用过的饭碗摞在一起了。只见老师一声令下,这些5岁的孩子纷纷起立,拿起自己用过的餐具排着队送到了教室门口处的台子上,并把同样大小的碗叠放在一起,筷子和勺子也都有固定的位置,餐具内几乎没有剩饭剩菜。对此,大塚园长说,从孩子们2岁起,老师就开始培养他们收拾餐具的习惯了。最初是将餐具摆放在桌子中间,然后再教他们自己收拾。为了照顾孩子们的健康,他们还坚持使用陶瓷餐具。虽然偶尔会打碎,但是这样可以培养孩子们小心拿放的意识,孩子们自然而然地养成了小心轻放、自己收拾餐具的习惯。收拾完餐具后,孩子们就主动开始刷牙了。牙刷、小手绢都挂在一个小铁架子上,每个人有一个固定位置,袋子上写着孩子的名字。在3岁孩子为主的教室,我看到有个小男孩儿不好好刷牙,老师就走过来,和他一起坐在水池边上的小凳子上,唱起了刷牙歌。歌词就是告诉孩子如何刷牙的,小男孩儿自然伴随着节奏,自愿地刷起来。整个过程,没有看到老师伸手帮着孩子刷牙。之后,老师让还孩子们坐在一起,做完简单的举手运动后,就读起了童话故事。伴随着故事内容,孩子们还会模仿主人公的动作,听得很投入。

保育园大楼入口处的一块彩色宣传板上,写着今日午餐的菜单。宣传板上的菜名是磁铁贴片,可以随意更换。大塚园长介绍说,园里除了为孩子们做饭的营养师之外,还设有一名营养师。每天值日的孩子会和老师一起把今日菜谱中的菜名贴出来。贴的地方共分三个格子,分别代表红色、黄色、绿色的食材,并写明哪些是健康的,哪些是有利于运动的,哪些是调理体内环境的。这样做是为了对孩子进行"食育",让他们掌握基本的健康知识。

大塚园长还详细介绍了日本厚生劳动省制定的保育指针。"保育"其实就是"养护"和"教育"的结合。"养护"就是要让孩子基本能够生活自理,并培养他们的社会性,也就是要培养自己看、自己感受、自己思考,并能够将其所思所想付诸行动的能力。而教育的内容则包括健康知识、人际关系、言语能力和适应环境能力等。具体内容为:让孩子们拥有健康的体魄,能够与他人和睦相处、互相帮助,培养其自立能力和社交能力,激发他们的好奇心和求知欲,训练他们的语言表达能力,激发他们的想象力。大塚园长举例说,比如在和孩子们说再见之前,我会问他们,明天想做什么呢?他们可能回答,玩抓鬼游戏。我就回答,那好,明天一定要实现这个目标。只有做孩子想做的事情,孩子们才会有热情,才能持之以恒。孩子们喜欢的游戏之一,是将儿童图书中的故事,通过自己的表演再现出来。我认为,以孩子为主体,寓学于乐,才是教育的根本。提高孩子与人交流的能力,使他们学会感恩,懂得做人的基本原则,才是最重要的。

最后,大塚园长说,保育园本来要求孩子们尽量少穿衣服,以提高孩子抗寒能力。可是有些孩子的家长总是给孩子穿很厚。在教室里穿很多衣服容易出汗,再到寒冷的室外活动,就很容易感冒。我也曾经有过类似的经历,总担心孩子冷,就给孩子穿厚衣服。多穿衣服家长是安心了,却没有从孩子的角度去考虑。日本的教育注重和孩子在同角度面对生活,以孩子为中心,根据孩子的特点因势利导,先让其懂事知理,再学习知识。

3. 电视播放道德教育节目

日本人注重礼仪,懂得互相谦让,在各种国际比赛中也总是表现得彬彬有礼。这并非一日之功,而是日本重视道德教育、注重培养孩子良好道德素养结果。从他们的电视节目中也可见一斑。

NHK电视台的教育频道中,有个以"道德"命名的专题节目。这个节目每周播放,旨在对小学生进行素质教育。这些节目根据各个年龄段的不同特点制作,因此很容易被孩子们接受。比如,针对小学低年级学生的节目是活泼可爱的动漫人物上演的道德剧,通俗易懂。比如《抱歉!妈妈》这一集,就是以可爱的毛绒动物和动漫相结合的方式,讲述了一个人不应该撒谎的故事,以此教育孩子要诚实。小学三四年级的节目则以一个"小妖精"为主角,让她出现在感到困惑的小学生面前,帮助他们思考道德问题,选择正确的答案。"妖精"是个身穿红裙的大脑袋小人,看上去很可爱。其中一集的内容是,她帮助一对小姐弟解决了究竟是应该更爱父亲还是母亲的问题,懂得了爱父母的重要,明白了姐弟之间应该互相谦让,和睦相处。

和低年级不同,高年级的道德教育节目主要以纪实内容为主,通过现实中发生的各种真实事件,讲述道德的重要性,让学生树立健康的道德观。节目主要分"人生挑战""人际关系""如果是你该怎样办"三个大主题,让学生直面现实,去思考道德和礼仪等问题。

与道德教育相关的不仅有电视节目,还有广播节目。NHK电视台的教育节目还免费对学校播放。老师可以在该电视台网站下载需要的内容给学生观看,十分方便。该台的电视节目和广播并没有强制性,任何人都可以在播放时间观看。该台是不播放广告的,因此收看需要交纳费用。只有按月交纳费用才能观看。这些节目的制作注重结合生活实际,根据不同年龄特点进行编制,很受孩子们的喜爱。大部分家长们不要求孩子们按时观看,也有比较认真的家长会把节目录制下来,让孩子们反复观看。一名三十多岁的主妇说,过去我们小时候看的道德节目注重教人怎样做人,而现在的道德节目范围更广泛了,还包括了社交礼仪等内容,因此家长们很愿意让孩子们观看。

4. 政府推进癌症教育

癌症常被看作不治之症,在日本,家里有人得了癌症往往也要保密。人们对癌症的恐惧,让癌症成为一种神秘的疾病,更不为青少年所了解。这种现象衍生出很多问题,因此,日本政府正在计划通过学校普及癌症教育,并聘请专家协商具体实施办法。

日本文部省设立了"关于癌症教育的研讨会",并已经在全日本21个地区,大约70所中小学展开了癌症试点教育。在学校进行癌症教育的目的是为了让孩子从小就明白健康的重要性,掌握癌症的相关知识。老师在上课时为学生讲述罹患癌症的主要原因，以及从免疫角度应该采取哪些预防方法，说明"早发现、早治疗"的必要性，以及在治疗过程中，手术、放射线、抗癌药物的利弊。关于癌症的治疗部分还要涉及缓和治疗、如何在治疗过程中提高生活质量，如何与患者和睦相处等。

对学生进行癌症教育是公益财团法人"日本抗癌协会"提出的，并和文部科学省、厚生劳动省联合推进，共同实施。该协会主张有必要在全日本的所有中学开展癌症教育。因为日本国民关于癌症的知识在发达国家中是最差的。但是日本人的癌症患病率很高，平均每两个人中就有一个人得癌症，平均每三个人中就有一个人因为癌症而死亡。所以，从初中三年级开始对学生进行癌症教育也是有依据的。目前，因为性交造成病毒感染而患子宫癌的女性从 20 岁这一年龄段开始急增，在其他发达国家中，女性在 15 岁前就要注射预防子宫癌疫苗了。日本政府也规定女性从 20 岁起就必须进行子宫癌的健康检查。因此，对 15 岁的初三学生进行癌症教育并不算早。

日本文部科学省从 2014 年 7 月起制定了癌症普及教育专用教材。在日本主要城市的大约 70 所学校进行试点教育。据《朝日新闻》报道，除了教材之外，有的学校还通过让医生和癌症患者一起访问学校、进行讲演等方式，消除学生对癌症的恐惧，主动掌握癌症知识。东京丰岛区教育委员会在辖区内学校的小学六年级体育课和保健体育课中加入了癌症教育内容。群马县以小学六年生为对象，分发了《癌症教育手册》。作为预防癌症教育的一环，佐贺县医师会和校医联合制作了中小学生专用《防吸烟被害教育幻灯教材》。文部省今后将要求各中学保证癌症教育的专用课时。

· 第十二章 ·

日常防灾最重要

日本是个多地震、多火山的国家。自古以来，自然灾害的阴影就笼罩着日本人的生活。因此，人们积累了丰富的防灾经验。过去，人们十分注重预测灾害，现在人们更注重在此基础上"减灾"。既然自然灾害不可避免，那就要将其带来的损失降到最低。在日本，几乎家家都有防灾包，人们时常进行防灾训练。

1. 注重确认安全出口

日本是个地震多发国，而且四面环海，时常遇到台风、海啸等自然灾害。多灾多难的日本人非常注重防灾和减灾。防灾重在预防，减灾重在减少损失。因此，防灾减灾措施不仅受到日本人重视，也成为他们日常生活中的习惯。比如每到一个陌生的地方，他们都要先知道灾难发生时该如何逃生，熟悉逃生通路，确认安全出口。

我去大阪出差，宾馆房间内最醒目的就是逃生通路标志。逃生通路标志告诉客人，当灾难发生时，该按照怎样的路径逃离，安全出口在哪里。进入日本的公司，新职员都要接受防灾教育，熟知逃生通路和安全出口。日本很多公司都要求新职员必须参加防灾训练。训练时假设地震发生，大家严格按照规定，顺着逃生通路走到安全地点。训练时还要戴着安全帽，并牢牢记住逃生通路和安全出口。

日本公司的防灾教育要求严格，规定也非常详细。他们不仅要对新职员进行逃生通路的教育，还要定期对全体职员进行再教育。公司还规定任何职员不得在避难口、楼梯和逃生通路上摆放物品，更不能设置障碍等。此外，还要定期进行防灾训练。公司要设有专门的灾难情报通告联络组、避难引导组等。上述规定都被写入详细的防灾计划中,形成文件,并严格执行。某公司的防灾计划中,分别对火灾、地震、恐怖袭击、台风暴雨等情况制定了详细避难措施,让职员在灾害发生时有章可循,并按照规定定期进行训练。一家公司还有《新职员防灾教育指南》。其中规定,职员必须知道灭火器所在位置,掌握灭火器的使用方法,地震发生时要避免使用打火机等。还要求职员记住安全出口和逃生通路的位置,灾难发生时要及时找到安全出口,并引导来客或者其他职员按照正确逃生通路疏散。在灾难多发的日本,防灾训练是绝对不能忽略的。公司也好,居民区也好,每年都要举行至少两次的防灾训练,加深人们对逃生通路、防灾设施和安全出口的印象,以免真正发生灾难时慌不择路,造成不必要的伤害和损失。

2.小学防灾训练内容多

日本人十分注重日常防灾训练。自 2011 年 3 月 11 日发生日本大地震之后,日本全国教育委员还修改了《防灾教育大纲》,制定了防灾教育的新目标,要求通过防灾教育,让学生不论遇到怎样的灾害,都能够作出正确判断,及时逃生。

日本全国教育委员会的防灾教育新目标规定,日本各地的小学都应有防灾教育课,并定期举行防灾训练。《读卖新闻》报道,东京片仓台小学每月进行一次逃生训练。为了增强学生的灾难应对能力,有的训练不进行事先通知。此外,还要进行"把孩子交给家长"的训练:必须在灾害时把孩子交给事先指定的保护者,在家长到达之前保护学生。此外,还要教小学生如何对负伤者进行应急处理等。他们还规定要让学生听关于地震知识的讲座,制作防灾地图,建立紧急联络网,学校要设置发生灾害时紧急使用的无线电、有线电话等通讯设备。该校还要求学生家长以及学校所在地居民积极参加防灾训练。为此,学校每学期都要举行一次公开逃生训练。当日,六年级学生先学习和体验如何使用白色三角巾为伤者包扎,下午模拟地震发生时,紧急警报响起,全体学生拿出护头帽——日语称为"防灾头巾"戴在头上,先躲藏在课桌下面或者安全的地方,然后再秩序井然地走向操场空地。若演习还设定地震引发了火灾,学生们还要练习如何报火警、如何使用灭火器等。

日本的小学也十分重视防灾,孩子们一入学,学校就会发给每人一个"防灾头巾",并举办防灾知识讲座等。有的学校还在有关团体的协助下,让地震模拟车来到学校,让学生体验各级地震的震动程度,并学会躲避危险物品。有的学校还教家长们如何使用 AED、品尝防灾食品等,这样做是为了在提高学生防灾意识的同时,也提高家长的防灾意识。此外,日本除了学校之外,在居民区也经常进行防灾训练。许多日本人认为,地震等自然灾害虽然不可避免,却可以通过防灾尽量减少损失。这就是日本人重视避难训练的主要原因。

3. 家里常备防灾包

日本是个自然灾害频发的国家,地震、台风等灾害时有发生,这使人们意识到防灾减灾的重要性,孩子们从小就要进行防灾训练。一般家庭考虑到灾害发生后的应急需要,都会常备一个防灾包。防灾用品已经进入日本人的日常生活,在普通的商店超市中也随处可见。

日本的防灾包外形就和普通旅行包一样,只是里面装的都是防灾用品。这种防灾包便于搬运,里面基本上必须有不用充电的收音机,用于听取与灾情有关的消息,保持和外界的联系。此外还有手电筒、电池、够 3 天或者 5 天使用的水及食品、垃圾袋、口罩、绷带、手套和哨子。手套用来抢救他人,哨子用于自己被埋后呼救。携带式厕所、防潮席子、防菌湿巾、与家里人口数量相同的牙刷也是必备的。这种最基本的防灾包在网站上售价 9800 日元,此外还有应急物品更多的防灾包。防灾包里装的东西越多,使用的天数就越长,价格也越贵。这样的防灾包在日本很受欢迎。为此,很多商家还把防灾包设计成大型毛绒动物玩具。这样的防灾包平时就是个屋内摆设,灾害时却可救急,便于存放。一种价格为 9800 日元的毛绒熊防灾包就非常热销,想要购买,必须预订。还有一种木制家具式防灾箱,平时看上去就是一件家具摆设,但是里面装满防灾用品，便于在家中避难时使用，容量也大。日本的防灾商品保质期很长，食品最短可以保存 3 年，还有 5 年的，因此也不必常常更新。此外还有专门为小学生、老年人、公司职员等不同人群设计的防灾包，种类多样。日本家庭不仅要准备防灾包，家具也都要被固定住，防止地震发生时倒塌，因此固定家具的工具也多种多样，很多家具店里都设有固定工具专柜，与防灾包一起售卖。

此外，日本的部分学校和企业也有备有防灾包或者防灾食品。比如香川县教育委员会制定的《学校防灾指南》规定，学校必须备有防灾用头盔、口罩、救急医药品、便携收音机或电视机。此外，平时必须储备供三天用的防灾主食、副食、调味料、奶粉、饮用水、供水器材等，还要备好防寒用品、卫生用品和食用防灾食品时所需工具等。有些企业还设有专人负责企业职员的防灾训练，防灾用品的准备和点检等。考虑到灾害可能导致职员暂时无法回家，所以企业也要备放防灾包，一般最低价格为 4500 日元，内有头盔、灯、食品、水等物资，最小限度保证公司职员的生活。

日本的防灾包在过去的灾难中也发挥了很大的作用，在救援物资未到达之前，放在家里、学校里、企业里的防灾包成为维持生命的重要物资。

4. 公寓住宅也防灾

日本的公寓住宅有很强的防灾功能，特别是防震功能，让人感觉非常安心。2011 年 3 月 11 日，日本发生了百年不遇的大地震，让我体验到了日本非同寻常的一面，也目睹了非常独特的都市风情。

伴随着激烈的震动，家里的煤气立刻停止了。后来我才知道日本的公寓等建筑都带有煤气自动停止装置，只要地震发生并达到一定级别，煤气表上的安全阀就会自动关闭，这时即使屋主正在点火，也不用担心因此而引起火灾。日本经过多次大地震总结的经验表明，地震中造成伤亡的主要原因并非房屋倒塌，而是火灾。所以日本人在家庭防火方面下足了功夫。地震过后，我赶紧致电煤气公司，按照客服人员的指点，来到了楼梯走廊上的煤气表前，这时发现一个黑色按钮上面的盖子已经脱落,这就表明安全阀已经关闭了。然后,煤气公司的客服人员说,你按住这个按钮,旁边的一个小红灯会不停地闪烁,这是在检测你家的煤气是否漏气。数分钟之后,检测完毕,红灯会自行熄灭。如果没有问题,就可以点火做饭了。果然,红灯停止之后,打开煤气,蓝色的火苗欢快地跳动,给因震灾而心情沉重的我一丝安慰。三天没有煤气,没吃上热饭,再看到蓝色火苗时的心情自然是难以描述的。这时,我才体会到,平时毫无波澜的生活是多么幸福,而理所当然存在的煤气又是多么重要。

除了煤气装置有防火功能之外,日本的住宅内每个房间都有一个火灾报警器,那是一个圆圆的塑料盒子,就在每个房间的电灯旁边,虽然很不起眼,却十分灵便。日本的火灾报警器并不是安上就行了。数天前,一名工作人员来到我家,检测了所有报警器。他拿着一个工具,罩在报警器上,估计是发烟装置,然后就听到了警报,同时我家的门铃开始自动播音:"着火了,着火了。"如此反复多次。此外,日本还有瓦斯报警器,一般装在厨房里,似乎可以自由选择是否安装,但是火灾报警器却要求所有的住宅都必须安装。本次地震还让我有一个深刻体会,那就是居民区住户的团结很重要。剧烈的地震刚刚过去不到两个小时,就有居民小区的大妈组织起来到挨家挨户敲门,询问住户是否安全,是否需要帮助。主要是为了防止有人受伤却不能自己呼救。第二天仍然有人上门询问,包括煤气是否已经打开等,有序而温暖。

日本还有很多好的防震经验值得我们参考。比如,独自一个人在遇到地震时应该采取如下应急对策。被废墟埋住之后要保持不断发出声音,这样才能尽快得到救助。但是为了保持体力,最好采取不太消耗体力的方式,不要不断大声呼喊。如果闻到煤气味就要注意防火、开窗通风。日本的一般城市用煤气即使吸入也不会致命,所以不要惊慌,只要迅速打开门窗便无大碍。震灾之后,人可能会因精神崩溃而导致混乱,这时最需要的就是灾民之间的互助精神。互助既有利于他人,也有利于自身的精神健康。外部救援必然有限,所以最重要的是邻里之间的互救。人们要防止各种谣言、流言的蛊惑,尽可能掌握正确的重要信息。

为了防止传染病的发生,震后不要乱扔垃圾,不要随地大小便,要遵守排泄规定。如果身边有纸箱和塑料袋即可做成简易的"厕所",塑料袋里面最好放上废纸防止飞溅。如果没有,也要在地上挖坑排泄,坑越深越好。而且要尽量远离避难所。排泄之后要尽量用土覆盖,并留下记号,表明此地曾经被当作厕所使用过。避难期间也要适当运动,保持身体健康。

上厕所是震后难以解决的问题。日本有一种简易厕所用凝固剂,保证紧急时刻可以保持卫生,避免传染病菌。可在防灾物资商店购买。

日本人丰富的防灾经验值得我们参考借鉴,他们的防灾意识以及面对灾难冷静谨慎的态度和有序协作的精神,更值得我们学习和反思。